LA FEMME AU PINCEAU

PAMELA HOLMES

LA FEMME AU PINCEAU

Traduit de l'anglais
par Ève Vila

EDITIONS PRISMA

Titre de l'édition originale :
The Huntingfield Paintress

ISBN : 978-2-8104-3028-4

À la mémoire de ma mère, Ann

Chapitre premier

Automne 1848

Elle descend de voiture dans la cour. Derrière les ébrouements des chevaux et les murmures du vent se cache le silence. Il se cramponne aux branches des arbres, se dissimule dans les haies et les renfoncements des murs, s'exfiltrant à nouveau lorsque cessent les paroles chuchotées entre son époux, William Holland, et le cocher. Le clair de lune se déverse entre des nuages discontinus. Il y a le presbytère, leur nouveau foyer. Nulle lumière accueillante à la fenêtre, seule une lanterne suspendue près de la porte d'entrée, close. Et plus loin, l'église, la raison d'être de leur existence ici, se découpe sur le ciel, des pierres tombales dressées tout autour comme des dents implantées de travers. William lui prend la main et s'incline exagérément.

– Ton nouveau foyer, mon amour. Nous y sommes enfin, Huntingfield. Mais comme ta main est froide ! Entrons.

La porte d'entrée s'ouvre et une bonne, apparemment trop intimidée pour parler, gratifie le sol d'un signe de tête. Ils la suivent le long d'un couloir faiblement éclairé jusque dans une pièce baignée par la lumière rosée d'un feu de cheminée.

– Ah, quelle pièce chaleureuse, tu ne trouves pas ? Ton chapeau, Millie, laisse-moi le poser là. Viens t'asseoir sur le canapé. Apportez-nous du thé, voulez-vous ? demande William.

Ils ont attendu ce jour depuis si longtemps que maintenant Mildred se sent désemparée, ne sachant que faire. Elle s'enfonce dans les coussins. William tire sa chaise près d'elle, ramène ses jupes autour de ses jambes, lui frictionne les doigts. Enfin, la domestique revient, chargée d'un plateau, sur lequel la vaisselle s'entrechoque à grand bruit.

– Tu es Rose, je présume ?

– Oui, Madam'.

– Et la cuisinière c'est... ?

– Endormie Madam'.

– Je vois, répond Mildred, bien que le ton de sa voix suggère le contraire.

William tend la main vers la théière.

– Laissez, Rose. Je servirai.

La jeune fille sort de la pièce à reculons. Des bruissements de pas et la maison redevient silencieuse. William hausse les sourcils.

– Nous sommes des étrangers Millie. Elle va s'interroger sur ses nouveaux employeurs, se demander comment ce sera de travailler pour nous. Elle apprendra bien vite à nous connaître.

Cette nuit-là, alors qu'elle est allongée dans ce lit inconnu, ses jambes enroulées autour de celle de son époux, elle ressent le silence qui se presse contre la fenêtre, rampant sur le sol, grimpant le long des pieds du lit, s'étendant sur leur corps, les comprimant lourdement, tandis qu'elle se laisse glisser dans le sommeil.

***

Elle sait exactement où elle se trouve. Bien qu'il fasse encore sombre, elle distingue la tête de William près du chevet : il prie. Quand elle l'avait épousé, il y a treize ans, il avait une chevelure châtain clair ; mais aujourd'hui, on aurait dit que les lavages excessifs lui avaient ôté couleur et force. Fins et clairsemés, ses cheveux blancs se balancent dans les courants d'air. Mildred attend jusqu'à ce qu'il se remette debout, puis elle tend la main pour caresser son cuir chevelu. C'est l'un de leurs signaux. Il sourit tout en se hissant sur le lit bien haut et il s'allonge sur elle comme un drap épais.

***

– Ils sont arrivés tard hier soir, Rose, à minuit passé ? Remue-toi un peu, veux-tu.

La cuisinière, fine comme une baguette, examina attentivement le fourneau. Un nuage de cendres se déposa sur la bottine de Rose. Pressée contre la masse familière du fourneau, Rose bâilla en tressant ses cheveux.

– Ils étaient réveillés tôt. Je les ai entendus quand je suis descendue ce matin.

Elle ne fit aucune allusion aux drôles de bruits qui s'échappaient de la chambre à coucher des Holland.

La cuisinière posa la bouilloire sur la plaque chauffante ; la bouilloire siffla avec colère.

– Comment sont-ils alors, nos nouveaux maîtres ?

La cuisinière pétrissait une boule de pâte moelleuse, et des nuages de farine saupoudraient ses sourcils pendant qu'elle travaillait. Une odeur plaisante de levure emplit la cuisine.

– Passe-moi ces moules à pain, veux-tu bien ?

– Il est grand et elle ne lui arrive qu'à la poitrine et...

– Non, pas ça, espèce de grosse nigaude. Je veux dire, ils ont l'air gentils ou prétentieux ou... ?

– Y'zont l'air bien. Le pasteur a servi le thé lui-même.

– C'est vrai ça ?

La cuisinière frappa la pâte façonnée avec ses poings pour la faire rentrer dans deux moules à pain, qu'elle fit glisser au fond du fourneau.

– Recouvre-les avec une serviette, veux-tu ? Alors pas comme notre dernier maître, Mr Uthoff ? C'était un sacré numéro, il s'attendait à ce que toutes les femmes lui tournent autour.

– Ou difficile à contenter comme Mrs Uthoff.

Tandis que Rose versait l'eau bouillante dans la théière, elle se souvint de son humiliation quand son ancienne maîtresse l'avait giflée et qu'elle lui avait ensuite crié dessus pour qu'elle arrête de pleurer.

– Je les ai vus qu'un petit moment hier soir. Je suis un peu inquiète, quand même.

– Rien de neuf, Rose. S'il y a la moindre raison de te bagarrer, tu vas la trouver. Continue ton petit déjeuner. Cette sonnette-là va bientôt s'activer. Ils vont vouloir leur petit déjeuner et puis visiter la maison. Rien n'a été fait dans cette église depuis des années, depuis le jour où les Uthoff ont été d'accord pour vendre le logement. Tu es ici depuis quoi, six ans, Rose ? Je dirais que les Holland ont attendu plus de huit ans pour reprendre le flambeau à Huntingfield. Ils savent dans quel état est l'église ?

***

Une sensation glauque d'humidité emplit les narines de Mildred, lorsqu'elle poussa la porte de l'église de St Mary the Virgin. Dans l'entrée, elle patienta le temps que ses yeux s'habituent à l'obscurité. Elle sentait l'air froid sur ses joues et un bruit constant de goutte-à-goutte résonnait quelque part. Un fil ténu d'angoisse la traversa. C'était de cet endroit dont William et elle avaient rêvé toutes ces années passées à l'étranger. Partout où ils se trouvaient – sur les trottoirs recouverts de pavés blancs à Lisbonne ou au-dessus d'un torrent de montagne en Allemagne –, cette église et la vie qu'ils construiraient autour avaient toujours occupé la première place de leurs pensées. Chaque chose vue ou vécue était étudiée sous l'angle de sa contribution possible à leur futur en tant que pasteur et épouse de pasteur à Huntingfield. « Quand leur existence débuterait », William avait coutume de dire. Un lien invisible reliait leur cœur, leur esprit et leur âme à ce petit bâtiment en pierres.

Ils avaient des connaissances sur l'histoire de l'église et sur les terres où elle se dressait. Ils savaient que les Saxons avaient construit une simple structure en bois de charpente que le pourrissement et les émeutes avaient détruite plus tard. Que les Normands avaient fondé une petite chapelle en silex et en pierres pour leurs métayers, que les propriétaires terriens ultérieurs avaient agrandie. Que le bâtiment avait souffert sous la Réforme comme tellement d'autres dans le comté, dépouillé de toute décoration ou ornement. Plus récemment, grâce à une correspondance sporadique avec le pasteur en fonction, Mr Henry Uthoff, ils avaient lu entre les lignes et compris que le bâtiment avait été négligé pendant de nombreuses années. Il y avait eu des allusions au fait que William et Mildred pourraient « considérer comme nécessaire d'entreprendre des réparations » quand ils occuperaient la fonction.

Mais elle ne s'était pas attendue à un tel délabrement ! Les fenêtres condamnées par des planches, les murs maculés de pluie, l'air vicié. Mildred se sentit humiliée. Était-ce pour cela que William et elle avaient attendu tant d'années ?

– Millie, tu es là ? J'ai apporté une lampe. Le valet d'écurie a dit qu'il faisait sombre les jours d'hiver et il avait raison.

William émergea de l'obscurité, ses cheveux brillaient comme un halo autour de son visage rondelet. Il n'était pas bel homme. Sa peau pâle était facilement brûlée par le vent et le soleil, dessinant des taches rouges et squameuses sur ses joues. Et bien que sa stature lui permette de supporter assez facilement son tour de taille croissant, on ne pouvait pas le qualifier de leste. Mais c'était une bonne personne. Son visage rayonnait, même au repos, et ses yeux emplis de douceur dévoilaient sa bienveillance envers le monde. Cela le rendait beau, au moins pour elle.

– L'église est dans un état affreux, William. Quel délabrement ! Henry Uthoff a dépensé de l'argent là-dedans, n'est-ce pas, mais où s'il te plaît ? Je ne vois rien qui ait pu être fait depuis des années. Il pleut à l'intérieur, je sens l'humidité. Il est évident que personne ne lui a accordé ne serait-ce qu'une pensée. Est-ce que l'évêque est au courant ? Est-il si étonnant que le nombre de fidèles ait diminué ?

William lui prit le bras et ils s'engagèrent dans l'allée, passant devant des rangées de tabourets et de caisses en bois où, ils supposèrent, les fidèles étaient invités à prendre place pendant l'office. Des nuages de poussière et de saleté se formèrent autour de leurs jambes tandis qu'ils se frayaient un chemin vers la table en bois qui, apparemment, servait d'autel. Le morceau d'étoffe étendu dessus était taché et déchiré. La fenêtre au-dessus de l'autel laissait chichement filtrer des taches de lumière hivernale qui révélaient des gravures faites à même les murs : des silhouettes voilées d'un côté, et une stèle en marbre de l'autre.

– Ma chérie, je ne sais que dire. Je ne m'attendais pas du tout à cela. Ce lieu est tellement à l'abandon.

Il garda le silence quelques instants.

– Plus négligé que je ne l'imaginais. Je suis désolé.

Ils regardèrent l'église derrière eux. La lumière de la lampe ne parvenait pas à percer l'obscurité, mais il y avait peu de chances qu'il reste d'autres choses à voir.

– Mais c'est notre église, Millie. La nôtre, celle que nous devons aimer et chérir. Et nous pouvons en faire un endroit magnifique à nouveau. De cela, j'en suis certain.

Elle retrouvait bien là l'esprit positif de William ! Elle lui serra le bras et ils se pressèrent l'un contre l'autre dans le froid, se souvenant des années qui les avaient conduits jusqu'ici.

Devenir pasteur à Huntingfield était le rêve nourri par William depuis que, alors âgé d'une vingtaine d'années, il était entré dans les ordres à Oxford. Un parent fortuné lui avait généreusement offert la fonction dans la paroisse. Cependant, comme le voulaient la tradition et la pratique, Henry Uthoff toujours en fonction avait le droit de demeurer pasteur de Huntingfield aussi longtemps qu'il le souhaitait. William devait attendre son heure et prendre ses fonctions uniquement lorsque Mr Uthoff aurait choisi de libérer la propriété.

« Ou bien quand son Créateur l'appellera. » Mildred essayait souvent de choquer sa sœur aînée, Elizabeth. Elles étaient occupées à broder les initiales de Mildred sur des mouchoirs et du linge pour son trousseau de mariage. Les sœurs étaient assises près de l'âtre dans la ferme de leurs parents, dans le Lincolnshire, là où elles avaient grandi, et elles parlaient du futur de Mildred.

– Quoi qu'il arrive, espérons que Mr Uthoff ne soit pas trop pressé de quitter Huntingfield, Elizabeth. J'ai hâte d'épouser William, bien sûr. C'est l'homme le plus gentil et le plus intelligent qu'il m'ait jamais été donné de rencontrer, et je l'aime beaucoup. Mais je ne veux pas me retrouver dans un petit village tranquille et devenir une bonne épouse de pasteur trop tôt. (Pendant que Mildred riait, ses boucles virevoltaient autour d'elle.) Je n'ai que vingt ans, après tout. Trop jeune pour habiter un village avec un seul et unique magasin, une taverne et une forge ! Oh, Elizabeth, qu'est-ce que je vais faire là-bas ? Je serai si seule. Je ne t'aurai plus, toi, ma sœur chérie, pour rire bêtement avec moi !

– Crois-tu que je devrais informer William de la femme qu'il va épouser ? la taquina Elizabeth. Te connaît-il vraiment aussi bien que cela ? En tant que sœur aînée, laisse-moi te donner un conseil.

Elizabeth prit la main de sa sœur et lui adressa un regard sérieux qui n'était qu'une demi-plaisanterie.

– Tu épouses un homme d'Église, Mildred, un homme qui un jour sera le pasteur de Huntingfield. Cela signifie que tu dois lui apporter ton soutien, à lui et à son travail au sein de la paroisse. Tu devras tenir la maisonnée, organiser les tâches des domestiques, rendre visite aux malades, et ainsi de suite. Tu aideras peut-être même William à rédiger ses sermons. Je sais que tu feras honneur à ton époux, ma sœur chérie, dit-elle d'un ton convaincu. Cessons nos discussions sur les villages ennuyeux du Suffolk. Ce sera ta vie. N'as-tu pas dit qu'il y a une grande demeure à proximité, Heveningham Hall ? Je suis certaine que vous y serez invités de temps en temps. Et il y aura d'autres personnes intéressantes dans le village et les environs. Pour jouer aux cartes et faire la conversation, ce genre de choses.

Les jeunes filles éclatèrent de rire.

– Ah, voilà quelque chose que j'attends avec impatience !

Mildred singea une révérence à l'intention de sa sœur.

– Non, Elizabeth. Je dois vivre des expériences trépidantes avant de devenir l'épouse respectable d'un pasteur.

Alors quand il devint évident au couple de jeunes mariés et à leurs familles qu'ils devraient attendre quelques années avant que Mr Uthoff libère Huntingfield, Mildred découvrit un allié involontaire en la personne de son beau-père, Augustus. Car il était d'avis que la rente annuelle, fixée par l'oncle de William pour son neveu, serait mieux utilisée en vivant sur le Continent qu'en assumant les dépenses d'un emménagement temporaire au sein d'un logement en Angleterre. Augustus assura William que le couple vivrait à très peu de frais à l'étranger.

– Comme c'est malin de votre part, mon cher beau-père !

Mildred se jeta au cou d'Augustus, et le fit sursauter en lui donnant un baiser. Les deux mâles Holland n'étaient pas habitués aux démonstrations d'affection, mais ils furent surpris de découvrir qu'elles étaient contagieuses.

– William, tu dois écouter la sagesse de ton père. Et imagine comme notre vie sera excitante !

À l'idée de voyager en Europe, Mildred écarquillait les yeux. Elle n'avait jamais envisagé une telle existence. Voguer sur des navires, visiter des musées, rencontrer des personnes intéressantes : la perspective l'enchantait.

– Et bien entendu, mon chéri, se hâta-t-elle d'ajouter, plus important encore, nous préparerons ainsi l'œuvre de notre vie à Huntingfield. Ne vois-tu pas que cette proposition est à la fois pragmatique, raisonnable… et terriblement excitante ?

Il était difficile de résister à Mildred et William se laissa convaincre. Car il avait toujours abrité la peur d'être considéré comme un jeune homme ennuyeux. À l'université d'Oxford, il avait rejoint un groupe d'hommes dont il partageait les idées, l'Oxford Movement, galvanisés par la conviction que les fidèles des paroisses anglaises diminuaient parce que l'Église échouait à inspirer la ferveur religieuse. Les chants et les prières faisaient reculer les gens, avançaient-ils, alors qu'en restaurant la splendeur, l'apparat et les rituels dans l'église, cela encouragerait ces âmes chétives à aller vers un plus grand amour de Dieu. William se fit l'avocat passionné d'un retour moyenâgeux au sein de l'Église d'Angleterre. Cela lui valut aussi la réputation d'être radical, un attribut qu'il avait été secrètement ravi d'apprendre un jour, de la bouche d'une connaissance.

Mildred devint une ardente supportrice des opinions de son époux. (Qui pourrait contester une croyance en la beauté, après tout ?) Et si un voyage sur le Continent se révélait nécessaire à l'œuvre de son époux, elle le soutiendrait en cela, aussi !

– William, imagine tout ce que nous allons découvrir et apprendre, et que nous utiliserons ensuite quand nous nous établirons enfin à Huntingfield, dit-elle pour l'amadouer.

Tant de choses à découvrir. Cela nous aidera dans notre tâche future au sein de la paroisse de voir par nous-mêmes comment Dieu est célébré et vénéré, là où le rationalisme et la pensée puritaine n'ont pas dominé.

Par conséquent, William et Mildred rejoignirent le flot de jeunes hommes et des quelques femmes qui se rendaient sur le Continent pour entreprendre un tour d'Europe. Non pas pour danser, flirter ou trouver un éventuel parti. À leurs yeux, c'était l'occasion d'examiner sérieusement ce qu'ils pourraient apprendre et rapporter ensuite à la paroisse et aux fidèles de Huntingfield. William soulignait la nature sérieuse de leur voyage à quiconque s'y intéressait.

– Nous sommes de modestes voyageurs, expliqua William à un couple qu'ils rencontrèrent à Dresde, en achetant des tickets pour la représentation du soir au Semperoper.

Les couples s'étaient mis d'accord pour manger ensemble une *sachertorte* au *Coffee Baum* après la représentation.

– Nous avons découvert des lieux de séjour merveilleux, n'est-ce pas William ? déclara Mildred. Je dois dire que ce gâteau est la pâtisserie la plus délicieuse que j'aie…

– Oui, mais toujours dans la simplicité, quelque part où poser sa tête lasse, l'interrompit William. Notre tâche consiste à visiter des églises où je peux relever des spécificités architecturales, des éléments décoratifs et ainsi de suite. Ces notes serviront à me donner des idées pour améliorer notre église paroissiale lors de notre retour. Ma femme m'apporte son aide. C'est une artiste, certes en amateur, mais elle est très douée pour saisir l'usage des couleurs, des motifs et des styles dans l'iconographie religieuse.

– Vous êtes une artiste ? s'enquit l'homme.

– Non, William me flatte. Je me contente de faire quelques esquisses qui nous serviront d'aide-mémoire. Pourrais-je en commander une autre part, William ? Les pâtisseries sont si bonnes ici. Et qu'allez-vous visiter ensuite ?

Plus tard, tandis qu'ils rentraient à pied à leur chambre, en admirant l'architecture flamboyante de l'opéra, Mildred prit le bras de William :

– Je me demande parfois, William, si tu ne te sens pas un peu coupable que nous profitions autant ? Est-ce le cas, mon amour ?

William lui embrassa le front en silence. Mais huit ans plus tard, debout dans l'église délabrée emplie d'humidité, il trouva les mots qui parfois lui manquaient. Sa voix résonna partout dans l'église comme si elle s'adressait à une assemblée de fidèles.

– Maintenant nous sommes à Huntingfield, Millie, le but de nos recherches va paraître au grand jour. Ensemble nous travaillerons dur, avec tout notre cœur et notre âme, pour rendre St Mary the Virgin digne de notre culte du Seigneur. Et nous emmènerons la congrégation de Huntingfield jusqu'à Dieu !

– Oui, c'est ce que nous ferons.

Mildred parut convaincue. Mais dans son cœur, elle savait que si pour William les prochaines étapes étaient claires, pour elle, la voie à suivre se montrait moins certaine.

Chapitre 2

1848, dix jours plus tard

Les quelques jours qui suivirent furent bien occupés à trier et à déballer leurs affaires. Beaucoup étaient arrivées plusieurs jours plus tôt. Il y avait du linge de maison à plier, de la vaisselle à laver, des lampes à installer. Mildred supervisait tout cela avec entrain. Ces huit dernières années, elle avait accordé peu de temps aux tâches domestiques. Aujourd'hui, elle était ravie d'être la maîtresse de sa propre maison, et elle se mit à organiser les activités tranquilles du presbytère, laissant William libre de travailler.

La toute jeune Rose Goody, âgée de dix-sept ans, faillit gâcher ses bonnes intentions. La servante était si gênée qu'elle baissait la tête quand on lui parlait. Mildred ne voyait que sa raie d'un blanc pâle et ses nattes foncées qui pendouillaient. Rose avait un accent du Suffolk très prononcé et Mildred peinait à comprendre ses questions. La communication avec la cuisinière était plus simple. Mildred lui indiqua qu'elle s'immiscerait peu dans sa façon de gérer la cuisine. La maîtresse de maison attendait simplement des repas variés et abondants. La cuisinière devrait ranger les provisions et négocier avec les commerçants.

William avait insisté sur la nécessité d'engager un troisième domestique. Il embaucha Thomas, le fils de Robert, le valet d'écurie, pour transporter le bois et l'eau, nettoyer les cheminées et faire les commissions. Chaque matin, quand le jeune garçon de douze ans arrivait, son visage rondouillet et ses cheveux emmêlés apportaient de la bonne humeur, et le garçonnet racontait des anecdotes et commérages du village, qui les faisaient bien rire tous les deux. Comme pour William et Mildred, Thomas ne devait pas passer à côté de son éducation, William lui donnerait, tous les jours, des leçons de lecture et d'écriture.

C'était avec l'aide de ces domestiques-là que Mildred devait diriger le presbytère. Les pièces de la vaste demeure, plutôt imposante quand on l'apercevait du chemin, étaient curieusement agencées, résultat des aspirations de grandeur des anciens propriétaires couplées avec une construction aléatoire, décida Mildred. À l'arrière de la maison, le salon élégant bénéficiait d'une belle hauteur de plafond. Il était doté de portes-fenêtres qui s'ouvraient sur une pelouse et un plan d'eau qu'enjambait un petit pont. À côté du salon, au bas de quelques petites marches étroites, se trouvaient la cuisine et l'arrière-cuisine. La salle à manger, quant à elle, se situait inopportunément sur le devant de la maison, si bien que les domestiques devaient courir pour que les plats restent chauds. À mi-chemin du couloir carrelé de noir et blanc et reliant les deux endroits se trouvait la pièce préférée de Mildred, le petit salon où ils s'étaient assis la première nuit. Avec son feu de cheminée douillet et sa fenêtre en baie qui donnait sur l'église, c'était le bureau de William.

L'étage comptait trois chambres à coucher et une quatrième petite pièce que William avait l'intention de convertir en salle de bains. Il annonça à Mildred que, dans quelques mois, il y aurait de l'eau fraîche acheminée par canalisations, et remontée dans la maison par une pompe installée dans l'arrière-cour, sur laquelle Thomas travaillait chaque jour. Il y aurait également des toilettes avec chasse d'eau, un système que William avait vu à la Great Exhibition. C'est mon William tout craché de s'intéresser aux dernières inventions mécaniques, songea-t-elle en souriant. Qu'y a-t-il de mal à ce que Thomas vide les toilettes extérieures ?

Mildred décida que la grande pièce qui donnait sur le jardin de devant serait leur chambre à coucher. Sept gigantesques ifs séparaient le presbytère des champs environnants. Leur silhouette telles des sentinelles la rassurait. Par-delà leur cime sombre, elle apercevait la longue allée sinueuse qui menait du presbytère jusqu'au chemin en contrebas. Un demi-mile plus loin, hors de portée du regard se trouvait le village de Huntingfield. Depuis son fauteuil près de la fenêtre, Mildred ne distinguait que de petites collines arrondies, des haies ainsi qu'un vaste ciel dégagé.

Pendant quelques jours, elle avait évité l'étage supérieur de la maison. D'après William, il n'y avait que des débarras renfermant du mobilier inutile et les appartements des domestiques. Mais un jour, après le déjeuner, lorsque de doux ronflements échappés du bureau de William lui confirmèrent que son époux travaillait, elle décida d'aller l'explorer. La couche dure de gel du matin avait fondu sous les rayons de soleil et la maison était froide. Le vent tourbillonnait autour de la maison. Mildred se sentit mal à l'aise.

Visiter les derniers recoins de sa nouvelle maison l'aiderait à s'apaiser, décida-t-elle.

L'escalier de service était aveugle. Par conséquent, elle avait peine à voir où poser le pied, tandis qu'elle cherchait avec précaution la marche en bois suivante. Elle poursuivit son ascension jusqu'à un petit palier. Plusieurs portes le distribuaient. *Cette chambre doit être celle où dort Rose*, songea Mildred en y jetant un coup d'œil. Elle était petite, flanquée d'un cadre de lit étroit en fer, un lavabo et une cuvette. Un tapis tout chiffonné gisait sur le plancher. Filtrant par les rideaux ouverts, une lumière terne révélait une table de chevet où une carte postale représentant un bord de mer était calée contre une tasse en porcelaine ; une pile de pierres blanches et deux rubans à cheveux bleus étaient soigneusement alignés.

Des touches de douceur, sourit Mildred. *Rose est-elle heureuse dans son travail ?* D'après les suppositions de Mildred, Rose nourrissait peut-être l'espoir de se marier et d'avoir des enfants un jour, mais trouver un jeune homme convenable avec un salaire suffisant pour subvenir aux besoins d'une épouse et de toute une famille se révélerait difficile dans ce lieu isolé. Peut-être cela ne la dérangeait-il pas plus que cela, songea Mildred, en passant devant ce qui devait être la chambre de la cuisinière, car deux petits tabliers étaient suspendus à la porte.

Dans une autre pièce, Mildred aperçut ses valises et quelques cartons rangés en piles ordonnées. Il ne lui restait qu'une seule pièce à visiter. La porte fermée semblait suggérer de ne pas l'ouvrir. Mildred se redressa. *Pourquoi n'ai-je pas pensé à apporter une lampe ?* se houspilla-t-elle, en tendant la main vers la poignée.

Elle résista. Mildred la fit tourner à deux mains et sentit le sang affluer à ses oreilles, alors qu'elle luttait. Une part d'elle-même espérait que la poignée ne céderait pas, mais cela ne l'arrêta pas malgré tout. Soudain, la poignée tourna, le loquet émit un bruit sec et la porte s'ouvrit toute grande. Mildred se tint debout dans l'encadrement de la porte, son cœur continuait de tambouriner sous le coup de l'effort. Une pièce s'étirait devant elle, disposant d'un avant-toit assez bas. À l'autre bout, elle aperçut une fenêtre à barreaux. Semblable à des doigts, la lumière de l'après-midi s'insinuait à travers les déchirures des rideaux flasques. Une étagère remplie de toiles d'araignées et un banc en bois étaient repoussés contre le mur. L'air était immobile.

C'était comme si les enfants venaient de quitter la pièce. C'était une sensation, une odeur, une présence indubitables. Des enfants avaient vécu dans cette chambre, avaient dessiné et rêvé, avaient pleuré et rampé. Leur existence avait laissé une empreinte si forte que l'air était riche de leurs murmures et marmonnements. C'était comme s'ils venaient de se volatiliser. Elle s'accroupit, prise de nausées. Sa bouche se remplit de salive. Puis elle le remarqua sous le banc, un minuscule hochet en argent avec un manche en os blanc, caché dans la poussière. Il avait dû demeurer dans cette pièce, pendant des années, sans émettre un seul son. Elle s'étira pour sauver le bibelot, enroula ses doigts autour et le tint à la lumière du jour. Des doigts d'enfants avaient autrefois fait tinter ces clochettes. Elle appuya le métal froid contre ses lèvres et une montée de bile vint inonder ses dents.

Ses yeux fouillèrent la pièce à la recherche des enfants et ses oreilles se tendirent pour entendre leurs voix, mais elle savait qu'elle ne les trouverait pas. Elle s'allongea face contre terre, ses cuisses appuyèrent contre les lattes nues. À présent, il lui semblait flotter au-dessus de sa masse prostrée, abandonnée sur le sol de la chambre d'enfants, comme un jouet. Elle observait chaque gémissement naître dans son ventre, lui remplir la poitrine et se déverser ensuite par sa bouche. Elle entoura sa tête de son bras, des larmes se déversèrent avec des *plocs* bruyants sur le sol, formant des flaques dans la poussière.

Combien de temps demeura-t-elle ainsi, sur le sol de la chambre, elle ne le savait pas. À un moment donné, elle prit conscience d'une légère odeur de vinaigre et de transpiration. Une paire de bottillons, éraflés, rebiquant au niveau des orteils, apparurent dans son champ de vision.

– Mrs Holland, que se passe-t-il, Madam' ?

Rose s'accroupit. Ses genoux craquèrent comme un coup de feu.

– Dois-je appeler le pasteur ?

Elle n'obtint pas de réponse. Elle toucha l'épaule de Mildred, puis se releva et sortit de la pièce à reculons.

– Je vais chercher le pasteur, dit-elle d'une voix ferme.

Les bruits de ses pas s'estompèrent, tandis qu'elle courait le long du couloir.

***

Chapitre 3

Février 1849

Chère Elizabeth,

tu m'as demandé des nouvelles de notre vie à Huntingfield. Nous nous levons à six heures lorsque Rose nous apporte le thé. Avant le petit déjeuner, William dit les prières, puis nous organisons notre journée. Cela ne dure pas longtemps, car notre quotidien connaît très peu de variations. William fait des visites à domicile tous les matins ou bien célèbre un baptême ou un mariage. Je vais faire une marche, à moins que le temps ne s'y prête guère, et je fais des visites au sein de la paroisse. À une heure de l'après-midi, nous déjeunons. William fait une courte sieste avant de travailler dans son bureau. Il donne sa leçon journalière à notre jeune domestique. À six heures du soir, il y a les vêpres à l'église. Ensuite nous soupons d'un plateau-repas, nous écrivons des lettres et nous lisons jusqu'à l'heure du coucher vers environ dix heures.

Le dimanche, à nous le changement ! La Sainte Communion commence à huit heures le matin, puis il y a les prières du matin à dix heures et les vêpres à six heures du soir. Après le déjeuner, nous allons parfois nous balader. Puis au lit de bonne heure.

Une fois par semaine, William fait ce qu'il appelle un prêche de « cottage ». Il donne un shilling à l'un des villageois pour rembourser les coûts de lumière et d'âtre pour la soirée passée dans son cottage. Il propose à une vingtaine de personnes de se réunir pour chanter des hymnes et discuter. William ne m'invite pas. Un si grand nombre de personnes entassées dans un si petit endroit, cela devient vite malodorant. Il n'y a pas fait allusion, mais je soupçonne quelques hommes de boire et il craint que je n'en sois offensée.

Comme tu le sais, Elizabeth, il est difficile de m'offusquer, mais mon gentil époux ne l'accepte pas. Je reste assise à la maison et je couds. Parfois, je me pique le doigt dans l'unique but de me faire sursauter.

Nous sommes assez heureux ici, ma chère Elizabeth. William dit que nous aurons davantage de compagnie en été, alors j'attends avec intérêt et espoir ! Peut-être viendras-tu nous rendre visite quand la santé de Père s'améliorera ?

Ta sœur qui t'aime, Mildred

Durant leur vie à l'étranger, elle avait toujours su que Huntingfield occupait le premier plan dans l'esprit de William. Il lui remémorait sa vocation à de nombreuses reprises. Une fois, alors que les rayons chauds du soleil leur martelaient la tête, il l'arrêta, pour lui dire avec insistance à quel point il avait hâte de vivre auprès de « ses » ouailles, d'apporter la parole de Dieu au cœur de leur existence. Elle était subjuguée par sa passion, rendue presque inerte par son énergie. C'était uniquement lorsqu'il pénétrait dans une église qu'elle pouvait s'éveiller pour le suivre dans le soulagement de l'obscurité et de la fraîcheur.

Au palais du Vatican, il s'était attardé près de la *Dispute du Saint-Sacrement*. Le souffle presque coupé, il lui prit le bras :

– Lève les yeux, Millie, lève les yeux ! Raphaël, il le montre dans sa peinture ! Une manifestation physique de la gloire de Dieu. Le triomphe de l'Église au paradis sur les infidèles sur terre. Et nous, dans notre paroisse, ma chérie, nous participerons à ce triomphe. Nous conduirons à nouveau les gens sur le chemin qui mène à Dieu.

La fresque subjuguait William. Il n'en allait pas de même pour elle. Pour Mildred, la peinture était une œuvre d'art exquise – exaltante et émouvante –, mais elle l'appréciait au sein d'une vie passée au contact de nombreux monuments, de multiples bruits et sensations. Elle adorait jusqu'aux mauvaises odeurs qui assaillaient ses narines ! Un jour, elle devrait peut-être se contenter de coudre devant un feu de cheminée et d'élever une famille ; d'endosser de bonne grâce les responsabilités qui incombent à l'épouse d'un pasteur vivant dans un petit village du Suffolk. Elle était convaincue qu'elle accepterait son sort. Mais d'ici à ce que ce jour advienne, elle voulait tout voir : voir et apprendre, respirer et exister.

Car Mildred se nourrissait d'une constante de sa nouvelle existence : le changement. Le couple débuta ses voyages à Paris, ayant déniché un charmant appartement près de la rue de Passy. Ils devinrent des familiers de Notre-Dame ; le curieux couple d'Anglais que l'on voyait souvent perchés sur des tabourets pliants dans les recoins les plus sombres de la cathédrale, enveloppés de couvertures, dessinant et prenant des notes sur l'architecture gothique. Quand la météo se fit humide, ils partirent pour l'Espagne. Mais comme les mouches à Cordoue les agacèrent, ils continuèrent encore plus au sud en direction de la côte pour passer plusieurs mois agréables au bord de la mer, jusqu'à ce que la chaleur passe. Et ainsi ils flânèrent, guidés par leur fidèle Baedeker ou au gré des recommandations d'un compagnon de voyage ou sur une « simple tocade ». Ils visitèrent la plus grande partie de l'Europe, logeant dans de petits hôtels ou louant des appartements. Ils embauchaient chaque fois une femme de chambre, suivant les recommandations qu'ils avaient, et se remettaient à travailler. L'Italie, la Bohême, la Moravie, l'Allemagne, la Tchécoslovaquie. À Constantinople, ils restèrent plusieurs mois. Mais comme le disait William : « Nous pensons toujours à Huntingfield ; la façon d'utiliser ce que nous avons vu et appris dans l'œuvre de notre vie, au sein de la paroisse. »

Elle savait aussi que cette expérience les marquait tous deux d'une autre manière, plus fondamentale. Elle dépassait la simple accumulation de connaissances et le seul apprentissage. Même si son époux ne le savait pas, elle avait conscience qu'il était radicalement changé par ce qu'il avait fait et vu. La chaleur du soleil sur la peau, le parfum des collines couvertes de lavande, le goût de l'ail, le bruit des clochettes suspendues au cou des chèvres dans la montagne. Des cultures et des coutumes étrangères. Voyager par-delà les montagnes et à travers des déserts, naviguer sur des rivières et voguer sur les mers, cela ouvrait des zones en eux que l'Angleterre n'avait jamais révélées. William se métamorphosait ; il n'était plus le jeune garçon rigide et pompeux qui avait foulé les salles en pierres d'Oxford, il s'était mué en un homme. Étaient-ce les statues en marbre lisse qui libérèrent en lui la pulsion de l'explorer, elle, en chair et en os, ainsi que les recoins sombres du plaisir avec une sensibilité et un désir insoupçonnés ? Elle aussi différait de la jeune fille qui avait accepté son anneau devant l'autel. Des sensations et des expériences nouvelles avaient été assimilées avec avidité. Et tous deux ne les avaient pas avalées à la hâte. Les expériences perduraient ; laissaient des empreintes qui dépassaient le seul fait de la mémoire, pour s'inscrire durablement dans les tendons et les âmes.

***

Les coups frappés par le facteur lézardèrent le silence du presbytère comme un œuf fracassé contre un bol. Rose sursauta, et grimpa à la hâte les marches de la cuisine. Mrs Holland, rayonnante, se tenait déjà à côté de la porte ouverte ; dans ses bras, elle tenait un paquet de lettres, un gros colis posé à ses pieds.

– Prends ceci, Rose, j'emporte le reste. Oh, merveilleux, c'est arrivé tôt aujourd'hui !

Elle soupira gaiement.

– Apporte le thé dans le bureau, veux-tu ? William, tu es… ?

Et Mildred la dépassa d'un pas rapide, écrasant Rose contre le mur, et descendit jusque dans le bureau, refermant la porte du pied derrière elle.

Pas sûre de savoir pourquoi elle est si retournée, songea Rose, en flânant jusqu'à la cuisine. La cuisinière a fait un joli gâteau aux fruits et des scones tout frais. Elle leur donne d'adorables vêtements et son époux est gentil. Mais Mrs Holland ne remarque quasi rien une fois qu'elle a enfoui son nez dans son courrier. Rose transporta le plateau dans le bureau, silencieux à l'exception des marmonnements du pasteur.

– Servez, voulez-vous, Rose ? dit-il par-dessus son épaule. Je dois choisir la lecture de ce soir, l'office commence dans une heure. Vous venez ce soir, je compte sur vous ?

– Oui, M'sieur.

Rose savait qu'il ne devrait pas en être ainsi, mais son cœur se serra. Sa foi fluctuait au gré de la température et, actuellement, il faisait si froid dans l'église.

– Alors dans ce cas, Rose, monte à l'étage et prends une paire de mes chaussettes en laine dans le panier à raccommodage. Il fera un froid glacial et tu es jambes nues. J'en ai reçu des nouvelles aujourd'hui. Regarde, William, elles ont des motifs adorables ! s'exclama Mildred, en agitant une paire dans le dos de son mari.

Rose sentit ses joues rougir. Parler de chaussettes en présence du pasteur la mettait mal à l'aise.

– Tu ressembles à un enfant à Noël, Mildred Holland !

Rose demanda :

– Dois-je aller chercher ces chaussettes et les descendre ici, Madam' ?

– Comment ? Ne sois pas bête, Rose, je veux dire que les chaussettes sont pour toi, bien sûr. Enfile-les et sois prête à temps pour l'office ; tu les repriseras plus tard. Il y a des fixe-chaussettes dans ma garde-robe. Vas-y maintenant, je servirai. William, voici ta tasse, ton journal et une lettre de je ne sais qui…

À l'étage, dans la chambre de Mrs Holland, Rose fouilla dans le panier à raccommodage et trouva une paire de chaussettes en laine. Elle caressa la douce matière, un sourire aux lèvres. Était-ce irrespectueux de les enfiler ici, où il faisait bien chaud, plutôt que dans sa chambre par un froid glacial ? Appuyée contre le lit, elle remonta prestement la douce matière sur ses jambes nues et attacha les chaussettes à hauteur de genoux avec un fixe-chaussette. Elles étaient douces et chaudes. Elle refit les lacets de ses chaussures, un autre présent de Mrs Holland. La cuisinière serait jalouse, elle le savait, quand elle verrait qu'on avait encore donné une chose à Rose, mais la cuisinière avait un corps tellement maigre qu'aucune affaire de Mrs Holland ne lui allait, à part des bonnets et des gants. Rose aperçut son reflet dans le miroir, vit avec un plaisir fugace que ses genoux paraissaient délicats. Le châle couleur crème de Mrs Holland drapait le cadre de lit. Aussi rapide qu'un serpent, elle fronça la douce épaisseur de tissu et s'en enveloppa la taille. Il retomba en plis somptueux et elle s'admira. *Comme la robe dans laquelle je me marierai un jour*, articula-t-elle en silence, tout en se pinçant les joues pour les faire rougir. En toute hâte, elle lissa le *quilt* aux endroits où elle s'était pressée contre lui et redescendit l'escalier en sautillant.

– Tu ne peux pas les prendre, entendit-elle le pasteur ronchonner.

– Mais je veux les avoir avec moi ! Je promets de m'asseoir dessus pendant l'office et d'écouter chacun des mots que tu prononceras. Mes lettres seront plus aplaties que les mouchoirs repassés par Rose.

– Ma folie, Millie… Très bien, il est temps de partir. Thomas ne doit-il pas venir lui aussi ?

Rose rivait son regard à la flaque de lumière projetée par la lanterne du pasteur, tandis que Thomas et elle traversaient le cimetière, dans le sillage des Holland. Il faisait plus froid et plus sombre à l'intérieur de l'église qu'au-dehors, songeat-elle en s'installant sur un banc en contrebas de l'autel. Elle était ravie de ses nouvelles chaussettes et de la chaleur émanant de Thomas, alors qu'il s'était assis tout contre elle. La lumière vacillante des cierges éclairait à peine le visage du pasteur, quand il se mit à lire la Bible. Malgré le froid, Rose sentit qu'elle piquait du nez. Elle espéra que ses employeurs n'aperçurent pas le coup de coude de Thomas, qui la réveilla en sursaut.

Il savait comment lui remonter le moral.

– Mrs Holland et moi prendrons le souper dans notre chambre ce soir, Rose. Assurez-vous que la pièce est bien chauffée, voulez-vous ? Mettez beaucoup de bois dans l'âtre.

C'était une habitude qu'ils avaient prise en Suisse, un soir, après une longue journée de marche dans les montagnes aux alentours de Wengen. Ce qu'ils appelaient à présent leurs « couchers alpestres ». Souper dans la chambre, de bons mets à manger et à boire, et Mildred calée contre des coussins à une extrémité du lit, pendant qu'il massait ce qu'elle appelait ses « petits orteils grassouillets ». La lumière des bougies faisait ressortir les couleurs de son whisky, alors qu'il lui en proposait de petites gorgées, tel du vin consacré. Et ils s'allongeaient tous les deux dans un halo rosé, le monde tenu à distance, les conventions et attentes sociales ayant disparu avec le soleil. Parfois, les soirées étaient plus animées, quand elle le divertissait avec des anecdotes. Mildred était une bonne imitatrice.

– Un représentant de commerce a frappé à la porte de derrière avec son boniment bien rodé et son sac à malice. J'étais dans le salon et j'entendais tout ce qu'il disait. Il faisait glousser Rose, il lui a posé des questions sur « son chéri », son « heureux élu », aussi vite que possible. « Oh monsieur, vous me flattez, a dit Rose du bout des lèvres, je n'ai pas d'être cher. » Puis la crapule lui a vendu un flacon de sa potion spéciale. Avec la garantie qu'elle réchaufferait le cœur d'un prétendant réticent, a-t-il promis. Mais William, que dira sa sœur Mary quand Rose rentrera chez elle dimanche avec un flacon marron rempli d'eau sucrée ?

Mais ce soir, Mildred gardait le silence. Elle était allongée sur le dos contre les oreillers, les yeux mi-clos. Elle secoua la tête quand il lui proposa son repas, qu'il avait découpé en bouchées. Un verre de vin sur la table de chevet demeurait intact. William entama la lecture à haute voix d'un article qu'il savait intéressant pour elle, mais au bout de quelques paragraphes, il reposa le journal :

– Que se passe-t-il, ma chérie ? Tu ne m'écoutes pas, n'est-ce pas ? Et pourquoi ne manges-tu pas ?

– Ce n'est rien, William, je suis d'humeur sombre ce soir, ne fais pas attention à moi. Il fait froid ici, cette maison est pleine de courants d'air.

– Laisse-moi te border un peu plus, Millie. Et ranimer le feu…

– Non, laisse cela, William, ne te donne pas cette peine. Je vais bien…

– Mais non, ce n'est pas vrai. Pourquoi ? Nous sommes enfin chez nous, à Huntingfield, là où nous avons toujours rêvé d'être. Mildred… ?

Elle le regarda sans prononcer un seul mot.

***

Un mur de briques entourait le jardin du presbytère et le séparait des bois qui paraissaient se presser tout autour. Ce mur était recouvert de roses et de chèvrefeuille. De gros bourgeons et des pousses vert pâle suggéraient que le printemps arriverait bientôt. Mildred était soulagée. Sur un côté de la pelouse, William prévoyait de créer un terrain de boules et parlait des fêtes qu'ils organiseraient pendant l'été. Elle voyait les endroits où le jardinier avait ensemencé la terre et tendu des longueurs de corde entre des tuteurs pour dissuader les oiseaux de se nourrir des jeunes pousses d'herbe.

Elle déambulait dans le presbytère. Ici, il y avait des pots contenant des pousses de citronniers et d'orangers, obtenues à partir de graines rapportées d'Italie. Elle fut transportée dans un verger d'agrumes que William et elle avaient visité près de Naples. William, debout avec une carafe d'eau dans une main et une ombrelle dans l'autre, la protégeant du soleil pendant qu'elle réalisait une aquarelle représentant les arbres fruitiers, des taches libres d'orange, de vert et de jaune. Elle devait toujours se trouver dans un des carnets à dessin qui n'étaient pas encore arrivés du garde-meuble. Elle entendit alors faiblement résonner la cloche de l'entrée ainsi que des voix d'hommes. Des visiteurs inattendus ? Elle retourna prestement jusqu'à la maison.

En passant dans la cuisine, elle aperçut la cuisinière, les joues rougies par la chaleur du feu, et Thomas occupé à verser de l'eau bouillante dans une théière.

Le garçon leva la tête :

– Une livraison arrive de Londres, Mrs Holland. Les hommes sont en train de la transporter à l'intérieur en ce moment même.

La porte d'entrée était ouverte. On portait des choses lourdes à l'intérieur, des voix masculines rouspétaient. Rose se précipita vers Mildred dans le couloir, les yeux brillants, ses nattes se balançant autour d'elle. Ces hommes avaient-ils flirté avec elle ? Il aurait été tellement simple de lui tourner la tête.

– Pour l'amour de Dieu, Rose, que se passe-t-il ?

– Je ne savais pas trop où leur dire de poser ces choses, Mrs Holland, et c'est tout pour la maison…

Il y avait une pile désordonnée de chaises, des cartons, un pied de lampe, un tapis. Des objets domestiques que Mildred reconnaissait et qui dataient de bien des années auparavant. Ils les avaient entreposés à leur départ d'Angleterre.

– Ils auraient mieux été dans la grange le temps de décider, mais…

Son cœur bondit dans sa poitrine. Sous un meuble, n'était-ce pas une de ses malles de voyage ? Cela faisait plus d'une année qu'elle ne l'avait pas vue.

– Là, aide-moi, Rose. Oh, regarde ça !

Mildred tira des paquets de sous la pile et mit au jour une malle tout élimée, de couleur marron, et coincée tout en dessous. Elle se laissa tomber à genoux avec un cri perçant, incapable de contenir sa joie. En déverrouillant le loquet, elle ouvrit à la volée le couvercle en cuir bien tendu. La première chose qu'elle remarqua, ce fut l'odeur. Lentement, profondément, elle en inspira le parfum et, en un instant, elle se retrouva dans le souk animé de Rabat. Un après-midi, alors que la chaleur avait un peu diminué, leur guide les avait emmenés, William et elle, à travers un dédale de ruelles tortueuses jusqu'à une minuscule boutique d'huiles parfumées. Le propriétaire insista pour qu'ils se reposent sur des tabourets rembourrés et leur offrit un thé sucré à la menthe dans des verres gravés, ainsi qu'un bol d'abricots et de dattes frais. Il avait sorti une boîte en bois remplie de petites fioles ; avait débouché chacune d'elles pour laisser leur fragrance entêtante se diffuser dans l'air. Il lui avait donné des morceaux de coton imprégnés de parfum à placer dans sa manche. Jamais auparavant elle n'avait apprécié à ce point le sens exquis de l'odorat. Il était tellement difficile de choisir quoi acheter. Par conséquent, plusieurs petits flacons furent disposés dans une charmante boîte gravée. À présent, ils étaient arrivés à Huntingfield !

Mildred se mit à fouiller dans la malle en se demandant quels autres trésors elle allait découvrir. Elle contenait des objets qui l'avaient fait mourir d'envie lorsqu'elle les avait vus pour la première fois, mais qu'elle avait oubliés depuis. Des sachets d'épices, des lots de pinceaux, des écheveaux de soie. Des bandes de tulle, d'organza et de coton se déroulaient à présent autour d'elle dans un kaléidoscope de magenta, de jaune, de rose et de vermillon. Certains coupons étaient bordés de dorures, de pampilles ou de grelots, d'autres couverts de sequins ou de motifs représentant des losanges et des carrés. Ayant admiré un éventail à plumes, elle le mit de côté pour attraper une paire de mules vert pâle.

– Mes pantoufles ! s'exclama-t-elle en se débarrassant de ses chaussures d'un coup de pied et en tortillant ses orteils dans le cuir souple.

Puis elle retrouva son journal, le feuilleta, lisant çà et là des passages relatant des expériences qu'elle avait pratiquement oubliées. Des souvenirs d'un désert aride, d'un marché grouillant d'animation, de visages inconnus. Des visions, des odeurs, des goûts, tous enivrants, tous inconnus. Si différents de son existence à Huntingfield où les couleurs étaient feutrées et passées, où le soleil ne brillait jamais avec intensité, où les odeurs provenaient habituellement de la ferme. Comment une vie pouvait-elle changer aussi radicalement ?

Comment une personne pouvait-elle faire face à un tel contraste ?

Une vague de regret lui comprima la poitrine. Mildred prit conscience de respirer trop vite, des inspirations superficielles qui lui donnaient des vertiges. Elle caressa ses précieux trésors éparpillés autour d'elle. *Maintenant qu'ils sont avec moi, peut-être me sentirais-je davantage chez moi*, se dit-elle. *Ils m'ont tous tellement manqué.* Elle secoua la tête et poussa un autre soupir.

– Madam', puis-je faire quelque chose ?

Rose se tenait tout près, derrière elle, sourcils froncés.

– Oui, non, je vais bien. Viens, je veux te montrer quelque chose. Regarde ce que j'ai là.

Mildred brandit un petit pot en argile. L'incertitude se lisait sur le visage de Rose.

– C'est une lotion, Rose, que les femmes préparaient à partir de cire d'abeille, d'huile d'amande et d'eau de rose, oui… pour adoucir la peau. Prends-la, proposa Mildred avec douceur, c'est pour toi.

Rose contempla le petit pot avec méfiance. Elle le posa avec précaution dans sa paume. Des mouchetures colorées décoraient le couvercle rond. Avec des doigts hésitants, elle saisit le minuscule bouton et ouvrit le couvercle. Elle jeta un coup d'œil à l'intérieur. Mildred observa la jeune fille renifler légèrement, plonger un doigt prudent dans la crème rose. Elle put même distinguer un effluve de rose et de cannelle, tandis que la jeune fille en étalait une pointe sur une articulation de son doigt rougi.

– Merci, Madam', murmura Rose. Très gentil, pour sûr.

– Je suis contente que ça te plaise. Maintenant… aide-moi avec ça, veux-tu ?

Mildred était debout et avait soulevé une bande de soie vert brillant. Mais le fardeau était trop lourd pour ses bras et le tissu glissa de nouveau au sol. Souriant à l'attention de Rose, elle dit :

– Prends les coins et recule par là-bas. Déploie-le !

Les femmes se dirigèrent vers les extrémités du vestibule, bras tendus, pour déplier la soie. À cet instant, William franchit la porte d'entrée. Un coup de vent s'empara de l'étoffe légère. Il la fit gonfler dans le hall, son éclat vert s'éleva comme un petit pois géant et doux. Les femmes observèrent le dôme flotter et s'agiter au-dessus d'elles. La lumière du soleil fit ressortir l'endroit où le tissage était détendu et où de minuscules éclats de lumière scintillaient. Mildred se remémora des endroits où une lumière vive faisait partie de son quotidien.

– Regarde, William, mes affaires sont arrivées ! s'exclama-t-elle, en retombant sur ses genoux.

Saisissant ses affaires par brassées, elle les ramena contre elle. Mais lorsqu'elle regarda à nouveau son époux, elle remarqua que son visage était assombri par l'inquiétude. Ensuite, elle prit conscience que des larmes coulaient de ses yeux et laissaient des taches humides sur les tissus éparpillés sur son giron.

– Mildred, ma chérie, lève-toi.

Sa voix était atone. William tendit la main pour l'aider à se lever, mais elle le repoussa. Pourquoi essayait-il de l'arracher à ses biens ?

– C'était merveilleux, William, quand nous étions loin, vraiment ! Tout ce que nous faisions et voyions, et maintenant nous sommes ici…

Mildred se mit à trembler.

– Rose, dit-il d'une voix bourrue. Emballez ces affaires. Remettez-les dans la malle. Rapidement, si vous le voulez bien. Thomas, aidez-la et mettez-vous au travail.

Pourquoi les domestiques la fixaient-ils ? Mildred enfouit son visage dans le monticule aux couleurs criardes et sanglota.

– L'emménagement à Huntingfield a causé un choc à son système, déclara le médecin que William fit venir au presbytère, plus tard dans la soirée. Il lui faudrait un moment avant de s'enraciner dans la campagne, après de si nombreuses années passées à vivre autrement.

Le médecin lui prescrivit des comprimés de laudanum qui aideraient l'épouse encore agitée à mieux dormir.

– Elle a besoin de beaucoup de repos, conseilla-t-il, et de quelque chose pour lui occuper l'esprit, peut-être ?

William et Mildred se connaissaient depuis toujours. Mais lorsque William était témoin de scènes telles que celle de cet après-midi, il réalisait à quel point sa femme pouvait le dérouter. William et Mildred étaient cousins, leurs pères étant frères, et ils avaient chanté aux baptêmes et cassé des noix aux fêtes de Noël toute leur enfance. Ce ne fut que lorsqu'elle eut dix-sept ans que William remarqua la chevelure bouclée de sa cousine. Elle était petite, à peine plus d'un mètre soixante, mais ce qui lui manquait en taille, elle le compensait par son énergie naturelle. Le menton levé bien haut, elle chantait avec assurance et riait avec un plaisir évident. Il était fasciné par ses boucles auburn et ses yeux verts. Il voulait toucher sa peau pâle, se presser contre sa poitrine ronde, des sensations qu'il n'avait jamais éprouvées en présence d'une jeune fille – une femme – auparavant et il ne savait que faire. Il lui fallut une année entière passée à rêver, avant de réunir le courage de parler au père de Mildred de la possibilité d'un mariage futur.

Elle en fut exaspérée quand elle le découvrit :

– William ! Pourquoi ne m'en as-tu pas parlé directement ? C'est moi que tu vas épouser, pas mon père !

– Mais c'est ainsi que cela se fait, Millie, de demander au père la main de la jeune fille.

– Je suppose que ce n'est pas la main que tu veux épouser, mais la femme qui est au bout !

Ce premier différend fut vite oublié. Néanmoins, William comprit que d'évidence Mildred avait bien l'intention d'occuper une place d'égale au sein de leur mariage. Elle ne s'en remettrait pas à son époux, comme on pouvait s'y attendre. Elle campait sur ses positions et parfois ses opinions différaient des siennes. Il remarqua qu'elle était disposée à les exprimer, même au sein d'une société mixte.

Il savait également qu'elle pouvait « trop réagir » selon ses mots à lui. Il se souvint d'une soirée au tout début de leurs fiançailles. Il séjournait dans la famille de Mildred, quand il descendait d'Oxford pendant les vacances. Après le souper, Mildred et lui lisaient un article sur la fièvre puerpérale dans un périodique que William avait apporté. Un médecin autrichien suggérait que ses étudiants en médecine, qui souvent passaient directement de la dissection d'un cadavre à un accouchement sans se laver les mains, transmettaient peut-être la fièvre puerpérale du cadavre à la femme.

– Quelle absurdité est-ce là ? Ce sont des mains guérisseuses, déclara William. Comment un médecin – un homme bien élevé – pourrait infecter une femme qu'il soigne ?

– Mais plus de femmes accouchées par ces médecins meurent par rapport à celles accouchées par des sages-femmes.

– Les médecins ne peuvent pas nuire à leurs patientes ! Ces hommes sont dévoués et bien intentionnés.

– Personne ne met en doute leurs *intentions*, William. Mais quand les étudiants se lavent avec du chlorure de chaux, il y a moins de parturientes souffrantes. Regarde les preuves qu'il présente, déclara Mildred en pointant son doigt sur la page.

– Les femmes accouchent de cette manière depuis des années.

– Et nombre d'entre elles meurent… comme tu le sais très bien ! rétorqua Mildred.

– N'est-ce pas une vaine conjecture, ma chérie ?

– Et toi, William Holland, tu proclames être intéressé par la connaissance ?

– Laisse-la tranquille, intervint le père de Mildred avec un clin d'œil pour son beau-fils, tout en claquant la porte.

John Holland était un fermier du Lincolnshire pour qui les soirées étaient mieux occupées à manger, boire et somnoler près du feu.

– Millie est vive et cela ne lui rend pas que des services, dit-il. Tous ces discours et ces disputes, pas sûr quant à moi qu'ce soit bien pour les femmes, hein ? Et les souffrances, la douleur, ça fait partie du sort d'une femme.

William ordonna à Thomas de transporter la malle de Mildred jusqu'au grenier. Elle serait entreposée là-bas jusqu'à ce que Mildred soit capable de la déballer. Pour le moment, elle avait besoin de repos. Et elle devait se concentrer sur sa fonction d'épouse de pasteur. De nombreuses tâches l'attendaient.

Chapitre 4

1849, quelques jours plus tard

– Je l'ai trouvée agenouillée dans le grenier, Judy, et elle hurlait comme un chien. Elle ne m'a pas parlé. J'ai dû aller chercher le pasteur. Quel remue-ménage.

Rose était assise près du lit de Judy Scott. Une fois le déjeuner du dimanche débarrassé, on donnait congé à Rose pour la demi-journée, qu'elle occupait alors à son gré. Elle avait suffisamment de temps pour marcher jusqu'au village, passer au cottage de sa sœur Mary pour serrer sa toute petite nièce dans ses bras et promettre de revenir à temps pour le souper, avant de gagner le chevet de Judy. Cette dernière attendait des bribes d'informations régulières à propos des habitants du presbytère.

Épouse de Ned Scott et mère de cinq enfants, tous décédés au cours de leur première année d'existence, Judy avait été alitée vingt ans auparavant. Le pronostic du médecin ne lui donnait pas plus de trois mois à vivre étant donné le « désordre de son système nerveux ». Elle ne mourut pas. Certes, Judy avait gardé le lit, veillée par le dévoué Ned. Elle régnait sur Huntingfield depuis sa chambre à coucher. Au fil des années, la majorité des familles du village avaient été impliquées ou associées à des faits qu'elles préféraient oublier. Des dettes, vols, maladies, ivrogneries, déséquilibres mentaux, jalousies de voisinage, amours incestueuses. Tout cela, Judy le savait. De tout cela, Judy se souvenait. Des amis et des contacts au sein du village la tenaient informée des commérages, des nouvelles et des scandales qu'elle mettait de côté dans sa prodigieuse mémoire, prête à s'en servir quand elle le jurerait mérité. Si on la froissait ou l'ignorait, Judy devenait désagréable. Si elle trouvait une personne curieuse ou étrange, peu d'âmes dans le village se montraient assez courageuses pour remettre son jugement en question. Un villageois pouvait être ostracisé sur la base d'une simple réflexion. Judy n'avait qu'à suggérer qu'un époux trompait sa femme, remettre en question la paternité d'un enfant, exprimer des doutes sur l'honnêteté de quelqu'un, pour que la vie à Huntingfield devienne inconfortable, alors que la campagne de rumeurs enflait.

Pratiquement tous les jours, dans la pièce du rez-de-chaussée des Scott, un petit groupe de femmes attendait leur tour de monter au chevet de Judy. Et pas uniquement des femmes. L'évêque avertit le pasteur Holland qu'il serait préférable de se présenter en personne à Judy le plus tôt possible afin de s'assurer une réaction positive au sein des villageois.

Judy recevait toujours ses visiteurs individuellement, parce que, comme elle leur assurait, tout ce qu'il lui était rapporté était traité dans une confiance absolue. (Tout le monde savait qu'il s'agissait d'un mensonge car Judy révélait tout ce qu'elle savait, quand cela lui convenait.) Si quelqu'un savait ce qui se passait à Huntingfield, c'était bien Judy Scott. Et d'après ce que Judy avait entendu sur Mildred Holland, elle ne l'aimait pas.

– Eh bien, elle a vécu à l'étranger pendant de nombreuses années, on doit s'y attendre, déclara Judy. Il fait très chaud là-bas apparemment.

– Mrs Holland sort marcher tous les jours, même quand il pleut. Elle revient avec des bouts de forêt accrochés à sa jolie robe et ensuite je dois les décrocher un par un. Et alors la semaine dernière, ces malles sont arrivées de Londres. Remplies de choses bizarres, elles étaient, toutes ces étoffes et ces bibelots, un tel ramassis de trucs que je n'ai jamais vus auparavant. Elle s'est mise à pleurer aussi !

– Ah oui ?

– Je n'ai jamais vu de femme riche pleurer, déclara Rose.

– Tu vas découvrir qu'elles ont des larmes qui ressemblent bien aux nôtres, sûr, lança Judy.

– On a dû mettre ses malles de côté là-haut dans le grenier, là où elle ne pouvait pas les voir. Et on a appelé le docteur, il a fait tout le trajet depuis Laxfield, et il lui a donné un tranquillisant. Elle est allée dormir ensuite. Le pasteur avait l'air assez inquiet.

– C'est une femme étrange que cette Mrs Holland, d'après ce que j'entends, statua Judy en attachant sous son menton les nœuds de son bonnet.

Elle prenait toujours soin d'être bien mise pour ses visiteurs. Bien que Rose ne fût qu'une jeune domestique, Judy avait une réputation à tenir.

– Ned, je répète Ned, apporte-moi mon châle, merci mon cher !

Sa voix était certes polie, mais son ton suggérait une réaction rapide. En un instant, son époux fit son apparition dans la pièce.

– Il a été lavé et aéré, ma chère. À présent, couvre-toi bien.

Et après avoir ramené le châle tendrement autour de ses épaules, il redescendit l'escalier d'un pas traînant.

Ned avait veillé patiemment sur Judy. Il avait dirigé la maisonnée, fait pousser des légumes et accepté de curieux emplois en échange d'argent liquide quand le travail se présentait. Son épouse, elle, était restée allongée sur son lit, orchestrant la vie sous ses couvertures. Leur manière de vivre différente n'avait peut-être pas eu de conséquences sur leur vieillissement, mais il était voûté et tout tordu, alors qu'elle affichait un visage sans rides.

– Passe-moi le miroir, jeune fille.

– Elle est gentille avec moi, cela dit, déclara Rose, en tendant un miroir à Judy. Elle l'observa écarter une mèche de cheveux rebelle. Elle m'a donné des choses, ces chaussures, regardez Judy ! Et pour le bébé de Mary, un adorable lange. Je l'ai donné à Mary et elle était contente. Et Mrs Holland a soigné les rougeurs que j'avais sur le bras et qui étaient affreusement irritées.

– Elle t'a soignée, n'est-ce pas ? Elle est docteur, alors ? s'enquit Judy d'un ton sarcastique. Et pourquoi une dame comme elle te donnerait, à toi, une jeune bonne, des cadeaux, si je puis me permettre ? Je n'aime pas ça, pas du tout.

L'idée traversa l'esprit de Rose qu'elle se montrait déloyale envers Mildred en racontant à Judy ses larmes et ses contrariétés. Depuis le jour où William et elle étaient arrivés au presbytère, Mildred s'était montrée aimable envers Rose. Très différente de l'épouse de l'ancien pasteur. Mrs Uthoff balançait des mots acerbes ainsi que des ordres, elle lui avait même donné une tape sur la main la fois où elle avait fait brûler une tranche de pain grillé. Les Uthoff n'avaient pas augmenté les gages de Rose pendant plus de dix ans. Quant à la gratitude, on n'avait jamais donné un seul présent à Rose auparavant. En proie à la gêne, Rose s'agita et dit :

– C'est une dame amicale et gentille à sa façon. Et Mr Holland est un gentleman.

– Mais pourquoi est-elle amicale ? insista Judy en se redressant dans son lit, aussi droite que possible. Par ici, arrange les oreillers, Rose. Ça ne tient pas debout. Il y a quelque chose de curieux chez cette femme-là. Pourquoi n'ont-ils pas d'enfants ?

***

Parfois, le matin, quand William partait vaquer aux tâches de la paroisse, Mildred errait dans la chambre en se demandant comment faire passer le temps. Pendant la journée, c'était tellement silencieux. J'emploierais bien le mot « mortel », chuchotait-elle, mais ce serait trop terrifiant. Vivre à Huntingfield revenait à vivre sous la neige, trancha-t-elle. Pas uniquement parce qu'il y faisait froid, mais parce que tous les sons étaient étouffés et les gestes laborieux. Elle s'assit à la fenêtre de sa chambre, contemplant par-delà les cimes sombres de ses amis, les ifs, la campagne à perte de vue, qui s'étendait jusqu'à la ligne d'horizon. Tout était pratiquement immobile, la fumée s'élevant de la cheminée d'un cottage lointain, pour unique signe de vie humaine. Le ciel dominait tout, tellement vaste qu'elle devait tourner la tête de gauche à droite, au maximum, pour voir où l'horizon commençait et se terminait. Un pigeon ramier s'envola à tire-d'aile ; son cri étouffé la surprit et le cœur de Mildred bondit dans sa poitrine.

Une fois par semaine elle prenait un sentier à travers bois (que Rose nommait la « Chaussée ») jusqu'au village de Huntingfield. Il y avait un bureau de poste, un tailleur, une auberge, un cordonnier et un maréchal-ferrant. Mildred adorait regarder travailler les hommes. Le cordonnier se baissait sur ses outils, s'étirant et cousant, coupant et cirant le cuir. L'odeur lui rappelait les ateliers qu'elle avait visités à Rabat. Ou bien elle se tenait près de la forge du maréchal-ferrant, tressautant lorsqu'il frappait le métal avec son marteau et que le soufflet de la forge faisait des étincelles rouges qui volaient et crépitaient.

Parfois, une femme avait installé un étal pour vendre le surplus de fruits et de légumes cultivés dans son jardin. Mildred savait que les quelques pièces qu'elle lui tendait pourraient bien être les seules que la maisonnée gagnerait. Et il y avait toujours une occasion de discuter quelques minutes avec un villageois, un qui ne l'évitait pas, tout au moins. Le temps qu'il faisait, la santé des enfants, cela deviendrait plus simple au fur et à mesure qu'elle apprendrait à connaître les gens, se disait-elle pour se rassurer. Parfois, elle se demandait si cela deviendrait un jour une réalité.

Chaque matin, Thomas rapportait des nouvelles du village, des comptes rendus de maladies ou d'accidents, puis William et elle discutaient de ce qu'ils pourraient faire pour leur venir en aide. Si William était trop occupé ou que l'affaire était délicate, il revenait à Mildred de rendre visite à la famille. Rendre visite aux familles de la paroisse faisait partie des tâches incombant à l'épouse d'un pasteur et Mildred était encline à endosser ses responsabilités. Mais elle devait avouer, à elle-même ou à Dieu (elle ne savait pas bien à qui des deux), qu'elle n'appréciait pas cette tâche. Les jours de visite, elle se sentait lasse et abattue, et ce n'est qu'après plusieurs tasses d'un thé bien fort que ce sentiment se tassait. Les villageois ne l'aimaient pas. C'était aussi simple que cela.

Mildred réfléchissait toujours soigneusement à ce qu'elle devait emporter. Des médicaments et des bandages, du pain ou une tarte, du beurre, des allumettes, du sel ? Ils appréciaient l'argent, elle le savait, mais sans garantie que les espèces serviraient à payer les honoraires du médecin plutôt que l'ardoise de la taverne.

Le premier coup frappé à la porte de la famille demandait du courage : elle ne savait jamais ce qu'elle allait trouver ou quelle réaction elle allait susciter. Une fois elle avait rendu visite à une famille dont les enfants étaient supposément atteints de rougeole. Dans un cottage sombre, elle découvrit deux enfants, couverts de boutons et les yeux brillants de fièvre, étendus sur un lit malodorant. Des grognements lui parvinrent depuis une chambre à l'arrière. Il y avait une femme, probablement leur mère, qui délirait presque de fièvre, des plaies s'alignaient le long de son buste, et elle chuchotait à l'attention de son mari. S'était-il enfui à la taverne ?

Mildred écrivit à sa sœur :

J'ai passé le reste de la journée à appliquer de la lotion à la calamine sur les cloques des enfants et du vinaigre de cidre sur le zona de la mère. Bien entendu, j'ai eu envie de prendre une poêle pour cogner sur la tête de cet épouvantable père, lorsqu'un peu plus tard dans la soirée, il a buté contre la porte, complètement ivre. Elizabeth, quel genre d'homme abandonne sa famille dans un tel état ?

À une autre occasion, quand on leur raconta que Mrs Tippett avait le ventre gonflé par ce que l'on ne pensait pas être une grossesse, Mildred se rendit au cottage chargée d'un panier de nourriture et d'un peu d'argent. Un homme ouvrit la porte, lui lança un regard noir, s'empara du panier sans un mot et lui claqua la porte au nez. Elle fut dévastée lorsque, quelques jours plus tard, Thomas lui rapporta que la femme était décédée d'une rupture de l'appendice. Pourquoi la famille avait-elle refusé son aide ?

Dans un coin ensoleillé du jardin, Mildred commença une esquisse : un dessin rapide du visage radieux du représentant, qui avait vendu sa potion à Rose. Elle enverrait son gribouillage à Elizabeth, sa sœur adorait ses dessins qui ne manquaient pas de la faire rire. Comment Elizabeth demeurait-elle si enjouée ? Ne s'étant jamais mariée, elle restait dans la maison familiale pour s'occuper de leurs parents âgés. Les jours devaient énormément se ressembler pour Elizabeth également. Comment une des sœurs parvenait-elle à faire face, tandis que l'autre se tortillait comme un ver au bout d'un hameçon ?

Mildred parcourut son carnet à dessin. Un croquis de gargouille, une statue, une fontaine, un marché animé, des scènes que William et elle avaient contemplées ensemble. En tendant la main vers son chapeau, la chaleur du soleil sur son nez lui rappela ces jours heureux de voyage, et elle ressentit de la joie à leur souvenir. Des langues qu'elle ne comprenait pas, des traits qu'elle ne reconnaissait pas, des paysages qui parfois la terrifiaient par leur étrangeté. Le sentiment d'incertitude, à quel point elle avait aimé cela ! Aucune attente quant à ses ressentis ou réactions : l'expérience pure.

Deux hommes travaillaient sur le toit de l'église. Un échafaudage de poteaux en bois s'accrochait au bâtiment comme un lézard. Depuis cette plate-forme de fortune, l'un tendait une tuile ou un outil à l'autre. Elle n'entendait pas ce qu'ils disaient, mais ils riaient et plaisantaient. Un homme s'essuya la tête avec un mouchoir, envoyant un éclair blanc sur le ciel bleu.

– Qu'arrivez-vous à voir de là-haut ? lança-t-elle vers eux.

Ils ne l'avaient pas vue parmi les pierres tombales. Deux visages interrogateurs se baissèrent depuis les hauteurs de l'échafaudage.

– Belle journée, Mrs Holland.

Ils lui firent un signe de tête, mais c'était périlleux, car leur tête pendait vers le bas.

– À quelle distance pouvez-vous voir ? Voyez-vous la côte ?

Elle se tenait près de l'échelle qui était appuyée contre un poteau de l'échafaudage. Une pensée lui traversa l'esprit : elle avait envie de grimper là-haut. Elle secoua la tête. Elle ne le devait pas, les hommes jugeraient cela très étrange.

– Nous réparons juste le toit, Mrs Holland, cria l'un d'eux en direction du sol. Nous voyons Bramfield là où le foin a été coupé dans un des champs et…

Elle leur adressa un geste de la main avant de rentrer dans l'église. On avait réparé les murs avant de les blanchir à la chaux. Des outils étaient éparpillés sur une table et on avait réparé une fenêtre. Un balai était posé contre le mur ; on avait balayé les feuilles et la poussière. Où qu'elle posât les yeux se trouvaient les indices de personnes en action, qui étaient au monde, qui y prenaient part. Ces personnes étaient libres d'agir. Auraient-elles fait ce choix d'elles-mêmes ? Peut-être, pour d'autres, son existence à elle paraissait privilégiée, avec ses choix et ses libertés. Ce n'était pas le cas. Elle se faisait l'effet d'être spectatrice de sa propre vie, destinée à ne jamais en jouer le rôle principal, vouée à contempler les autres.

– Je ne souperai pas ce soir, Rose, je n'ai pas d'appétit. Il me faut juste une lampe.

Mildred s'écroula dans un fauteuil comme épuisée par le labeur. Rose ferma les rideaux du petit salon, alimenta le feu et quitta la pièce. Le bruit de ses pas s'estompa. La maison devint silencieuse. De sombres pensées s'insinuèrent en Mildred, comme elles le faisaient souvent quand les recoins sombres d'une pièce, là où le feu et la lumière de la lampe ne pénétraient pas, reflétaient des parties de son esprit où les souvenirs demeuraient enfouis jusqu'à ce que le calme les réveille. Des souvenirs humiliants : des examens de santé et des rendez-vous dans des centres européens d'excellence, quand des hommes de médecine lui posèrent des questions intrusives sur les relations intimes au sein de son couple ; son corps pénétré et sondé avec des instruments en métal froid ; la recherche infructueuse pour répondre à la question soulevée chaque fois que les traces mensuelles de sang confirmaient qu'aucun bébé ne grandissait dans son ventre. Et à présent, malgré leurs prières, nul bébé ne venait.

***

Chapitre 5

Été 1849

– Bonjour, Mrs Holland.

Harry Browne, le receveur des postes, agita une main impatiente en direction de la file de villageois, indiquant qu'ils devraient laisser la place, tandis que Mildred pénétrait dans sa boutique.

– Je vous en prie, Mr Browne, s'il vous plaît, continuez. Je patienterai jusqu'à ce que vous ayez terminé.

Au fond de la boutique, les étagères de produits en conserve et de marchandises sèches n'attiraient que peu l'attention, mais elle pouvait écouter les conversations de façon indiscrète au niveau du comptoir. Le tintement des pièces et le chuchotement des voix suggéraient que le fonds de secours acté par la *Poor Law* avait été versé. Mildred savait qu'il provoquait une scission au sein du village. Cette allocation était donnée à certains alors que tant d'autres luttaient pour joindre les deux bouts. C'était injuste, trouvaient-ils, que certains doivent travailler, alors que d'autres non. Mildred avait enjambé des personnes mourant de faim dans les rues de Londres, de Paris et de Rome. La pauvreté était horrible et dégradante, et elle ne voulait pas la voir dans son village. Il devait y avoir une aide pour les familles qui luttaient pour survivre.

Selon l'opinion de William, le village devait veiller sur les siens. S'attaquer à la pauvreté nécessitait des solutions pratiques. Alors il proposait de l'emploi chaque fois que c'était possible et il s'efforçait de convaincre les autres, les fermiers et les propriétaires terriens, qu'ils étaient moralement obligés de faire de même. William fit l'acquisition de plusieurs cottages dans le village qu'il louait à bas prix aux familles les plus pauvres afin de leur éviter l'Union House.

Mildred savait que les bourses locales ne seraient jamais assez profondes pour protéger le village du vent du changement. La révolution industrielle rugissait peut-être dans des endroits lointains du pays, mais sa chaleur se faisait sentir à Huntingfield. Deux familles étaient parties peu de temps auparavant, cédant aux promesses d'emplois dans une ville industrielle des Midlands. Et qui pouvait les en blâmer alors que les emplois traditionnels devenaient obsolètes ? Le moteur à vapeur ne se limitait pas à actionner les nouvelles usines, mais aussi les batteuses et les moulins à grains, réduisant de fait le besoin des travailleurs. Le filage et le tissage qui donnaient l'occasion aux femmes de gagner un peu d'argent étaient effectués par des machines.

Tout le monde savait que les anciennes habitudes changeaient rapidement. Les terres communales, des endroits où les gens avaient pu mettre en commun du carburant, écorcher un cochon ou élever quelques poules, étaient à présent clôturées. Ceux qui avaient autrefois possédé un petit lopin de terre étaient tentés par l'attrait de liquidités rapides, et donc de vendre à un fermier du coin, mais ils le regrettaient ensuite. Et les nouvelles *Game Laws* étaient redoutables. Prendre un faisant ou un lièvre, ce qui était toléré par le passé pour vaincre la faim, était à présent qualifié de « braconnage ». C'était un crime susceptible d'envoyer un ouvrier en exil en Australie.

Huntingfield avait plus de chance que certains villages. Heveningham Hall procurait des emplois à nombre de personnes qui vivaient dans son ombre ; du travail à plein temps dans la maison ou du travail occasionnel quand les groupes comptaient de nombreux chasseurs. La réalisation et la maintenance des routes avaient facilité les voyages. Par conséquent, le vivier de personnes dans lequel on pouvait embaucher les domestiques était plus important qu'auparavant. Si un employeur n'appréciait pas les services d'une personne, les candidats étaient nombreux.

Mildred regarda par-dessus l'étagère. C'était difficile à dire parce que son châle recouvrait son visage, mais n'était-ce pas cette femme-là, Jane Thomas ? Mildred avait entendu dire que son époux, Andrew, avait perdu son emploi quelques semaines auparavant. Il avait été en retard au travail un matin et le gestionnaire de la ferme l'avait renvoyé sur-le-champ. Peut-être à cause d'une gueule de bois, Andrew s'était défendu. Le sifflet du responsable avait appelé les chiens de la ferme et Andrew fut sauvagement attaqué. Ce fut à son épouse Jane et aux voisins de s'occuper du blessé et de veiller à son rétablissement, et à Jane encore de se débrouiller avec leurs quatre enfants. Mildred avait visité le cottage des Thomas rapidement après l'incident. Lorsqu'elle frappa, le visage fermé de Jane la scruta :

– Qu'esse vous voulez ?

Elle lança un regard suspicieux à Mildred, et étrécit ses yeux bordés de rouge. L'épouse du pasteur entendit des enfants pleurer à l'intérieur du cottage, puis un grognement suivi d'une claque et de pleurs.

– J'ai apporté un peu de nourriture et de l'argent aussi. Nous avons été désolés d'apprendre l'accident d'Andrew.

Un bras pâle se faufila de derrière la porte et saisit le panier tendu.

– Mille mercis, Mrs Holland, dit Jane, en commençant à refermer la porte qui racla le sol.

– Jane. Je me demande... Vous vous débrouillez avec une aiguille ? J'ai un peu de raccommodage à faire et je ne suis pas habile de mes mains.

Jane avait accepté de prendre le travail. Elle revint au presbytère quelques jours plus tard, emmitouflée contre le vent, le reprisage enserré dans un mouchoir blanc et propre.

– Bonté divine, Jane, vous avez fait vite, et c'est magnifiquement réalisé ! Merci. (La femme évita le regard de Mildred. Elle paraissait épuisée.) Donnez-moi une minute, je vais chercher votre paie. Je n'ai pas la somme exacte, mais...

Mildred lui tendit quelques pièces supplémentaires.

– Je vous dois la monnaie, Mrs Holland, déclara Jane avec raideur. Je ne l'ai pas sur moi, mais j'enverrai une des filles dès demain.

– Non, la prochaine fois, ce sera parfait, Jane, j'aurai d'autres travaux de raccommodage. Si vous le voulez bien ?

Quelques semaines s'étaient écoulées depuis. Cet argent l'avait sans aucun doute aidée, mais il ne suffirait pas ; Jane faisait la queue pour obtenir une aide.

La clochette de la porte tinta. Une femme mince, à la chevelure brune, entra dans la boutique. Elle tenait la main d'une petite fille qui lui ressemblait trait pour trait. C'était Ann, la jeune épouse d'un avocat de la région, Richard Owen. Mildred et Ann s'étaient rencontrées à la *garden-party* de Heveningham Hall, quelques semaines plus tôt. Richard conseillait William sur l'achat de propriétés dans le village.

– Bien le bonjour, Mildred.

Ann avait une voix profonde, grave pour une femme. Mildred se rappelait le plaisir puéril de la femme quand elle avait gagné la tombola, glissant dans sa poche la petite figurine remportée avec un gloussement.

– Voici notre fille aînée, Sarah. Souhaite une belle journée à Mrs Holland.

La petite fille serra solennellement la main de Mildred, puis se mit à sucer son pouce.

– Bien le bonjour, Sarah. Je suis très heureuse de faire ta connaissance. Quels magnifiques yeux marron tu as. Je t'ai vue à la fête foraine sur les balançoires avec ta sœur. Mildred s'agenouilla. Tu es venue poster une lettre ?

Elle parla à Sarah des chiots nouveau-nés qu'elle avait vus dans un des cottages du village, puis elle acheta un sachet de bonbons à la fillette pour qu'elle le partage avec sa sœur. Les femmes bavardèrent quelques minutes.

– C'est un magnifique foulard, Mildred. Quelles couleurs merveilleuses, s'extasia Ann.

– Oui, n'est-ce pas ? Je ne sais pas si William l'a mentionné à votre époux, mais William et moi avons voyagé dans toute l'Europe continentale pendant de nombreuses années avant d'emménager à Huntingfield. Je l'ai acheté en Égypte dans un petit atelier à l'extérieur d'Alexandrie.

– En Égypte ? Vous avez voyagé sur le continent ? Comme c'est exotique, Mrs Holland, ô combien fascinant ! Je n'ai jamais quitté ce pays. Oh, vous devez m'en raconter davantage. Seriez-vous disposée à nous rendre visite pour le thé ? Vous seriez plus que la bienvenue. Nous vivons à la périphérie du village, en bas d'un sentier près du manoir, non loin de chez vous.

Ann se fit insistante.

– Vous pourrez faire la connaissance de mon autre fille, Grace, et nous nous assiérons dans le jardin et vous me raconterez vos voyages. Acceptez, je vous en prie !

Sur le chemin du retour au presbytère, Mildred se surprit à fredonner. Dans sa poche, ses doigts touchèrent la sucrerie collante qu'elle avait prélevée du sachet offert à Sarah. Après avoir retiré une petite peluche, elle le fourra vivement dans sa bouche, lécha le sucre sur le bout de ses doigts. Elle décida de ne pas emprunter le chemin habituel et suivit à la place un sentier qui serpentait à travers un bosquet de jeunes bouleaux blancs, élégants comme des cravaches. Ses jupes faisaient bruire les herbes sèches, couchées par le passage de quelque animal peut-être. Au-delà des aulnes, auxquels pendaient des chatons jaune d'or, de l'oseille des bois poussait sur une bûche couverte de mousse. Elle toucha les fleurs en forme de coupe, passa les doigts le long des pétales d'un blanc laiteux, striés de fines veinules mauves. Le sol chaud sentait la terre. Un scarabée noir fila à l'extrémité de sa bottine. Accroupie parmi les plantes, pour la première fois depuis une éternité, elle était contente. Si elle pouvait se faire une nouvelle amie, quelqu'un qui partageait ses intérêts. Ramassant des primevères officinales et des boutons d'or en un bouquet désordonné, elle poursuivit son chemin à travers les sous-bois et se retrouva à l'arrière du presbytère. Des arbres poussaient jusqu'en haut du mur du jardin, des ronces gravissaient les briques, emmêlées et vivaces. Parfois, lorsqu'elle regardait dehors par une fenêtre du presbytère, elle avait l'impression que la Nature menaçait de les envahir, comme si les arbres allaient traverser le mur en file indienne et les ensevelir. Aujourd'hui, elle ne ressentait que la paix émanant de la profonde forêt verdoyante.

***

Mildred mit un soin particulier à s'habiller ce jour-là. Debout devant la glace, elle posa délicatement un bonnet gris sur sa tête, glissant ses boucles en dessous, et épingla la broche en perles, que William lui avait achetée à Rome, à un joli col en dentelle. *Pourquoi suis-je si contente ?* demanda-t-elle à son reflet. Aller prendre le thé chez une femme se classait difficilement parmi les événements les plus excitants. Mais il y avait quelque chose chez Ann Owen qui l'intriguait. Elle cachait ses sentiments. Ann ne ressemblait pas aux autres femmes de la région. Ce n'était pas une commère aux préoccupations ennuyeuses ou quelqu'un qui formulait des critiques mesquines sur les autres.

Un cadeau : Mildred apporterait un présent à Ann ! Mais quoi ? Une idée lui vint à l'esprit, et Mildred étendit les bras sous son lit pour en retirer un gros carton. Elle l'ouvrit d'un geste vif et fouilla parmi un monceau d'étoffes : du velours, de la dentelle, du satin, de la soie, jusqu'à ce qu'elle s'arrête finalement sur un éclat vert vif. Elle tira une longueur de gaze qui, emportée par un courant d'air, flotta autour de son visage. Sa texture douce, fraîche, lui caressa le visage, un soupçon de parfum s'en dégageait. Avec un ruban doré, elle en ferait un joli paquet.

– Tu pars prendre le thé chez Mrs Owen ? Quand rentreras-tu ? s'enquit William.

– Je pars seulement pour le thé. Il se peut que je manque les prières, j'espère que cela ne t'embêtera pas, mon chéri ?

– Non, évidemment que non. Passe un bon moment, Millie. Mes salutations à Ann et, si tu croises Richard, s'il te plaît, transmets-lui le bonjour également.

William contempla son épouse grimper dans la carriole et lui envoya un baiser. Il agita la main tandis qu'elle descendait la longue allée et franchissait le portail. Puis, il regagna son bureau en flânant. Il était embêté. Quand ils étaient allongés dans leur lit, il lui caressait les bras et le visage, et il était tenté de lui demander si elle était heureuse à Huntingfield. Mais en vérité, il ne voulait pas entendre sa réponse, et il ne posait pas la question. Car si elle admettait son insatisfaction, William devrait y remédier.

Depuis qu'il était pasteur, la vie de William s'était enrichie. Il avait des sermons à rédiger, des offices à mener, des projets pour la nouvelle école, quantité d'occupations satisfaisantes. En revanche, outre diriger la maison et rendre visite aux malades, Mildred s'impliquait dans peu d'activités. Les rares personnes qu'elle rencontrait dans le voisinage étaient bornées et enclines aux commérages, se plaignait-elle, et elle refusait les invitations à prendre le thé à Heveningham Hall, arguant qu'elle trouvait Lady Huntingfield et consorts sans intérêt. Peut-être Ann Owen deviendrait-elle une amie ? Il aurait dû se réjouir pour Mildred, et non s'agacer !

Il savait également pourquoi les villageois trouvaient son épouse déconcertante, mais il n'était pas capable de le lui expliquer. Car cela touchait au cœur de la personnalité de Mildred. Elle n'était pas conventionnelle : par exemple, elle marchait jusqu'au village plutôt que de prendre la carriole, et tête nue de surcroît. Il soupçonnait les villageois de la juger imprévisible. Par moments, elle sympathisait avec des gens en détresse et faisait de gros efforts pour comprendre leurs difficultés, mais à d'autres, elle paraissait distraite et désintéressée. Les villageois entretenaient des attentes de la part du pasteur et de son épouse. Ils s'attendaient à ce que le couple se comporte toujours de la même manière, majestueuse et hautaine, et qu'il dispense leur générosité avec une condescendance fiable.

Dans l'esprit de William, il n'y avait nulle remise en question ou nul débat sur l'ordre des choses. Il était pasteur et son rôle dans l'existence consistait à apporter un réconfort spirituel à ses ouailles. Il escomptait (et recevait) le respect ainsi que la gratitude des villageois. S'il ne parvenait pas à fournir de réponses, il pouvait s'en remettre aux voies impénétrables du Seigneur comme un fait que ses humbles serviteurs, tout comme lui-même, devaient accepter sans questionnement. William dégageait une certitude, et de façon indéfinie, cela simplifiait les choses pour son entourage. William était le pasteur, et les villageois, qu'ils soient croyants ou qu'ils pensent que tout cela était un ramassis de balivernes, l'acceptaient tel qu'il était. Les gens savaient à quoi s'en tenir avec William. Avec Mildred, le doute prévalait.

William adorait Mildred et il vivait avec l'illusion confortable qu'il ferait n'importe quoi pour l'aider. Mais ce n'était pas vrai. En son for intérieur (et il ne parvenait pas à se l'avouer), son engagement envers elle se heurtait durement contre son sens du légitime. Elle devrait être heureuse. Il l'était bien, lui, après tout ! Ils avaient passé huit années sur le continent à préparer leur existence à Huntingfield…

et à présent elle avait commencé. Il devait continuer à prier pour elle.

***

La carriole oscilla en traversant l'imposant portail de Heveningham Hall. À mi-chemin de la vaste allée, elle prit un virage et remonta un sentier creusé d'ornières. Longeant une rangée d'arbres, la carriole s'arrêta au niveau d'une maison basse en briques. Des oies braillardes firent sursauter le cheval. Ann se trouvait là. Elle frappa dans ses mains pour chasser les volatiles criards et se précipita au-devant de Mildred.

– Désolée pour cet accueil. S'il te plaît, entre ! lança-t-elle. C'est bon de te voir ici, enfin !

La maison était modeste, plus petite que le presbytère, mais assez confortable. Les femmes traversèrent le vestibule, enjambant une couche de chiffons où une chatte allongée s'occupait d'une portée de chatons, elles dépassèrent la chambre d'enfants où deux petites filles se disputaient à côté d'un piano, puis la cuisine où le cliquetis de couverts et des nuages de vapeur parfumés au poisson suggérèrent qu'on y préparait le souper. Elles sortirent dans le jardin par la porte arrière.

– La tranquillité ! s'exclama Ann en riant. Viens dans mon pavillon de jardin. On dirait qu'il va pleuvoir. Quand William attend-il ton retour ?

Il faisait froid sous les faibles rayons de soleil, mais le petit pavillon se réchauffa pendant que les femmes discutaient. Ann expliqua qu'elle avait deux enfants : Sarah, que Mildred avait rencontrée à la boutique, avait huit ans et Grace cinq.

– Et un autre est en route, déclara Ann avec regret.

– Félicitations, c'est une grande bénédiction.

– Ça l'est, bien entendu. Le révérend et vous n'avez pas d'enfants ?

– Non. Nous prions et nous espérons que cela viendra un jour. Mildred espéra que le ton de sa voix invitait à abandonner le sujet. Alors raconte-moi, Ann. D'où vient ta famille ?

Les deux femmes étaient nées dans des familles nombreuses : des parents, des frères et sœurs, des tantes, des oncles et des cousins qui avaient tous vécu dans une grande proximité. Il y avait toujours eu quelqu'un pour discuter ou à qui rendre visite. Des réunions familiales ou bien des fêtes, des querelles et des luttes ! Mais dans le Suffolk, leur époux étant bien occupé par leur emploi respectif, il pouvait se passer des jours entiers sans qu'elles voient d'autre personne que les domestiques.

– C'est merveilleux ! s'exclama Ann. Après toutes ces années de chaos, je suis ici, loin des regards indiscrets et des commérages, je fais ce que bon me semble. Bien entendu, ma famille me manque et je vais leur rendre visite avec les enfants de temps à autre, mais cela me suffit. Rester éloignée des salons et des discussions guindées, libre de faire ce que je veux, je préfère cela. Je me rends à Huntingfield aussi rarement que possible. J'envoie Hannah, quand je le peux, et si cela implique de me mettre aux fourneaux, qu'il en soit ainsi. Je trouve les villageois méfiants.

Mildred acquiesça :

– Ils appellent peut-être cela du respect, mais j'ai le sentiment qu'ils me traitent avec dédain. Je suis une étrangère ici… peut-être n'est-ce pas surprenant. Je les mets mal à l'aise, je pense. Je ne sais pas pourquoi.

Elle soupira.

– J'ai manqué de discernement, quand j'ai donné à la femme de chambre un pot de crème acheté à Constantinople. Sa mère a eu une attaque. Elle a essayé de la lancer dans le feu, elle croyait qu'elle portait malheur !

– Je suis heureuse ici avec mes enfants et mes bestioles. Regarde là-bas.

Ann montra du doigt une grande cage métallique où des oiseaux aux plumages vifs étaient perchés et voletaient çà et là.

– Des canaris. De petites choses exquises, ne trouves-tu pas ? Et avec le chant le plus doux qui soit. J'adore les regarder. Plus envoûtants que nos oies grincheuses même s'ils ne sont pas aussi doués pour monter la garde !

Une soudaine averse de grêle se mit à tambouriner sur le toit vitré et fit sursauter Mildred.

– Regarde Ann, tes filles. Elles se font du mauvais sang pour toi.

Plus loin, à la maison, Sarah et Grace avaient collé leur visage contre la vitre de la fenêtre.

Les femmes firent un geste de la main, tout en riant.

– Je devrais y aller une fois que l'averse sera passée. Mais avant cela… regarde, je t'ai apporté ceci. Mildred tendit à Ann le paquet vert. J'aimerais te l'offrir.

Même dans la faible lumière de cet après-midi pluvieux, le vert moiré et les fils dorés de l'étoffe paraissaient lumineux. Ann sourcilla :

– Tu es certaine, Mildred ? Pour moi ? C'est magnifique.

Mildred hocha la tête. Elle ne regretterait pas de donner ce précieux objet à quelqu'un capable de l'apprécier autant. Elle contempla Ann passer sa joue contre la soie.

– J'ai vu une femme la confectionner dans un souk de Marrakech. Accroupie sur un tapis, elle filait la soie, comme si elle jouait d'un instrument enchanté.

Lorsqu'elle drapa l'étoffe autour de son cou, le plaisir se lut sur le visage d'Ann :

– C'est splendide, merci.

C'était revigorant de faire la connaissance d'une femme à l'esprit original, songea Mildred sur le chemin du retour. *D'ordinaire, je ne me montre pas aussi ouverte avec une personne que je viens de rencontrer, mais je sens que je peux lui faire confiance. Elle comprend ce que je dis et elle ne me juge pas. Un jour, je lui raconterai tout.*

Chapitre 6

Printemps 1850

– Elle est si grossière, William. C’en est trop !

Debout près de la table, Mildred se mordait la lèvre. Elle ôta son chapeau et, d’un geste plein de colère (qu’il lui avait rarement vu), elle le balança à travers la pièce.

– Ma chérie, assieds-toi. Que s’est-il passé ? Qui t’as contrariée ? Je croyais que tu étais allée voir Judy Scott ?

William marcha vers elle, mais, d’un signe, elle lui indiqua de s’éloigner.

– Elle se montre si froide, si peu aimable, avec ses remarques acerbes, elle m’aiguillonne avec ses mots. Pas à ton sujet, William, elle parle de *toi* avec le plus grand des respects !

Mildred se laissa tomber bruyamment sur la chaise que William avait tirée près du feu. Elle le dévisagea, les yeux brillants de colère :

– C’est moi. Tous les villageois me détestent. Cela ne devrait pas me contrarier, je sais. Mais c’est le cas. C’est trop méchant.

C'était une magnifique matinée de mars, chaude pour cette période de l'année, et très sèche. Elle avait marché prestement à travers bois jusqu'au village. L'ail des ours parfumait la paume de sa main, effleurant les têtes blanches à volants. Les gros bourgeons ponctuant les haies ajoutaient encore au sentiment d'attente. Le printemps se faisait attendre avec impatience. Mildred était gaie.

Un chemin de pierres menait à la porte du cottage. La peinture bleue s'écaillait, mais le heurtoir avait été poli récemment et il brillait sous les rayons de soleil. Près de la porte, des petits massifs de primevères jaunes, de jonquilles et de crocus poussaient dans les fissures du sol. Dans le reste du jardin, on avait bêché des rangées bien soignées en espérant la pluie, signal que les plantations pourraient alors commencer. Aucune mauvaise herbe en vue.

– Bonjour, Mr Scott. C'est Mrs Holland.

La porte s'ouvrit et le visage de Ned Scott, exténué et ridé, surgit de l'obscurité comme un pâle fantôme. Il approcha pour distinguer son visage, incapable de soulever uniquement la tête à cause de son dos bossu. Il lui fit signe d'entrer. Difficile de voir où mettre les pieds dans la pièce lugubre. Mildred se surprit à bavarder comme si les mots avaient le pouvoir d'éclairer.

– Et comment se porte Judy aujourd'hui ? Dites-lui bien que je suis passée. Merci, Mr Scott. Si cela ne vous dérange pas, merci.

– Entrez, lâcha-t-il enfin. Je vais la prévenir de votre venue.

Ned approcha en traînant des pieds pour refermer la porte d'entrée, puis elle l'entendit gravir lentement l'escalier, chaque marche prenant une éternité, lui parut-il.

Mildred se percha sur un banc de bois et regarda autour d'elle. Les rideaux étaient tirés. Une seule chaise près du feu, un placard avec quelques pièces d'un service en porcelaine et une petite table. C'était impeccable, tout comme Ned. Elle avait remarqué ses ongles, très propres et blancs, sa chemise et son pantalon minutieusement rapiécés. Seuls ses sourcils en broussaille révélaient que tout n'était pas sous contrôle. Quelques minutes plus tard, Ned réapparut :

– Vous pouvez monter si vous le souhaitez, Mrs Holland, acquiesça-t-il.

Judy était dans son lit, bien bordée, un bonnet soigneusement noué sous le menton. Mildred aperçut une Bible ouverte posée sur les draps et les couvertures. Judy aimait beaucoup la Bible. C'était une des raisons pour lesquelles William incitait Mildred à lui rendre visite.

« C'est une femme intelligente, avait-il dit, elle connaît très bien la Bible et apprécie de discuter des Saintes Écritures. » L'ancien pasteur parlait d'elle en termes élogieux. « Toujours heureuse de converser avec des personnes ayant reçu une éducation supérieure, si j'ai bien compris. »

– Bonjour Judy. Comment vous sentez-vous aujourd'hui ?

Mildred demeura près de la porte.

Judy l'observa depuis son lit :

– Ah, Mrs Holland, asseyez-vous. Comme c'est aimable à vous de me rendre visite. Comment se porte le pasteur ?

– Très bien, merci.

– Un homme si talentueux. Certes, nous sommes bénis qu'il soit là pour vivre et travailler parmi nous. Il est assez aimable pour me rendre visite de temps à autre, une visite que j'apprécie toujours car il est si intelligent, si bien élevé.

Mildred perçut le commentaire comme une pique.

Judy poursuivit :

– Le pasteur a été assez aimable de m'annoncer qu'il faisait construire une nouvelle école pour le village. Elle se trouvera près du presbytère, si j'ai bien compris, et les enfants recevront une éducation plus religieuse qu'à présent. Eh bien, c'est une bonne chose car ils sont parfois un peu indisciplinés, n'êtes-vous pas d'accord ?

En traversant le village un jour, Mildred fut presque renversée par une nuée d'enfants qui sortaient en courant d'un des cottages. Une femme apparut à la porte et leur cria, tandis qu'ils remontaient la rue principale au pas de course :

– Et revenez demain, hein, ou je vous donnerai une raclée que vous n'êtes pas près d'oublier !

Elle fut surprise d'apprendre que c'était la « maîtresse d'école », Miss Bobby, qui avait dirigé une *dame school* dans le village pendant plus de vingt ans. En vérité, l'école avait une mauvaise réputation. De nombreux élèves la quittaient à l'âge de dix ans, incapables de lire ou d'écrire. Ils avaient aussi une familiarité avec la main de Miss Bobby qui suggérait un traitement à la dure.

– C'est le cas, approuva Mildred. J'ai trouvé les enfants très bruyants dans la rue.

Judy réagit promptement :

– Je crois comprendre que vous critiquez l'énorme service rendu par Miss Bobby aux enfants de Huntingfield durant toutes ces années, Mrs Holland ?

– Non, pas du tout, se hâta de répondre Mildred. Le village sera toujours reconnaissant à Miss Bobby pour tout ce qu'elle a fait. Mais les enfants peuvent se montrer difficiles, et maintenant qu'elle a décidé de prendre sa retraite, William est heureux de donner un nouveau départ à l'école.

En effet, William ne parlait pratiquement de rien d'autre que de l'école depuis des mois à présent, songea Mildred avec regret. Dans ses prières, elle demandait parfois à Dieu de fournir un autre sujet de conversation à William très vite.

– William va s'assurer que l'école ait un haut niveau d'exigence, déclara Mildred. Avec un programme plus rigoureux : de la théologie, de l'arithmétique, et ainsi de suite.

Judy hocha la tête :

– C'est une très bonne nouvelle. Merci Seigneur, l'Éternel, Créateur de la terre. Il ne se lasse pas et ne se fatigue pas. On ne sonde pas son intelligence. Ésaïe 40.

Elle se redressa et tapota la Bible avec satisfaction.

– J'ai cru comprendre qu'il y aurait aussi une école du dimanche.

Elle s'avança et dévisagea Mildred.

– Peut-être allez-vous diriger l'école vous-même, Mrs Holland ? L'on apprend tellement soi-même lorsqu'on instruit les autres, ne pensez-vous pas, Mrs Holland ?

Le ton se voulait accusateur, mais le visage de Judy ne trahissait qu'innocence.

– Les enfants sont si facilement influençables. Il est bien entendu important de leur montrer le meilleur exemple, murmura Mildred.

Judy tourna la tête pour regarder Mildred avec insistance.

– L'on doit toujours agir et se comporter de la *bonne* façon. Très important, n'êtes-vous pas d'accord ?

Mildred répondit :

– Nous convoquons un certain nombre d'instituteurs ainsi que leurs épouses. Peut-être l'une de ces dames dirigera-t-elle l'école.

– Le pasteur étant très souvent absent, *vous* devez avoir une certaine disponibilité ?

Mildred grimaça intérieurement. Comment Judy pouvait-elle connaître son peu d'intérêt pour la direction de l'école du dimanche ?

Mildred se leva. Elle se sentait ébranlée par l'indiscrétion de cette femme. Avec tout l'entrain qu'elle put mobiliser, elle déclara :

– Je vous rendrai visite bientôt à nouveau, si je le puis ? Le pasteur vous transmet ses salutations. Il a dit qu'il viendrait plus tard dans la semaine vous donner la communion. J'espère que nous verrons Ned à l'office ce dimanche ? Bonne journée à vous.

Mildred quitta la pièce, certaine de sentir le regard d'acier de Judy lui perforer le dos. *Elle ne peut pas voir à travers les murs*, se dit Mildred en descendant avec précaution l'escalier raide. C'est seulement une impression.

Chapitre 7

Printemps 1853

Cinq lettres en une seule journée ! Toutes, à l'exception d'une seule, adressées à William.

– Nous avons reçu trois candidatures pour le poste d'instituteur pour la nouvelle école du village, Millie. C'est une très bonne nouvelle.

William était satisfait.

– Et une lettre de Sydney Pegler, mon vieil ami d'Oxford.

Mildred lui tendit une tasse de thé.

– Aide-moi à examiner les candidatures, veux-tu Millie ? J'ai besoin de ton bon sens pour m'aider à évaluer les aptitudes de ces candidats.

– Bien entendu, je mets de côté la lettre d'Elizabeth pour plus tard. Rien ne presse.

– En voici une de Mr Clark et son épouse. Ils ont l'air d'un couple intéressant doté d'une grande richesse d'expériences.

Il lui fit passer la lettre et accepta une tranche de gâteau.

– Apparemment, ils ont travaillé la plupart du temps dans l'école d'une petite ville et plus récemment dans un établissement de Bristol. Une miette sur ta lèvre, mon chéri.

Comment vont-ils se débrouiller dans un endroit aussi petit qu'ici, d'après toi ?

– Tu as peut-être raison. En voici une de Miss Cooper. Une jeune femme née et élevée dans le Yorkshire. Par conséquent, elle sera habituée à la tranquillité de Huntingfield, déclara William en parcourant des yeux sa candidature. Plutôt jeune, à peine la vingtaine. Sa famille lui manquera-t-elle beaucoup ? Je me le demande.

– Donc cet emploi peut convenir à un couple comme les Gould. Regarde.

Elle lui fit passer une lettre.

– Ils ont travaillé dans une petite école pendant plus de cinq ans. Si on lit entre les lignes, ils ont cessé de diriger l'école quand le propriétaire est tombé malade.

– Il estime que la musique est importante pour les jeunes élèves et elle est pianiste. Merveilleux !

William poursuivit la lecture :

– Et ils veulent déménager dans le Suffolk parce qu'elle a des parents dans la région.

Il lui jeta un coup d'œil par-dessus ses lunettes, tout sourire.

– Les Gould semblent convenir à merveille.

Mildred tendit à William une autre tasse de thé.

– C'est excitant de penser que nous pourrons proposer une affectation au trimestre prochain, déclara William. Le bâtiment sera bientôt terminé et nous serons prêts à accueillir les élèves. Je le mentionne à chaque office du dimanche et quand je me rends au village. Mais je sens une vraie réticence.

– Cela a-t-il à voir avec l'emplacement de l'école ? Un mile à l'extérieur du village. Les parents ne veulent peut-être pas s'éloigner autant de leurs enfants.

– Peut-être sont-ils inquiets que je passe à l'école pendant la journée et que je remarque l'absence de leurs enfants. Je sais que parfois les parents gardent les enfants à la maison pour avoir de l'aide à la ferme. Je te l'ai dit ? J'ai écrit à l'évêque pour l'informer que je projetais d'offrir un petit traitement à chaque enfant présent à l'école une journée entière. Il pense que c'est une merveilleuse idée. Cela augmentera leur nombre, je pense.

– Je le pense aussi.

Elle acquiesça.

– Tu es un homme très bon, pasteur Holland. Bon et généreux.

William était radieux :

– Millie chérie, Sydney a un fils, James, qui passe le concours d'entrée à Oxford en octobre. Il veut que je donne des leçons au garçon pour le préparer : du latin, des maths, de la philosophie. Il espère qu'il pourra séjourner ici un mois pour que je lui donne des cours particuliers. Est-ce que c'est faisable ?

Quelle raison possible pourrait-elle invoquer pour répondre non ? Rose et Thomas s'occupaient de la maison avec une légère supervision de sa part. Si Mildred remarquait un mouton de poussière dans le couloir, elle avait tendance à regarder ailleurs. Les repas de la cuisinière étaient succulents et ses pâtisseries délicieuses. William pensait certainement de même : il fallait élargir ses pantalons au niveau de la taille. Dieu merci, Jane était habile avec une aiguille et disposée à travailler. Mildred rendait visite aux familles indigentes du village et elle évitait en général les soirées mondaines occasionnelles. Bien entendu, les visites à Ann et aux filles étaient toujours les bienvenues. Ann devenait une amie intime.

Mais la perspective d'un invité à la maison allait apporter un changement.

– Tout ira bien, mon chéri, assura-t-elle. J'ai hâte de rencontrer ton jeune Mr James Pegler. Je parlerai à Rose et elle préparera une chambre. Où veux-tu donner ta classe ?

***

William partit pour une des fermes de la paroisse. Mildred monta à l'étage d'un pas tranquille et regagna sa chambre. Rose avait fait le lit et vidé le pot de chambre, mais sa coiffeuse devait encore être rangée. La brosse à cheveux en argent offerte en cadeau de mariage avait besoin d'être polie. Sur son dos terni, les initiales M et W étaient entrelacées. Elle s'assit à sa coiffeuse et retira lentement les épingles qui retenaient ses cheveux. Sa chevelure encore épaisse retomba sur ses épaules, même si sa couleur rousse s'était atténuée. Un cheveu blanc obstiné surgit au niveau de sa tempe ; elle tira dessus. Il s'envola par la fenêtre. Elle suivit sa trajectoire, alors qu'il flottait tout doucement vers le jardin en contrebas.

Une charrette remontait le sentier : peut-être le dernier chargement de matériaux pour l'école. Les cognements et les bruits de scies, elle aimait ces sons ; ils signifiaient qu'il se passait quelque chose. Elle se dévisagea dans le miroir. Les taches de rousseur n'étaient pas à la mode mais elles étaient là, saupoudrées sur son nez et ses joues comme du sucre roux. Dès que le soleil pointait, d'autres arrivaient pour le saluer. Elle devrait porter un chapeau cet été, songea-t-elle, bien qu'elle détestât se tenir éloignée du soleil. Cela lui rappelait les chauds après-midi italiens, quand William et elle échappaient à la lumière éclatante des rues dans la fraîcheur de leur chambre à coucher et la chaleur de leur passion.

Ce sera agréable d'avoir un jeune homme à la maison, se dit-elle, même si William doit faire pression sur le pauvre garçon jusqu'à la fin des examens. Elle ouvrit sa lettre.

Chère Millie,

Mère s'est remise de son rhume et Père l'emmène tous les jours en balade. Cela leur fait du bien à tous les deux et je suis certaine que cela aiguise son appétit. Ils sont bien emmitouflés contre le froid. Comme elle n'est pas très stable sur ses pieds, le médecin est venu hier et lui a apporté un solide bâton. Il est satisfait de ses progrès. Par conséquent, tout est revenu à la normale.

Cependant, ma chère sœur, je suis toujours inquiète pour toi. Je me rappelle nos conversations près du feu durant les mois qui ont précédé ton mariage. Tu savais alors que l'existence au village allait être tranquille. Tu étais heureuse de l'accepter à cette époque, alors remémore-toi nos conversations et sois forte, ma sœur adorée ! Je sais qu'avec la bonne grâce de Dieu, tu demeureras une épouse joyeuse et bonne pour William, malgré la déception dont tu souffres. Voici une carte que tu m'as envoyée de Constantinople ; je l'ai chérie ces cinq dernières années. Je te la retourne dans l'espoir qu'elle exauce ton vœu de porter un enfant.

Ta sœur aimante, Elizabeth.

C'était un dessin représentant sainte Marguerite d'Antioche, la sainte patronne des femmes. Marguerite s'était montrée courageuse, alors Mildred devait l'être aussi ! Un jour prochain, ses prières seraient exaucées. Elle serait enceinte et aurait les enfants que tous deux, William et elle, rêvaient d'élever ici à Huntingfield. Mildred embrassa la carte, la cala contre un flacon de parfum, puis alla discuter avec la cuisinière des repas de leur invité.

***

– Nous menons une existence tranquille à Huntingfield. J'espère que tu ne la trouveras pas trop ennuyeuse.

Mildred déposa un autre morceau de gâteau dans l'assiette de James Pegler. Les éclaboussures de boue sur son habit de voyage indiquaient combien le temps avait été changeant depuis qu'il avait quitté la maison familiale dans l'Essex, trois jours plus tôt. De toute évidence, le pauvre garçon était affamé. Mildred appela pour qu'on leur serve un autre thé et tisonna le feu. Elle était heureuse.

– William sera de retour pour les prières, puis nous aurons un court office suivi du souper. Cela te convient ? Et donne tes vêtements mouillés à Rose quand tu te changeras.

Le garçon mangeait et buvait avec une concentration que l'on ne voyait que chez les jeunes. Dieu merci, il ne ressemblait pas à son père, dont l'air suffisant était ridiculisé par le lorgnon qui lui enserrait le nez, si fort qu'il plissait les yeux. James était posé, voire trop sûr de lui, pour un jeune homme de dix-huit ans, mais il y avait quelque chose chez lui, un postulat sur sa place dans le monde, qu'elle trouvait amusant. Il paraissait savoir ce qu'il voulait et comment l'obtenir, mais d'une manière si charmante, qu'on ne pouvait s'en offusquer.

– Merci de me laisser séjourner ici, dit-il avec politesse.

Il s'essuya la bouche avec une serviette et s'installa confortablement, posant une de ses bottes boueuses sur son genou.

– Je passe l'examen d'entrée à Oxford dans un mois. Mon père est inquiet que je ne le réussisse pas. Injustifié à mon avis, je vais réussir. Il espère qu'étudier avec Mr Holland accroîtra mes chances.

– Tu espères aller à Oxford ? Quels projets as-tu après ? J'ai cru comprendre que ton père voulait que tu sois ordonné prêtre.

– C'est le cas. Et il est important que j'obtienne une place à Oxford pour poursuivre son… Ce… projet.

Ses yeux bleus, légèrement éloignés l'un de l'autre, adressaient un message clair. Ce garçon ne voulait pas faire ce que son père attendait de lui. Elle se demanda comment Sydney, si convaincu de ses opinions, aux avis si véhéments, allait faire face à un fils récalcitrant, surtout un fils qui s'exprimait aussi bien. James se concentra sur la bouchée suivante du gâteau aux fruits préparé par la cuisinière. Une chevelure foncée toute bouclée sur un teint pâle, de longs doigts délicats attrapant les miettes. Il se plia avec aisance et tendit la main vers un sandwich, ne s'interrompant que pour lever les yeux en quête d'un hochement de tête approbateur.

Elle décida de ne pas l'interroger plus avant.

– Il y a des travaux de construction en cours, tu les as vus ? Nous faisons construire une école pour les enfants du village. L'évêque de Norwich encourage le clergé à améliorer le niveau d'instruction dans les villages et William répond à cette requête.

– Qu'en pensent les villageois ?

– La réaction est mitigée, je dirais.

Elle sourit en lui tendant une autre tasse de thé.

– Ils n'aiment pas le changement, tu sais.

– Et vous, Mrs Holland, comment vous occupez-vous dans cet endroit tranquille, comme vous le dites ?

La question la fit sursauter. C'était comme s'il l'avait touchée, comme s'il percevait son insatisfaction. Hésita-t-elle un instant ?

– L'existence est peut-être tranquille, mais nous sommes occupés. Avec la paroisse, la maisonnée, nous rendons visite aux familles dans le besoin, quand il y a des maladies ou des difficultés…

– Oui, bien entendu, je comprends les devoirs qu'un pasteur et son épouse doivent remplir et que, bien entendu, ils vous tiennent occupés.

Il s'interrompit.

– Je vous posais cette question à vous, Mrs Holland. Je suis curieux de savoir ce que vous faites ici, pour vous ?

En repensant à cette conversation plus tard, lorsqu'elle se changea pour le souper, elle ne sut pas pourquoi il lui avait posé cette question. Il ne pouvait certainement pas s'intéresser à sa réponse. Peut-être était-ce une question qu'il se posait à lui-même. Il voulait comprendre comment les gens parvenaient à vivre des existences qu'ils n'avaient pas choisies. Elle sentit qu'il s'opposait à la pensée de se conformer à une vie dont il ne voulait pas.

Malgré tout, elle se surprit à exposer à James son goût pour la peinture et le dessin, et comment elle allait bientôt installer un petit atelier au presbytère pour continuer ce travail. Sa propre conviction l'étonna elle-même. Elle n'avait jamais exprimé clairement ces pensées, y compris à elle-même. Sa volonté ne lui était jamais apparue aussi nettement que lorsqu'elle la décrivit à James. C'était comme si une partie d'elle endormie s'était réveillée, en alerte. Tandis qu'elle exposait ses projets, ces derniers commencèrent à prendre réalité et à paraître réalisables. *C'est curieux de réaliser ce que vous voulez faire en le racontant à quelqu'un d'autre,* songea-t-elle plus tard.

***

– Apparemment il y avait du sang à cause du coup de feu. *Partout.*

Rose était debout à côté du lit de Judy, les yeux écarquillés d'épouvante.

– Pauvre John, le médecin a dû lui couper la jambe, directement là-bas, dans l'écurie.

– J'ai entendu les hurlements.

La voix de Judy trahissait son dégoût.

– Quand on lui a retiré cette jambe, il hurlait. Sally dit toujours que son mari John est un homme courageux, mais d'après ce que j'ai entendu, il a fait un foin épouvantable.

– Judy ! J'me doute que ça doit faire un mal terrible, avec juste le brandy que le pasteur lui a filé pour l'aider à atténuer sa douleur.

– Au moins, il n'y a pas laissé la vie. Il devrait être reconnaissant, lança Judy avec méchanceté. Si Owen Walton n'avait pas emballé cette jambe-là dans un sac, John Hammant serait mort, vidé de son sang. C'est ce que le docteur a dit à Ned.

Judy se tortillait comme une poule se mettant à son aise sur un nid plein d'œufs.

– Je le sais, parce que j'ai envoyé Ned pour toucher un mot au docteur quand il est sorti du cottage.

Rose eut un mouvement de recul : Judy pouvait se montrer cruelle. Parfois, elle ne paraissait intéressée que par les intrigues et les malheurs des autres, flairant les commérages pour causer des ennuis. Rose se demanda si elle devait vraiment venir chaque dimanche pour faire son rapport à la vieille femme. C'est ce qu'elle avait fait depuis qu'elle avait débuté son travail au presbytère, mais...

Rose Goody avait trois espoirs dans la vie. Après avoir dit ses prières, elle s'allongeait dans son lit étroit et passait en revue chacun d'eux. Se marier et avoir des enfants comme sa sœur Mary (ce nouvel invité de la maison, James Pegler, lui conviendrait bien – mais non, même les rêves devaient être réalistes), visiter la Tour de Londres là où l'on pendait les assassins, et posséder un bijou en ambre provenant de la boutique de Southwold. Mais parfois Rose pensait qu'elle risquerait bien tout cela contre une information que Judy ne connaissait pas, et pour la lâcher dans l'oreille de Judy lorsqu'elle, Rose, serait fin prête.

Judy l'avertit :

– Sally a beaucoup à faire maintenant. Trois filles à nourrir et un mari inutile. Elle devra chercher du soulagement à l'extérieur.

La femme exultait presque.

– Si Sally n'y prend pas garde, c'est la *workhouse* pour cette famille-là.

***

Il devint évident au cours des quelques semaines suivantes que James n'avait que peu d'appétence pour les études. Il faisait tout ce qu'il pouvait pour détourner William des leçons de latin ou de maths. Il montrait beaucoup plus d'intérêt pour la politique, les sciences, les projets de William pour l'école, les pratiques agricoles de la région, ou le papotage avec Rose (n'importe quoi plutôt que travailler). Les questions de théologie ou celles sur la vie d'un pasteur, il ne les posait pas et, même si James assistait consciencieusement aux prières du matin et aux vêpres, William n'était pas convaincu qu'il avait la foi nécessaire pour être ordonné au sein de l'Église.

– Son père veut qu'il rejoigne l'Église mais le veut-il, lui ? Qu'en penses-tu, Millie ?

Pour sa part, Mildred trouvait James charmant même si déconcertant. C'était à cause de ses questions : directes et pénétrantes. Bien qu'elle les trouvât gênantes, elle avait aussi conscience de les apprécier. Quand elle discutait avec lui, elle avait l'impression d'être attirée hors d'elle. James l'assura qu'il désirait en apprendre davantage sur les années où William et elle vivaient à l'étranger.

– J'ai cru comprendre que vous faisiez des croquis des endroits que vous visitiez. William dit que vous dessinez très bien, déclara James.

Ils se trouvaient dans le jardin d'hiver. Mildred lui montrait les citronniers et les orangers encore arbustes qu'elle avait fait pousser à partir de graines. James ouvrit l'une des fenêtres. L'endroit manquait d'air. Le garçon ajouta :

– William dit que vous avez fait des dessins d'églises, de leurs ornements, et ainsi de suite. Je me demandais… pourrais-je les voir ?

Mildred se raidit :

– Je n'ai montré mes dessins à personne d'autre qu'à William.

– Peut-être n'avez-vous rencontré personne souhaitant les voir auparavant. Mais moi je suis intéressé, insista James.

Elle en fut déconcertée :

– Je ne suis pas certaine…, marmonna-t-elle, avant de sortir brusquement et de s'éloigner dans le jardin.

Ses commentaires donnaient l'impression d'être intrusifs. Elle ne savait pourquoi, mais elle était décontenancée.

Elle s'assit sur un banc près de l'étang. Bordée de lis d'un jour et de fougères, l'eau épousait la courbure du mur. Mildred ressentait la chaleur renvoyée par les briques. Un poisson évoluait paresseusement sous la surface verte des eaux. Un pigeon ramier lança un cri caverneux. Quelques minutes plus tard, James approcha de l'endroit où elle était assise. Il resta quelques instants sans parler. Puis il dit à voix basse :

– Pardon si je vous ai contrariée, Mrs Holland. Je suis intéressé, c'est tout.

Une minute, aucun des deux ne dit mot. Puis James ajouta :

– Vous avez mentionné l'idée d'installer un atelier ici. Eh bien, j'ai trouvé l'endroit parfait.

Chapitre 8

Début de l'été 1853

Elle se surprit à s'habiller chaque jour avec un petit peu plus de soin : elle choisissait une broche qui faisait ressortir la couleur de ses yeux et troquait son col de tous les jours contre un en dentelle pour le souper, des habitudes qu'elle avait abandonnées ces dernières années. Qu'est-ce qui lui passait par la tête ? Elle se sentait presque coupable, quand elle prenait conscience d'attendre avec impatience les moments où elle pourrait parler à James, lui demander son opinion. Était-ce mal d'apprécier la compagnie de quelqu'un ? Elle était solitaire depuis son arrivée à Huntingfield, et voilà quelqu'un à qui parler, quelqu'un qui voulait la connaître. Cela faisait bien longtemps que quelqu'un d'autre, mis à part William, n'avait montré de l'intérêt pour ce qu'elle faisait ou pensait. Et William était souvent préoccupé, absorbé par son travail.

Ce fut cette attention qui la persuada finalement de lui apporter ses carnets de croquis. James et elle étaient assis dans le petit salon, un après-midi. Bien que l'on fût en juin, le vent soufflait en rafale et des pétales de roses se cramponnaient à l'herbe mouillée.

– Je n'ai pas eu la chance de voyager, dit-il. J'adorerais voir le monde.

– Peut-être en aurez-vous l'occasion après Oxford.

Elle ouvrit la fenêtre, car l'atmosphère de la maison était lourde.

– Je ne pense pas. Je dois commencer à suivre ma formation dès que j'aurai terminé mes études. Mon père ne peut pas se permettre de subvenir aux besoins d'un autre fils. Philip essaie d'obtenir un siège au Parlement et c'est onéreux. Je dois commencer à gagner ma vie aussi vite que possible.

Il parut peu généreux à Mildred de ne pas partager sa chance avec cet intelligent jeune homme. Il n'aurait peut-être jamais l'occasion de visiter l'Europe ou l'Asie Mineure. Mais ses jambes étaient réticentes à gravir les marches, quand elle alla chercher ses carnets de croquis à l'étage. Elle s'accroupit pour traîner de sous le lit un fourre-tout en cuir élimé. La poussière lui chatouilla le nez. À l'intérieur du sac se trouvaient des paquets de dessins réunis par du raphia et des rubans ainsi que des chemises cartonnées contenant des aquarelles. *Que devrais-je lui montrer ?* Mildred se sentit extrêmement gênée à l'idée que quelqu'un voie ses efforts, ses offrandes intimes.

James les aimait-il ou se montrait-il seulement poli ? Il s'assit et posa un paquet de dessins en équilibre sur son genou. Sa chevelure foncée tombait devant lui, ses longs doigts s'enroulaient délicatement autour des bords recourbés du papier. Une pensée fugace traversa Mildred : elle voulait qu'il la touche exactement de la même façon. Horrifiée, elle rougit et se détourna.

– Que fait cette vache ? demanda-t-il en levant la tête.

Elle était soulagée qu'il ne puisse voir l'intérieur de sa tête ni entendre son cœur marteler sa poitrine. Déglutissant avec peine, elle lui raconta que cette bête devait marcher patiemment en cercles chaque jour afin d'extraire l'huile de palme. Et pendant qu'ils discutaient le reste de l'après-midi, c'était comme s'ils avaient dérivé très loin de la pluie du Suffolk. Au fil des descriptions animées, ils se retrouvèrent ensemble dans des endroits chauds et inconnus.

***

– Mon amour, c'est merveilleux de te voir si enjouée. Ce doit être grâce à notre jeune visiteur ! s'exclama William, un grand sourire aux lèvres.

Ils se préparaient à aller se coucher. Il avait fait chaud toute la journée. Mildred était étendue sur le lit en nuisette et battait l'air avec un éventail en plumes.

– Ou peut-être est-ce notre nouvelle baignoire ? s'enquit-il avec fierté. Merveilleux de voir jaillir l'eau directement du robinet, ne crois-tu pas ? J'ai vu mes jambes toutes chaudes bien soulagées aujourd'hui. Pousse-toi un peu, ma chérie. William gigota pour se faire une place sur le lit à ses côtés. Comment cela se passe pour James, penses-tu ? Il fait ses lectures ? Il n'est pas aussi concentré sur son travail que son père le souhaiterait. J'espère de tout cœur qu'il réussira ses examens.

– Je ne suis pas certaine qu'il veuille aller à Oxford, objecta-t-elle avec langueur, les yeux clos.

Son cœur tressauta.

– Nul doute qu'il agira conformément aux souhaits de son père. Et ensuite il sera ordonné prêtre.

– Peut-être que non.

– Mais il le doit, forcément. Il était définitif. James doit terminer son éducation et ensuite se trouver un moyen de gagner sa vie. Sydney ne peut pas se permettre de financer James en plus de son aîné, pas une fois qu'il aura quitté Oxford. Il doit faire sa vie.

– Il veut faire sa vie, mais pas celle que son père a choisie !

Elle se redressa et lança un regard noir à son époux.

– Il ne veut pas entrer dans les ordres. La vie est peut-être simple pour toi, William… et les gens comme toi, qui ne remettent jamais en question ce que l'on attend d'eux ! Elle cracha presque les mots.

– Mais il n'en va pas de même pour tout le monde. Certaines personnes ne peuvent pas accepter ce que l'on attend d'elles et elles ne le font pas. Pourquoi le devraient-elles, après tout ?

William parut perplexe :

– Bien sûr, Millie, bien sûr. Calme-toi, mon amour. Tu connais James, tu le connais mieux que moi. Tu as discuté avec lui. Peut-être as-tu raison ? J'exprimais simplement la volonté de son père.

***

Mary craignait de se rendre dans de nouveaux endroits, Rose le savait, mais elle réitéra sa proposition malgré tout :

– Tu peux venir, Mary, maintenant tu as le bébé.

C'était la semaine précédant la fête estivale donnée par les Holland. Tous les enfants du village accompagnés de leurs parents étaient invités au presbytère. C'était un dimanche soir. Rose aidait sa sœur à ramasser le linge sec sur le fil dans l'arrière-cour de chez Mary. Son mari, Seth, travaillait encore au loin.

– J'vais connaît'personne, objecta Mary avec méfiance. Qu'est-ce que je ferais ?

– Toutes les autres femmes du village iront avec leurs petits. Bessie aimera peut-être le concours du plus beau bébé, et pis regarder les bateaux en papier flotter sur l'étang. Elle va adorer ça, insista Rose, et la nourriture est fabuleuse, des choses que tu n'as pas d'habitude. Et je t'ai parlé du gentleman qui séjourne au presbytère, pas vrai ? James Pegler. Il sera là.

Mary disparut à l'intérieur du cottage et revint avec un seau rempli de restes pour le cochon. Rose regarda sa sœur se pencher au-dessus de la barrière pour les lancer dans la porcherie et gratter le dos du cochon avec un bâton tandis que l'animal mangeait en grognant.

– J'sais pas comment tu peux faire ça, déclara Rose en frissonnant. Te faire amie avec une bête en sachant que tu vas la tuer dans quelques mois.

– Tu mangeras du jambon et des saucisses tout comme nous autres, Rose.

– Je sais, je sais… Alors tu viendras ?

– Tu as parlé de ce gentleman trop souvent pour que ça veuille rien dire, déclara Mary. T'es mordue de ce James alors ?

– Tu t'moques de moi, Mary. Il vient d'une bonne famille. Mais pour dire vrai, je crois que j'l'ai surpris à me regarder de temps à aut', du coin de l'œil. Comme s'il aimait bien ce qu'il voyait, gloussa Rose.

– Hum, ah oui ? Eh bien, méfie-toi de tous les hommes et fais en sorte qu'il continue de regarder, c'est mon conseil, la prévint Mary d'un air sombre. Y en a aucun qui reste dans les parages une fois qu'ils ont ce qu'ils veulent. Te l'avais pas dit, Rose, mais j'crois que j'suis encore enceinte. Je serai trop fatiguée pour venir à la *fête* des Holland. Mary cracha presque le mot.

Rose se souvint à quel point sa sœur s'était assombrie après la naissance de son premier enfant Bessie ; elle oubliait de s'habiller ou de vêtir le bébé, elle était distraite et même violente lorsque Seth lui rappelait de nourrir le bébé. À la fin, Rose avait payé une voisine pour servir de nourrice à Bessie le temps que Mary reprenne ses esprits. C'était effrayant. Cela n'avait pas arrangé le couple non plus.

– J'croyais que Seth travaillait loin maintenant ? s'enquit Rose.

– Ouais, la plupart du temps. Mais il en faut pas long à n'importe quel homme pour faire sentir sa présence, on pourrait dire. Seth rentre à la maison prendre un repas, faire nettoyer ses vêtements et… des choses arrivent. Tu ne sais rien de tout ça. C'est mieux que t'en saches rien…

– Ne me traite pas comme une enfant, je sais de quoi tu parles.

– Tu as de la chance de rien savoir, pourtant.

L'expression de Mary était difficile à déchiffrer.

***

Le samedi après le déjeuner, la fête des enfants débuta. D'abord, il y eut des courses et des courses en sac dans le champ près du presbytère, puis, chacun leur tour, les enfants firent de la balançoire. On avait attaché des cordes aux branches les plus basses des deux vieux arbres et William et Mr Gould, l'instituteur, poussaient chaque enfant si haut qu'on aurait dit qu'il volait. Des cris de joie et de peur se répercutaient contre les murs du jardin. Les enfants, le visage rougi, faisaient des courses de bateaux en papier sur l'étang. Leurs joues toutes gonflées à force de souffler sur les embarcations. À la fin, chacun avait remporté un prix, pour sa participation.

Le goûter commença. Rose, Thomas et la cuisinière déposèrent la nourriture sur de longues tables à tréteaux et étendirent des nappes sur l'herbe pour pique-niquer. Des morceaux de poulet, des roulés au fromage, un pâté en croûte, des scones et du gâteau furent arrosés de citronnade et de ginger beer, puis la cuisinière distribua des petits pots de crème glacée.

Mildred observait depuis une place à l'ombre :

– Nous apprécions vraiment de donner cette fête, dit-elle à James qui approchait. Et William est si gentil avec les enfants.

Tous deux contemplèrent William sauver un bateau coincé par les nénuphars de l'étang et le rendre triomphalement à une petite fille en pleurs. Peu lui importait, semblait-il, que sa manche dégouline d'eau.

Aucun des deux ne parla. Le silence était gênant. Enfin, elle déclara d'un ton léger :

– Oh regarde ce petit garçon qui remplit ses poches. Le gâteau va tout s'émietter !

Le groupe s'agitait autour d'eux. Comme Mildred était soulagée de pouvoir sourire, de placarder l'expression du plaisir sur son visage, qui menaçait autrement de s'effondrer. Avant tout, dans son esprit, elle songeait que James quittait

Huntingfield le lendemain. Il fallait qu'il soit à Oxford pour l'examen d'entrée dans quelques semaines. Auparavant, il retrouvait sa famille dans l'Essex. James ne prendrait plus les repas avec eux et ne partagerait plus sa promenade quotidienne, ni ne la distrairait plus avec son récit de la leçon précédente. Comment se faisait-il qu'en quelques semaines à peine il ait intégré totalement la trame de son existence ? Il irait à Oxford et serait certainement trop occupé pour leur rendre visite. Elle ne le reverrait probablement pas. Jamais.

Elle ne put contenir ses mots. Elle les lâcha :

– Vous me manquerez, James.

Ses mots étaient lourds, chargés de sens, mais lorsqu'elle sentit ses yeux sur elle, elle ne croisa pas son regard. Mildred en fut incapable. Elle était effrayée à l'idée de se révéler. Entre chaque cri d'enfant planait un terrible silence. Mourant d'envie de le briser, elle dit avec autant de bravade qu'elle le put :

– Vous nous manquerez *à tous les deux.*

Aidez-moi Seigneur à conserver un semblant de convenances, pria-t-elle.

Ses jambes lui parurent faibles, mais elle se força à se lever :

– Aide-moi à distribuer des pennies et des bonbons aux enfants, quand ils partiront, veux-tu ?

***

Chapitre 9

Automne 1855

C'était toujours bon de rentrer chez soi. William jeta un coup d'œil hors de la carriole alors qu'il parcourait les derniers miles, sur la route menant à Huntingfield. Il faisait gris et humide, une journée d'automne ordinaire, mais une journée heureuse car sous peu il serait aux côtés de son épouse chérie. Après vingt années de mariage, il attendait toujours avec impatience de la revoir. Il imaginait la retrouver dans leur chambre à coucher, la voir marcher vers lui, un demi-sourire aux lèvres. Il lui encerclait la taille, pressant sa lourde poitrine contre lui et enfouissant son nez dans sa chevelure, pour humer son odeur familière, musquée.

Mais dans son cœur, il savait que c'était peu probable. Cette dernière année, Mildred était « déprimée », comme il se le disait, ou n'était « plus elle-même » s'il s'adressait à elle. Pas tout le temps, il est vrai, mais surtout lors des mois les plus sombres de l'année. Son humeur était imprévisible. S'il était parti une nuit ou deux, il la retrouvait parfois au lit à son retour, allongée dans une chambre obscure, un gant de toilette froid sur le front. Rose confirmait alors que Mrs Holland n'avait que rarement quitté sa chambre et avait très peu mangé. D'autres fois, elle se montrait tout excitée, partait pour des marches d'une journée entière, revenait les jupes maculées de boue. Elle restait debout jusque tard, insistait sur la nécessité de redécorer une chambre du presbytère, elle envoyait un déluge de lettres à Londres pour obtenir des échantillons, et abandonnait ses projets quelques jours plus tard. Son sommeil était perturbé. Elle se plaignait d'accès subits de chaleur.

Et elle n'était toujours pas enceinte. Malgré l'existence réglée qu'ils menaient à Huntingfield et qui devait les mener à concevoir, leurs prières étaient restées sans réponses. Mildred fêterait ses quarante ans à son prochain anniversaire. En privé, le médecin l'avait avertie que les femmes qui traversaient « le retour d'âge » étaient souvent d'humeur changeante, voire hystériques. Tandis que la carriole franchissait le portail en oscillant, il fit une prière pour qu'aujourd'hui elle soit la Mildred enjouée qu'il avait épousée, la Mildred qu'il aimait toujours, quelle que soit son humeur.

– Elle est en bas dans le jardin, annonça Rose en ouvrant la porte.

Son visage était grave, mais ce n'était pas inhabituel.

– Sous cette pluie ?

William traversa la maison et sortit par la porte de derrière. Elle était là, assise sur un banc près du mur du fond, une cape et une capuche tirée sur sa tête, tandis que la pluie tombait à verse.

– Millie, bonjour ma chérie, que fais-tu là dehors ?

Il s'approcha en toute hâte et prit ses doigts, aux ongles rongés, dans les siens pour leur communiquer un peu de chaleur. Il les frictionna.

– William, tu es de retour.

Elle parla d'une voix calme, sous sa capuche.

– Oh, je vais bien. J'avais juste besoin de prendre l'air. Je voulais m'asseoir dans le jardin.

Il regarda autour de lui. Les arbres avaient perdu pratiquement toutes leurs feuilles et la pelouse était jonchée d'amoncellements marron, détrempés. Le feuillage mourant donnait un air négligé aux parterres de fleurs. Une seule rose rose s'accrochait à sa tige, la tête tombante.

– Des nouvelles ?

Il lui toucha l'épaule. Elle secoua la tête.

– Je suis trempé ici, Millie. Rentrons, hein ? C'est l'heure du thé.

Lui saisissant fermement le bras, il la reconduisit à l'intérieur. Plus tard, il appela la maisonnée pour les vêpres. Rose et la cuisinière entrèrent l'une derrière l'autre dans son bureau, suivies par Thomas qui riait bêtement. Rose lui donna un coup de coude dans les côtes. Mildred, William et Thomas se tenaient d'un côté, les deux femmes de l'autre. William commença par quelques prières, puis hocha la tête. Thomas se redressa de toute sa hauteur ; avec son un mètre cinquante, il tenait sa Bible si haut que son menton était levé. Il lut un psaume avec hésitation. Rose et la cuisinière avaient les yeux rivés droit devant elles, de peur de le regarder. William lui souffla son texte une seule fois en chuchotant et la lecture fut terminée. Le soulagement était palpable et tous se joignirent à lui pour dire le Notre-Père et un « Amen » plein de reconnaissance.

– Merci Thomas, c'était bien lu, le félicita William, tandis que les domestiques sortaient de la pièce. Le garçon rosit, fier de sa réussite.

– Il se débrouille très bien pour lire. Je suis assez fier de lui. William tira une chaise pour que Mildred s'asseye près du feu.

– Tu t'es bien débrouillé pour lui enseigner.

Elle le regarda droit dans les yeux pour la première fois depuis son retour. Elle paraissait plus calme, plus posée en quelque sorte. Peut-être était-ce l'office, songea-t-il.

– Comment cela s'est passé, ma chérie ? s'enquit-il.

– C'était calme. J'ai cousu.

– J'ai rendu visite aux Hammant sur le chemin du retour pour prendre des nouvelles de John. Tu seras contente d'apprendre qu'il va beaucoup mieux. Son moignon guérit bien et il se sert de béquilles. Il a des projets, m'a-t-il dit. Il dessine un engin pour se déplacer, il fixe des vieilles roues de brouette à l'assise d'un fauteuil. Le garçon de Harry Browne, Timothy, lui donne un coup de main. Millie ?

Elle fixait le feu, se mordillant un ongle, l'air distant et triste. Il la trouvait toujours belle. Son épaisse chevelure rousse, sa peau couverte de taches de rousseur et ses pommettes hautes. Il la contempla. Il se sentait abattu, quand elle n'était pas heureuse. Il craignait que son enthousiasme naturel ne l'agace parfois. Ses tentatives maladroites pour faire des plaisanteries avaient probablement le même effet, mais il était déterminé à essayer de l'égayer.

– John dit qu'il utilisera la chaise pour se pousser seul un peu partout… N'est-ce pas une merveilleuse idée ? Ensuite il n'aura plus à se servir de béquilles. Il sera capable de couper du bois sans chercher l'équilibre sur une jambe, puis de le transporter jusqu'à la porte du cottage. Il a très envie de soulager Sally. Elle doit se charger de tout depuis l'accident.

– C'est une bonne nouvelle, approuva-t-elle de la tête.

– C'est très difficile pour eux. Ils touchent l'allocation paroissiale, mais je crois néanmoins qu'ils vont retirer leur fille aînée de l'école pour qu'elle commence à travailler.

– Ils ont besoin d'argent…

– Mais elle doit recevoir une éducation ! soupira-t-il. Je leur ai dit que je les aiderai un peu s'ils la laissaient à l'école. Mais ils ne sont pas certains…

Ils savaient tous deux que John avait la réputation d'être travailleur et fiable. L'administrateur de Heveningham Hall lui avait donné un surplus sur sa paie par le passé pour jouer le rôle de contremaître au sein d'une équipe en période très chargée. John avait dû penser qu'il aurait du travail pour le reste de sa vie active. Il avait même peut-être économisé pour ses vieux jours. Mais à présent, les Hammant luttaient pour survivre au quotidien.

William soupira. Il avait reçu une généreuse rente de la part du même oncle qui lui avait acheté le logement de Huntingfield, et, en tant que pasteur, il touchait aussi l'impôt annuel de la paroisse. Par conséquent, bien que Mildred et lui ne fussent pas riches, leur situation financière était assez confortable. Ils estimaient tous deux qu'il était en leur devoir de se montrer généreux envers la congrégation et de faire leur possible pour atténuer les problèmes financiers pesant sur la communauté.

William savait qu'il avait trop dépensé ces derniers temps : la construction de l'école, l'emploi des Gould, l'achat de propriétés dans le village pour proposer des hébergements à bas prix et à présent les rénovations de St Mary.

– Il doit bien y avoir autre chose pour John ?

William se leva :

– Maintenant, je dois écrire et remercier l'évêque pour son somptueux dîner. J'ai assisté à une discussion fascinante sur le capitalisme et la foi, Millie, tu l'aurais vraiment appréciée.

Il était sur le point de partir lorsque Mildred annonça :

– J'ai reçu une lettre de James hier. Il dit qu'il va aller au bout de son diplôme. Un autre de tes succès.

Elle leva les yeux vers William :

– Quant à son ordination, il n'est pas aussi clair. Je me demande s'il peut s'opposer aux souhaits de son père. Il est difficile de refuser quelque chose à Sydney.

– Sydney était à Norwich et il me l'a raconté. À l'idée que James n'aille pas au bout de son ordination… eh bien, il était furieux ! Sydney veut que je fasse mon possible pour l'en dissuader. Je ne suis pas certain d'avoir une quelconque influence sur lui. Peut-être en as-tu davantage, Mildred ? Je sais que vous vous entendez bien.

Elle détourna le regard :

– Je ne suis pas la mieux placée pour parler à James. De toute façon, je ne suis pas convaincue qu'il faille le dissuader de faire ce qu'il veut. Il sait ce qu'il veut. Et si les ordres ne sont pas pour lui, pour ma part, je n'essaierai pas de le persuader d'en faire partie. Il doit trouver sa propre voie.

***

Mildred partit tôt pour le village. Des enfants sur le chemin de l'école grimpaient le sentier à toute allure, une marée de garçons et de filles qui jacassaient. Le groupe se sépara et devint silencieux quand elle le traversa, puis reprit ses hurlements à pleins poumons. Après le village, elle coupa par une trouée dans les buissons, obturée par des branchages. Elle se rendit dans les bois, choisissant un sentier qui menait dans un endroit reculé. Les feuilles d'automne craquaient délicieusement sous ses pas, alors qu'elle suivit une rangée d'ormes tout en hauteur. Des cynorhodons pendaient comme des gouttes de sang sur les branches. Avec les dents, elle gratta la peau du fruit rouge orangé, goûtant sa saveur aigre-douce.

Dans le silence profond des bois, elle ouvrit la lettre de James. Chaque fois qu'elle recevait une enveloppe avec son écriture dessus, elle en avait des frissons, même si, en général, elle était déçue par le contenu. Ces deux dernières années, il avait envoyé des nouvelles assez identiques : des fêtes et des cours auxquels il avait assisté, son dilemme sur ce qu'il devait faire de sa vie, son désir de quitter le pays et de tenter sa chance dans les colonies, ses disputes avec son père. Elle ne savait pas ce qu'elle espérait lire. Tout ce qu'elle savait c'est que ce lien la troublait. Il suscitait des regrets, des idées de possibles, de pertes. Sa compagnie, son intérêt pour elle et son travail, sa jeunesse lui manquaient. Et si elle était honnête, sa présence aussi ; il avait éveillé des sentiments en elle, un désir qui lui coupait le souffle.

Au départ de James, ce fut terrible pour elle. Chaque matin, lorsque Mildred s'éveillait, il était le premier objet de ses pensées, et quand elle fermait les yeux le soir, les grands yeux sombres du jeune homme flottaient devant elle. Le plus terrible survenant quand elle était allongée avec William. Elle imagina que les doigts hésitants de James auraient pu lui caresser la cuisse, ou bien sa langue tracer la courbe de sa taille. Ces pensées étaient choquantes, affreuses, et elle se tordait de culpabilité jusqu'à ce la partie policée de son esprit chasse ces pensées diaboliques. Mais le plaisir profond qu'elles provoquaient ne pouvait être nié. Repue de satisfaction, elle était entachée de remords.

Mildred ne ressentait plus cela à présent. Elle était forte à nouveau. Elle n'avait jamais cessé d'aimer William, même quand James occupait son esprit. Aujourd'hui, les lettres de James suscitaient uniquement des souvenirs gênants tout autant que de la déception envers elle-même. Comment avait-elle pu se montrer si faible ?

Mildred replia la feuille de papier avec soin. Il y avait encore des mûres sur un buisson et c'était un soulagement de tendre le bras et de ramasser les rares qui paraissaient juteuses. Elle dessina des motifs de feuilles entrelacées, des fruits et des fleurs pour concevoir une bordure pour les prie-Dieu. Son projet consistait à trouver des femmes douées en broderie et à les embaucher pour imaginer les housses ; et d'en engager d'autres pour tapisser la structure des prie-Dieu. Mildred était ravie de cette idée. Mais que proposer aux hommes ? William lui parla de Tom Fake, le charron, dont l'affaire familiale existait depuis plus de cent ans à Huntingfield. Les commandes diminuaient, parce que les machines prenaient le relais de la fabrication des roues. D'après William, la situation était si mauvaise que les fils Fake avaient quitté le village pour trouver du travail dans le Nord, abandonnant leurs parents derrière eux. Qui pouvait les en blâmer ? Tout le village souffrait.

Chapitre 10

Printemps 1857

William revint au presbytère, le visage rouge d'excitation. Il bondit presque dans le petit salon où Mildred était assise près du feu et l'embrassa, ses cheveux fins et clairsemés, se balançant comme du sucre filé. Il s'était rendu à Norwich pour la réunion mensuelle organisée pour tous les hommes d'Église de son diocèse.

– J'ai rencontré un homme si intéressant, Millie ! Edward Blackburne, un architecte de Londres. L'évêque l'a engagé comme géomètre diocésain de Norwich. Je t'ai raconté ses projets : l'évêque est convaincu que les églises de son comté doivent être rénovées. Tout comme St Mary, beaucoup sont tombées en ruine et il veut que nous apportions des améliorations. Mais, et je suis totalement d'accord avec lui, il veut que les rénovations se fassent dans le style gothique. C'est la spécialité de cet Edward Blackburne. Effectivement ! Il est très connu à Londres pour rénover des églises dans le style gothique et nous avons eu une fascinante…

Tandis qu'il se tenait près du feu, les yeux brillants, Mildred se dit qu'elle trouvait parfois l'enthousiasme puéril de William exténuant. Mais ce soir, sa conversation passionnée l'amusa.

– Nous pourrions l'inviter à dîner, Millie.

– Pourquoi diable aurait-il envie de faire tout le chemin depuis Norwich pour dîner avec nous ?

– Il vit à Londres une partie du temps (c'est là que se trouve son cabinet) et il visite Norwich quand l'évêque le lui demande. Mais Edward sera bientôt dans la région. Il a été engagé pour rénover l'église de St Edmund à Southwold, à quelque trente miles d'ici, et il y travaillera plusieurs mois. Je suis certain qu'il aimerait venir dîner à Huntingfield. Dois-je le lui demander ?

L'enthousiasme de William pour Edward Blackburne n'était pas réciproque. Edward avait été peu impressionné par William. Présenté à lui par l'évêque, en quelques minutes Edward décida que William était un homme bien intentionné, mais sans intérêt, de ceux qui acquiescent face à leurs supérieurs parce qu'ils manquent de l'indépendance d'esprit suffisante pour se forger leurs propres opinions. Edward changeait rarement d'avis, même si les faits lui indiquaient le contraire.

Mais peu nombreux sont ceux qui résistent à la flatterie de susciter l'intérêt chez un autre. Quand William rechercha l'expertise d'Edward sur la rénovation d'un toit, ce dernier fut satisfait de constater que son conseil était reçu avec enthousiasme. Edward avait glané auprès de l'évêque que William avait hérité d'un oncle généreux. Il était capable d'envisager une rénovation conséquente de l'église de sa paroisse, St Mary à Huntingfield, et Edward était déterminé à obtenir la commande. Il communiqua à William la ferme impression qu'ils avaient entamé une chaleureuse et fructueuse relation.

Fils d'un employé et d'une serveuse dans une petite ville, Edward Blackburne s'était bien débrouillé à l'école. Ses parents étaient résolus à ce que leur fils s'élève dans la société et son père paya une société d'ingénierie locale pour le prendre en apprentissage. Là, Edward reçut un enseignement précieux en dessin technique ainsi qu'une sensibilisation à l'art et à la science de l'architecture. Il n'était pas courant pour une telle personne d'accéder à l'éminente profession d'architecte. Mais peu nombreux étaient ceux qui possédaient la détermination d'Edward Blackburne. Il travaillait avec une ambition qui rendait ses collègues de travail mal à l'aise. Lorsque l'homme chargé de concevoir un petit bâtiment municipal attrapa la grippe et mourut, Edward se porta volontaire, selon certains avec une hâte déplacée, pour reprendre le travail. Edward se fichait éperdument que ses collègues n'aient pas apprécié. Sa carrière en tant qu'architecte avait débuté.

***

Toute la journée, des éclats de voix montèrent de la cuisine accompagnés de fracas de casseroles. Des bruits de pas claquèrent dans tout le couloir. William essayait de rassembler ses idées pour rédiger le sermon du dimanche, mais chaque fois qu'une pensée intéressante lui venait à l'esprit, un bruit le dérangeait et elle s'envolait aussitôt. Habituellement, il trouvait ces interruptions frustrantes et s'en plaignait aux domestiques. Mais aujourd'hui, il décida de ne pas en tenir compte. William accueillait volontiers ce tapage, parce qu'il signifiait que quelque chose sortait de l'ordinaire. Les

Holland donnaient un dîner. William resta à son bureau, souriant à la page vide.

– Faisons de cette occasion un véritable événement, avait-il lancé. J'inviterai Mr Blackburne ainsi que nos amis Richard et Mrs Owen, et je proposerai à Sydney Pegler de se joindre à nous. Il a peut-être des nouvelles de James. Cela devrait constituer une bonne compagnie, qu'en penses-tu, Mildred ?

Elle fit de son mieux pour paraître enjouée. Comme sa réaction différait de celle de la jeune femme enthousiaste qu'il avait courtisée et épousée, songea-t-il. Vive, par moments, exténuante à d'autres, la Mildred jeune femme était toujours disposée à rencontrer de nouvelles personnes, regorgeant de questions, chaleureuse et pleine de vitalité. La femme qui lui faisait face aujourd'hui paraissait préoccupée.

En milieu d'après-midi, la cuisinière, pourtant calme d'habitude, s'exprimait par des hurlements. Rose vint dans le bureau du pasteur, car elle craignait de faire tomber les plats pendant le service.

– Cela n'est pas bon. Allons marcher un peu, Millie. Laissons cette pagaille un moment !

Ils se rendirent jusqu'à l'église. Ces neuf dernières années, de nombreuses améliorations avaient été apportées. On avait remplacé tous les vitraux fêlés et de nouvelles pierres couraient le long des fenêtres. Le toit était étanche et les murs repeints en blanc.

– Je suis content de ces bancs en chêne. Maintenant les paroissiens peuvent s'installer confortablement, déclara William. C'est sec et propre. Ma chérie, c'est un bon début, nul doute là-dessus. St Mary est un endroit simple, je peux en être fier. Je reste néanmoins convaincu, et j'ai le soutien de l'évêque à ce propos, que les gens seraient encouragés à une foi plus profonde, à un sens plus profond de la gloire de Dieu, si le lieu avait plus de… superbe ! Je suis résolu à faire davantage.

Elle descendit l'allée et s'assit sur le banc du chœur dédié aux Holland. Sur l'accoudoir, un lion sculpté dans le bois se dressait magnifiquement sur ses pattes arrière. Elle caressa sa tête lisse. Dans la fenêtre en verre blanc qui surplombait l'autel, les nuages filaient.

– Tu te souviens du vitrail que nous avons vu en Italie ? soupira Mildred. Ces magnifiques fenêtres, les récits bibliques aux couleurs chatoyantes. Ce serait merveilleux d'avoir des vitraux ici. C'est coûteux, je sais.

Elle tendit la main vers son bras.

– Nos voyages me manquent, tellement, William. Tous ces endroits que nous avons vus ensemble, où nous avons appris et vu et… Maintenant tu es occupé avec la paroisse et l'école, et moi je suis…

Sa voix mourut.

– Je ne t'ai pas dit, Millie ? Lady Huntingfield a proposé de payer le remplacement de la fenêtre à la mémoire de Lord Huntingfield. C'est la malaria qui l'a tué, tu sais.

– Oui, c'est atrocement triste, murmura-t-elle.

– Je demanderai à Edward s'il peut me recommander un artiste à qui passer commande pour la fenêtre. Il en connaîtra quelques-uns.

Il lui embrassa le sommet du crâne.

– Si la cuisinière et Rose arrêtent de se disputer assez longtemps pour que nous donnions ce dîner ! J'entends une voiture, ce doit être Sydney.

***

William qualifia le dîner de « célébration du printemps ». Au départ, Mildred avait jugé ces projets ennuyeux, mais elle avait trouvé très agréable de passer la matinée sous le soleil printanier à ramasser des fleurs sauvages pour faire de petits bouquets de table. Puis elle avait décoré les marque-places de chaque invité. La table du dîner, recouverte d'une nappe en lin délicat et dressée avec des serviettes en dentelle, de l'argenterie scintillante et des verreries, avait l'air engageante. William avait également insisté pour qu'ils se mettent sur leur trente et un. Par conséquent, on avait ôté les boules de naphtaline de la robe en satin bleue de Mildred, soigneusement repassé les manches volantées ainsi que le col, nettoyé à l'éponge son châle orné de perles et déballé de couches de papier de soie les chaussons en brocart rose et son sac de soirée orné de sequins.

– Demande à Thomas d'allumer les bougies, ordonna-t-elle à Rose tout en appliquant de petites touches de parfum derrière son oreille. Étaient-ce les Owen à la porte ?

Le repas était somptueux, et plus tard, elle félicita la cuisinière. La soupe à la sarriette, les terrines en gelée et le pigeon rôti furent unanimement salués. Aucun mets ne termina sur les genoux des invités. Mildred hocha la tête avec fierté, lorsque, le visage rougi par les allers-retours, Rose entra avec un plateau chargé de fruits confits. Mildred avait l'air heureuse, songea William. De toute évidence, elle appréciait son rôle d'hôtesse.

– Maintenant que prendrez-vous ? Du pudding au citron ? Nous avons aussi du sabayon accompagné de fruits en bocaux. Mr Blackburne, je veux dire Edward !

Et elle lui adressa un sourire courtois.

Ils commencèrent à discuter de la restauration de St Edmund. Edward appréciait d'être le centre de l'attention.

– Je suis heureux de pouvoir dire qu'il est pratiquement terminé. Le toit a été réparé et le plafond sera bientôt fini. Les commanditaires sont satisfaits, alors je suis ravi.

– J'ai cru comprendre que vous étiez un éminent spécialiste de l'art médiéval, Mr Blackburne ? s'enquit Ann.

Avec sa chevelure foncée retombant en anglaises de chaque côté de son visage et une robe à pois bleus qui accentuait sa silhouette mince, l'amie de Mildred dévoilait une nouvelle facette de sa personnalité : une femme charmante qui savait flatter un homme.

– Vous êtes très aimable, Mrs Owen. J'ai une certaine réputation, il est vrai. J'ai eu le privilège de travailler en de nombreux endroits du pays, où je dois en convenir que mon expertise a été appréciée. Il se redressa un peu sur sa chaise. Actuellement, je travaille à St Edmund dans le Southwold, et c'est aussi un endroit très beau. Edward se tourna avec affabilité vers William. J'espère que nos hôtes me feront l'amabilité de me rendre visite là-bas. Peut-être que Mr Owen et vous-même serez intéressés aussi ?

– Ce serait des plus plaisants et sans aucun doute un véritable privilège, déclara Ann poliment. Je vous remercie de cette invitation. J'éprouve un vif intérêt pour les arts décoratifs. J'ai étudié moi-même en tant qu'artiste et j'ai travaillé quelques années. Avant mon mariage, bien entendu.

Ce fut une surprise pour Mildred. Une goutte de sabayon tomba de la cuillère de service sur la nappe. Elle la tamponna d'un geste distrait et se lécha le doigt, le regard rivé sur son amie, stupéfaite.

Edward demanda :

– Un intérêt particulier, puis-je vous demander ?

– Je me suis spécialisée dans les vitraux, principalement. J'ai accepté quelques commandes, domestiques et ecclésiastiques… avant de venir dans le Suffolk.

Les joues d'Ann s'empourprèrent.

– Je déclare que cette région regorge de femmes talentueuses !

Edward leur sourit à toutes deux avec galanterie.

– Et vous, Mrs Holland. William me dit que vous avez un don pour le dessin et la peinture, que vous avez réalisé de nombreuses œuvres quand vous viviez à l'étranger.

– Eh bien, je ne parlerais pas de talent… J'aime réaliser des esquisses, en tant qu'amateur, bien sûr. Ann, tu n'as jamais mentionné ta carrière d'artiste !

– Cela ne m'a pas paru pertinent, Mildred. Je n'ai rien fait ces dernières années, pas depuis que nous sommes arrivés ici. J'ai les enfants à présent. Cette époque appartient au passé.

– Tout cela appartient au passé, maintenant.

Richard Owen, l'époux d'Ann, prit finalement la parole. De toute évidence, il appréciait la nourriture, car il avait mangé avec appétit de tous les plats, et n'avait pratiquement pas dit un seul mot mis à part « oui, s'il vous plaît » et « voulez-vous du sel ? » Il ajouta :

– Maintenant Ann est à la maison avec les filles et nous sommes d'accord sur le fait que c'est la place légitime d'une épouse et d'une mère. Elle n'a nul besoin de travailler. Avec les filles, les domestiques, la maison et ses oiseaux. (Il se tourna vers Edward.) Blackburne, j'ai cru comprendre que beaucoup de vitraux d'églises dans cette région avaient été détruits pendant la Réforme. Est-ce exact ?

Mildred n'avait jamais vu cette facette de Richard. Un homme réservé et studieux. Elle avait présumé qu'il se pliait aux souhaits de son épouse plus vive, mais elle venait de découvrir sa dureté de fer.

– Un vandale du nom de Dowsing, William Dowsing, un puritain qui vivait dans les environs en fut le principal responsable. Edward était lancé. Pendant la Grande Rébellion, il fut engagé par Cromwell. Il a rendu visite à un quart des églises paroissiales du comté, détruisant des vitraux, des croix, des icônes, sur son passage. Dans certains coins, il a persuadé les habitants de faire son travail – et ensuite il les fit payer le tiers d'une livre pour ses services !

Cela fit rire les invités. Mildred remarqua qu'Ann ne se joignait pas aux rires. Alors qu'elle était en verve un peu plus tôt, elle paraissait soucieuse à présent.

William intervint :

– Notre église fut profanée avant cette période. Les registres de la paroisse montrent que, en 1583, l'église a été blanchie à la chaux pour recouvrir les peintures et autres décorations. Ce que vous constaterez de vos propres yeux, Edward. Nous vous la montrerons dans la matinée.

– De nombreuses églises de l'université de Cambridge ont été endommagées au cours de cette même purge. Sydney était rouge à cause de l'alcool ou de la chaleur. Pourtant, ce fut à Oxford que le mouvement, dans lequel William et moi-même sommes impliqués, a vu le jour. Le néogothique, voilà le seul style véritable d'architecture chrétienne, c'est la clé de l'avenir, je vous le dis ! Cela ramènera les gens auprès de l'Église. C'est notre opinion, et je suis certain que vous la partagez, Mr Blackburne !

Pourquoi Sydney est-il si agaçant ? songea Mildred. Elle avait envie de lui donner une chiquenaude sur l'oreille. Il était luisant comme une bille. Elle l'entendit mentionner James.

– Oui, il est sur le point de se faire une raison. James est un garçon têtu, il a un projet à la noix de partir pour l'Inde. Pour travailler au sein d'une compagnie de thé ou autre, il n'est pas très clair. Je ne suis pas content, pas du tout. Tu pourrais avoir deux mots avec lui, n'est-ce pas, William ?

Il dévisagea durement son hôte, comme s'il pouvait le contraindre à obtempérer.

– Essaie de l'en dissuader, veux-tu bien ? Il gâche une très bonne opportunité pour poursuivre un rêve puéril.

– J'ai essayé au trimestre dernier. C'est un jeune garçon très impressionnant, Sydney. Nous avons beaucoup apprécié son séjour parmi nous, n'est-ce pas, Mildred ?

Les allusions à James la mettaient toujours mal à l'aise. Elle se leva :

– En effet, Sydney, un jeune homme exceptionnel. À présent, veuillez nous excuser, messieurs. Nous, les dames, allons vous quitter pour vous laisser fumer.

Ann se tenait près de la fenêtre du salon. Les rideaux étaient ouverts, une lune brillante se cramponnait au-dessus de la cime des arbres.

– Merci pour cette merveilleuse soirée, Mildred, je me suis bien amusée.

– Vraiment ? Et que penses-tu du prétentieux Mr Pegler ? Un vieil ami de William, il l'aime beaucoup. Cruel envers son fils, ne penses-tu pas ? Sydney veut que James fasse exactement ce qu'il lui dit. Tu sais que William lui a donné des leçons particulières avant ses examens.

Mildred haussa les épaules.

– S'il y avait un seul moyen de dégoûter ce garçon de l'Église, c'était bien de le faire venir chez nous ! Nous sommes si tranquilles et si ennuyeux. À présent, à toi, femme mystérieuse, pourquoi n'as-tu jamais évoqué ton passé d'artiste ? Pourquoi ?

– Il n'y a pas grand-chose à te raconter, vraiment.

Ann continuait de fixer son regard sur le jardin.

– Pendant quelques années, j'ai étudié, je me suis intéressée à un artiste du nom de Samuel Palmer. Tu connais son travail ? J'ai honoré deux ou trois commandes. J'ai beaucoup aimé, mais c'est devenu… Je n'allais jamais être… Qu'importe, j'ai rencontré Richard, et j'ai tout abandonné.

Un ton étrange, totalement dénué d'émotion. Mildred ne parvenait pas à voir le visage de son amie. Il était dissimulé par ses boucles, qui maintenant se défaisaient.

Au bout d'un instant, Ann reprit la parole :

– Tout cela appartient au passé, de toute façon. Alors oui, ma petite Sarah ! Merci d'avoir sauvé son pauvre petit doigt du dard de cette vilaine guêpe. Tu es très adroite avec une aiguille.

Mildred sentit que la conversation sur le passé d'Ann était close, tout du moins pour l'instant.

***

Le lendemain matin, Mildred accompagna Edward à l'église. La lumière printanière filtrait à travers les vitraux, éclairant l'intérieur. Elle posa un vase rempli de fleurs sur l'autel et observa son invité déambuler dans l'église.

– Tellement de soi-disant imageries superstitieuses dans les églises paroissiales du Suffolk (des peintures, des sculptures d'anges au plafond et ainsi de suite) ont été détruites dans les années 1540. Vous voyez les traces de badigeon juste là ?

Edward désigna une zone sur le mur.

– William m'a dit que les registres de la paroisse montrent des fresques également ? Un jubé, vous le voyez à partir des dégâts sur le mur, là-bas, et la destruction des objets religieux, peut-être des vitraux. Tout ceci peut être restauré… si c'est ce que vous voulez.

Mildred répondit :

– Nous avons commencé. Réparation du toit, ce genre de choses. Mais cela n'a pas été bien reçu pas certains paroissiens. Vous voyez… La vie de village ! Certaines personnes détestent le changement et elles se méfient de tout ce qui est nouveau, même quand il s'agit de restituer le passé. Cela rend les choses très difficiles.

Son visage s'assombrit :

– Pour être franche, je trouve cela épuisant.

– Vous nourrissez un intérêt véritable, Mrs Holland.

Pour la première fois, elle regarda l'homme que son époux admirait si profondément. Edward était petit avec un teint basané. Son regard intense était déconcertant. Il se tenait un tout petit peu trop près de vous comme s'il s'attendait à trouver quelque chose et qu'il continuerait à observer jusqu'à ce qu'il y parvienne.

– Si vous aviez envie de visiter Southwold, je serais ravie de vous montrer ce que nous faisons. Votre époux a indiqué que lui et vous pourriez envisager de courtes vacances sur la côte ?

Mildred éprouva de la gêne, comme s'il avait lu en elle. Elle s'éloigna pour fuir son regard et fit semblant d'arranger les fleurs sur l'autel. Comment pourrait-elle lui dire à quel point il lui était difficile de s'intéresser à quoi que ce soit ?

– Je suis certaine que nous aimerions visiter St Edmund. C'est très aimable à vous, dit-elle. Et une escapade à Southwold. Peut-être. J'en discuterai avec mon époux.

***

Chapitre 11

1857, quelques semaines plus tard

On leur donna une grande chambre à coucher à l'arrière de l'auberge. Dès que la femme de chambre eut refermé la porte, William s'allongea sur le lit en poussant un soupir :

– Viens me rejoindre, mon épouse !

Elle trouva son ton taquin agaçant :

– J'ai envie de marcher au bord de la plage.

– Nous sommes en vacances. Nous avons tout l'après-midi.

– Je suis fatiguée, William. Pas d'humeur.

– L'amour l'après-midi, tu ne te souviens pas, notre moment préféré ?

D'une caresse sur les mains, il tenta de l'amadouer pour qu'elle le rejoigne sur le lit :

– Pourquoi trouves-tu à redire à tes adorables doigts ? la taquina-t-il.

Elle se libéra. En posant son chapeau sur le lavabo, elle aperçut son reflet dans le miroir.

– Mes cheveux sont emmêlés. Je dois remettre des épingles à l'arrière. Regarde ta femme d'âge mûr.

Elle fronça les sourcils :

– Nous sommes près de la mer, nous devrions marcher. Et demain nous verrons ton étrange ami, Mr B et je serai une épouse enjouée.

The Swan était une taverne. Le bar était rempli de visages rendus brillants par la chaleur, la boisson et les conversations. Les hommes passaient un bon moment. C'était ce dont elle avait besoin, décida-t-elle, un changement de décor. C'était ce qu'elle adorait dans les voyages, entendre des langues étrangères et tenter de comprendre les paroles des gens. Les conversations des autres lui avaient toujours paru fascinantes. C'était l'étranger ici, se rendit-elle compte. Elle comprenait à peine l'accent de ces hommes.

William et elle s'installèrent dans un joli petit salon, au plafond bas, pourvu de sièges confortables et de petites tables où étaient servis du thé et des scones. Elle brûlait d'envie d'aller marcher, mais William avait toujours faim en vacances, alors ils choisirent une table et commandèrent. Elle écoutait son bavardage d'une oreille distraite :

– Je l'ai rencontré, le maire. Un esprit visionnaire. Quelques hommes d'affaires de la région et lui font pression sur la compagnie de chemin de fer pour étendre la ligne jusqu'au centre-ville de Southwold. Il leur faudra trouver de l'argent, bien entendu. Alors qu'il reprenait une autre part de gâteau, elle déclina. Le train apporterait des emplois dans la ville et plus de visiteurs.

Une fois qu'il eut terminé, ils se mirent en marche le long de la High Street jusqu'à Gun Hill qui se déployait en une étendue d'herbe verte jusqu'au bord de la falaise. Des marches raides descendaient abruptement jusqu'à la plage de Sole Bay. Un pâle soleil éclairait la mer grise, tandis qu'elle enflait comme au rythme des respirations d'une bête. De petits bateaux de pêche reposaient sur les galets, et quelques pêcheurs réparaient des filets et empilaient des caisses. Plus bas sur la plage, des enfants jouaient. Le doux chuintement des vagues, qui brisaient et aspiraient les galets, se mêlait aux cris stridents des mouettes. Elle inspira l'air frais aux senteurs de poisson et sentit des larmes lui picoter les yeux.

– Par ici, Millie.

Elle était contente qu'il n'ait rien remarqué et ils se mirent à flâner le long de la promenade. Le long de la plage, au niveau du port, des gens travaillaient, se déplaçaient, existaient. C'était ridicule, mais elle en ressentit presque de la jalousie. Leurs existences étaient tissées comme les feuilles d'un motif, tandis que la sienne s'apparentait à un drapeau qui pendait, flasque, un jour sans vent.

– Quel splendide décor. Je crois que je préfère les plages de galets à celles de sable, pas toi ?

Il ne s'était pratiquement pas arrêté de parler depuis leur arrivée.

– C'est bon de partir quelques jours, de découvrir de nouveaux lieux et des visages inconnus. Des dîners, du vin, faire un peu les boutiques, et le tour est joué.

Il lui serra le bras.

– Je sais que cela peut être difficile de vivre à Huntingfield. Un lieu calme et paisible, ce que nous apprécions tous les deux, je le sais, mais pour toi, eh bien, je suppose que cette vie peut être un peu solitaire par moments. Surtout depuis que je suis si occupé…

Elle s'arrêta brusquement.

– Tu as dit « un peu solitaire », William ? Paisible ? As-tu la moindre idée de ce à quoi cela ressemble pour moi ? C'est la mort, William, Tu m'entends : la mort !

Il fut pris de court :

– C'est un peu excessif, certainement ? Tu savais que nous allions venir vivre dans un village. Je ne sais pas à quoi tu t'attendais ?

– Ce n'est pas ce que je veux dire. Je sais, cela paraît horrible, c'est...

Elle se détourna, la mine pitoyable.

– Ce n'est pas Huntingfield, c'est la vie que je mène là-bas. C'est comme s'il n'y avait rien que je puis *faire*.

– Mais c'est ce que nous avions projeté depuis toujours, Millie. Accroître le nombre de fidèles, les ramener vers la foi, les sermons dans les cottages commencent à intéresser les gens et l'évêque est très content que nous bâtissions une école...

– Mais c'est ton travail, William ! Je ne suis presque pas impliquée !

– Ce n'est pas complètement vrai. Et nous avons donné un charmant dîner le mois dernier, tu l'as dit toi-même.

Elle s'efforça de maîtriser sa colère :

– Oui, c'est vrai. Ce n'est pas de cela dont je parle.

– Je te demande constamment ton avis...

– Et je suis heureuse de le donner, le coupa-t-elle.

– Je ne pourrais pas faire mon travail sans toi.

– C'est sans espoir. Tu ne comprends pas ? J'ai besoin de faire plus que tenir la maison et parler aux domestiques ! Je m'ennuie, William !

Avec un haussement d'épaules exaspéré, Mildred s'écarta brusquement et s'éloigna à grands pas le long de la promenade. William contempla les vagues. Il était confondu. Il savait que son épouse était insatisfaite et oui, il était triste pour tous les deux qu'elle ne soit pas tombée enceinte. Néanmoins, ils se devaient d'obéir à la volonté de Dieu et accepter de bonne grâce le chemin qu'il avait choisi pour eux, n'est-ce pas ? Il se souvint de ce que John Holland, son beau-père, lui avait dit quand il lui avait demandé la main de Mildred : « Sache que la vie avec Millie sera intéressante. »

Cela lui avait paru une chose étrange à l'époque. À présent, William comprenait ce que son beau-père avait voulu dire. Les années qu'ils avaient passées à l'étranger avaient été fascinantes et différentes. La vie dans le presbytère était forcément terne et décevante pour Mildred en comparaison. Quant aux attentes, elle avait lutté contre, comme un poulain écorché par le mors.

Mildred marchait naturellement vite, et la colère lui donnait des ailes. Le temps que William la rattrape, il était à bout de souffle :

– Mildred, s'il te plaît, attends.

Il la dominait de sa taille, son visage marbré par l'effort.

– Je suis désolé, ma chérie, que puis-je faire ?

D'une voix sourde, tendue par la maîtrise de soi, elle répondit :

– Je ne sais pas… Ce n'est pas clair pour moi non plus. La brise souleva son chapeau et elle l'attacha. Je peux être heureuse au presbytère, je sais que je le peux, et un jour, je le serai. Nous appartenons à Huntingfield. C'est seulement, je ne sais pas, je dois trouver ma façon *à moi* d'exister là-bas. Je remplirai mon rôle, je t'aiderai autant que je peux, mais il doit bien y avoir quelque chose pour moi !

Un homme sortit en titubant d'une taverne située à proximité, suivi par des éclats de voix.

– Il y a trop de pêcheurs et pas assez de travail régulier pour les occuper.

William était soulagé de changer de sujet de conversation.

– Les hommes finissent par se soûler et causent des problèmes. Le maire me dit qu'une salle de lecture est en projet, pour encourager ces marins à lire et pour qu'ils s'occupent.

– Nous sommes tous meilleurs quand nous sommes occupés, n'est-ce pas ? dit-elle en riant. Elle accepta le bras de William et ils retournèrent en ville en marchant, s'arrêtant dans une petite boutique où elle acheta une épingle à chapeau en ambre pour sa sœur et il lui offrit une broche.

***

– B'jour.

Rose détourna les yeux de l'homme en habits incrustés de sang, qui se trouvait à l'extérieur du cottage des Fake. Le tueur de cochon reposait sur son tabouret d'abattage, une longue brouette en bois, sur laquelle l'animal serait sanglé, impuissant, avant qu'on lui tranche la gorge. Ses doigts sales entouraient une tasse de Mary. Rose était contente que ce soit une ébréchée.

– T'es v'nue aider, pas vrai ?

L'homme la détailla de la tête aux pieds.

– Une fille forte peut toujours me servir, à moi. Même une jeunette comme toi peut tenir bien fermement, dit-il en lui adressant un regard lubrique.

Rose vit que sa sœur avait posé une grosse casserole d'eau sur la cuisinière. Une autre reposait, fumante, sur le sol en terre. Mary leva à peine les yeux et se contenta de lancer d'un ton sec :

– C'est pas trop tôt, jeune fille, ces enfants s'fourrent dans mes pattes. Donne-leur leur petit déjeuner, tu veux ?

Elle poussa vers Rose une assiette creuse contenant du porridge figé et quelques cuillères.

Quand un cochon était tué et qu'on lui ouvrait le ventre en deux, Rose détestait encore plus les couinements que l'odeur de sang ou la puanteur de la carcasse. Elle avait accepté à contrecœur de veiller sur les enfants, car le pasteur et son épouse étaient partis quelques jours à Southwold. Ainsi elle laisserait Mary et Seth aider le tueur de cochon.

– Hors de mon chemin !

Seth la poussa et passa devant elle, les bras chargés de paille. Il laissa tomber le chaume séché au sol près de la machine du tueur de cochon, puis il se mit à former un monticule doré. Une couche pour le cochon. Un endroit de repos éternel. Un âtre.

Rose appela les enfants :

– Bessie, Martin, Martha… Venez ici voir tantine.

Les enfants se rassemblèrent autour de ses jambes, plongeant leurs cuillères dans l'assiette de bouillasse chaude en contemplant leur père avec curiosité, tandis qu'il transportait une autre brassée de paille. Un brin tomba en voltigeant. Rose chatouilla le menton de Martin :

– Prêts maintenant. Restez à l'écart, le voilà qui arrive ! lança Seth.

Et comme les portes de la porcherie s'ouvraient à la volée, le porc sortit en trombe. Rose se souvint de lui quand il n'était qu'un minuscule porcelet, rose comme un doigt, bondissant partout dans la porcherie, avec la joie d'être vivant. Même à cette époque, elle avait vu Seth et Mary saliver. Aujourd'hui, sentant la nourriture et la liberté, le gros animal se propulsa vers le cottage sur ses pattes robustes, déviant à hauteur du tueur de cochon en tirant d'un coup sec sur le nœud coulant passé autour de son groin. Seth le tira par la queue pour le guider par-derrière. Un jambon sur pattes, et du boudin noir et des saucisses. Rose frissonna.

– Remue ce seau-là, Mary, fais-le passer par cette porte ! hurla Seth.

Les glands s'entrechoquèrent et le cochon marcha d'un pas lourd vers Mary qui se tenait à l'entrée du cottage. Alors qu'il pénétrait dans le cottage sombre, la créature parut un instant sous le choc, paralysée, la respiration difficile comme si elle était perdue. Rose détourna la tête, lorsque son groin humide renifla son épaule et que la puanteur du cochon emplit ses narines. Elle était incapable de le regarder, coupable de savoir qu'elle allait sous peu festoyer avec sa chair. Puis le bruit de crécelle du seau attira l'attention du cochon et il se dandina en direction de la porte, en déféquant au passage.

– Tenez-le maint'nant ! aboya l'homme tueur de cochon.

C'est alors que les couinements commencèrent : aigus, paniqués et désespérés. Le bruit emplit la tête de Rose, faisant résonner ses oreilles. Elle ramena les enfants près d'elle et pressa leurs corps osseux bien serrés contre elle de sorte que leurs gémissements couvrent les cris d'agonie de la bête. Puis, aussi soudainement qu'ils avaient commencé, tout redevint silencieux. Les enfants luttèrent pour se dégager de l'emprise de Rose et observèrent par la porte leur père qui suivait le corps du cochon mort avec des brins de paille enflammés. La terrible puanteur des poils roussis emplit l'air, tandis qu'il brûlait les soies de la créature.

Les trois adultes transpiraient et faisaient appel à toutes leurs forces pour traîner le cochon mort jusque sur le tabouret du tueur de cochon.

– Fermez vos yeux si vous ne voulez pas le voir se faire embrocher ! cria l'homme.

Et tandis qu'une giclée de sang se vaporisa dans l'air, Rose ramena de nouveau les enfants dans son giron et enfouit sa tête dans un enchevêtrement de membres.

– C'est fini pour lui. Il a bien saigné aussi. Regardez-moi ça ! rayonnait Mary, en entrant d'un pas chancelant dans le cottage, chargée de deux seaux, les mains et la jupe éclaboussées d'un sang rouge. Je vais faire du boudin noir dès aujourd'hui et dès qu'il sera resté pendu quelques jours, nous le découperons. Un morceau pour le tueur de cochon, nous vendrons quelques bouts de viande au village, et nous salerons le reste pour cet hiver. Avec un autre bébé en route, je vais bien en avoir besoin. Ne prends pas cet air, Rose. Fais-nous plutôt une tasse de thé, espèce de grosse chochotte.

***

Après le petit déjeuner, William et Mildred quittèrent l'hôtel. Il faisait très froid, et ils hâtèrent le pas le long de la rue principale pleine d'animation, William emmitouflé dans une écharpe et Mildred les mains dans un cache-col.

– Pourriez-vous m'indiquer la direction de l'église St Edmund ? demanda William.

Un passant pointa le chemin du doigt.

C'était une église médiévale, un bâtiment massif aux murs de silex avec un porche surmonté d'une tourelle, doté d'un clocher d'une belle hauteur et d'un toit abrupt en cuivre sur lequel des hommes s'agitaient comme de petites fourmis. Des ouvriers entraient et sortaient à toute allure de l'église avec des outils et du matériel. Leur façon de se déplacer suggérait l'urgence. William tapota l'épaule d'un homme :

– Est-ce que Mr Edward Blackburne est par ici ? S'il vous plaît, avertissez-le que Mr Holland et son épouse sont ici pour le voir.

Ils suivirent l'homme à l'intérieur de l'église. Une vive lumière se déversait par les fenêtres basses, embrasant le vaste vitrail situé au-dessus de l'autel et répandant des faisceaux colorés sur le carrelage à motifs du sol. Un paravent en bois sculpté se déployait à travers l'immense intérieur, séparant les fidèles des stalles du chœur. Elle repéra les endroits où les visages des saints représentés sur les panneaux peints avaient été brutalement brossés, ne laissant que les légers contours des costumes couverts de plumes et d'ailes dorées.

Levant la tête, ils le virent, Edward Blackburne, à plus de vingt-cinq mètres au-dessus d'eux. En compagnie d'un groupe d'ouvriers, il se tenait sur un fragile échafaudage en bois. Au-dessus d'eux, un plafond à blochets saillants formait une voûte, décoré de panneaux représentant des saints, des fleurs, des fruits et des rosettes dorées. Mildred tendit le cou pour le distinguer :

– Il vole, William, il est là-haut avec les anges !

Car aux extrémités de certaines poutres du toit étaient fixés des anges couronnés, recouverts de couleurs vives. Ils souriaient avec bienveillance au monde qui fourmillait sous eux, leurs ailes aux plumes dorées déployées comme s'ils étaient sur le point de s'envoler. Mildred était hypnotisée.

William lui prit le bras.

– Edward nous a vus ! Il descend.

Edward se mit à descendre une série d'échelles qui reliaient les différents niveaux de l'échafaudage.

– Allons à sa rencontre.

William fit quelques pas en direction de l'endroit où l'architecte regagnerait le sol. Il ne remarqua pas que son épouse avait d'autres projets. Elle avait repéré une échelle appuyée sur un côté. N'hésitant qu'un instant avant de laisser tomber son cache-col sur un banc, d'une main elle s'agrippa à un échelon de bois, releva ses jupes de l'autre, et se mit à grimper.

– Mr Blackburne, j'arrive !

Son visage était lumineux. Le temps que William soit revenu en toute hâte vers elle, elle se trouvait déjà au quatrième barreau.

– Millie ! Arrête s'il te plaît, ma chérie, maintenant ! siffla-t-il, d'une voix insistante, qui trahissait son effarement.

Elle avait atteint pratiquement la hauteur de la poitrine de William. En regardant en bas, elle voyait la peau rose de son crâne à travers ses cheveux clairsemés.

– Que se passe-t-il ? William, je n'ai pas peur. Tu n'es pas obligé de venir avec moi.

– Non, chuchota-t-il avec férocité. Ce n'est pas cela ! C'est ta robe, Millie. Les gens vont voir sous tes jupes pendant que tu grimperas. Et c'est dangereux !

Elle baissa les yeux sur son mari, pleine de fureur. Son expression à lui était mi-implorante, mi-coléreuse. Elle savait qu'il avait raison, c'était souvent le cas. Mais était-ce une raison pour ne pas faire ce qu'elle voulait ? De là où elle se tenait à présent, à hauteur d'homme, elle voyait toute l'église. Peu de gens accordaient de l'intérêt à ce qu'elle fabriquait. Elle se remit à gravir les barreaux.

Puis elle sentit l'échelle trembler. Levant les yeux, elle aperçut l'étoffe foncée d'un pantalon et un pied qui descendait dans sa direction.

– Mrs Holland. Peut-être patientez jusqu'à ce que je descende ? Je pourrais alors vous aider, l'entendit-elle dire.

Elle n'avait pas d'autre choix, l'homme bloquait son ascension.

– Très bien, je redescends.

Elle avait peine à voir où poser le pied car ses jupes enveloppaient son pied comme des feuilles humides. Une fois de retour au sol, elle lissa sa robe et lança un regard furieux à son époux.

À cet instant, deux hommes passèrent près d'elle, transportant la sculpture d'un ange.

– Arrêtez-vous s'il vous plaît ! Laissez-moi regarder.

Elle tendit la main pour toucher le visage sculpté entouré de boucles, le nez droit et les lèvres pleines. Deux paumes tournées vers le ciel donnaient la bénédiction.

– Oh, n'est-il pas magnifique ? Il me fait penser à un enfant, un bel enfant innocent.

Les menuisiers la fixèrent un moment, avant de marmonner des excuses et de s'éloigner prestement. Tout fut terminé en un instant. Edward s'approcha d'eux.

– Bienvenue, Mr Holland et Mrs Holland, C'est un privilège de vous revoir. Merci de votre visite et toutes mes excuses pour vous avoir fait attendre… Il serra la main de William, inclina brièvement la tête à l'intention de Mildred et leur signifia qu'ils devraient rebrousser chemin dans l'église et regagner la porte.

– Je dois vous montrer quelque chose avant que Mrs Holland n'ait l'opportunité de voir peut-être le travail de ses propres yeux. Je peux demander aux hommes de quitter l'église, William, et je l'accompagnerai pour garantir sa sécurité. Mais d'abord, laissez-moi vous présenter Southwold Jack. Il fit un geste vers la sculpture en bois d'un petit garçon soldat qui se tenait près des fonts baptismaux. Comme vous pouvez le voir, il est vêtu d'une armure et tient une hache. Ceci sert à sonner une cloche et à rassembler les fidèles pour prier. Des visiteurs viennent de tout le pays spécialement pour voir Jack. Le maire dit qu'il faut une gare pour que la ville accueille plus de personnes encore.

– Exactement ce que je te disais pendant le thé, Mildred, déclara William.

Elle n'écoutait pas. Elle contemplait la statue de l'ange qui était hissée en haut de l'échafaudage par une corde, une toile à sac enveloppant son corps et son visage. Splendide malgré tout, elle se balançait et oscillait dans l'air, donnant l'impression de voler librement. Mildred éprouva un absurde sentiment de bonheur, lorsque la gracieuse sculpture atteignit la partie la plus haute de l'église. Elle arriva là où les autres sculptures d'anges se trouvaient déjà, aux extrémités des poutres. Un ouvrier manœuvra délicatement la créature jusque sur la poutre et l'attacha à sa place. À présent, l'ange était perché, haut et fier, et baissait les yeux sur les humains qui se hâtaient en contrebas.

William parlait :

– Le maire a raison. Les gens veulent voyager de nos jours, alors étendre le chemin de fer jusqu'à Southwold est une merveilleuse idée.

William et Edward continuèrent à discuter des avantages des trains à vapeur pour les affaires locales.

– Et nous avons trouvé que le voyage en calèche depuis Darsham était des plus inconfortables. N'est-ce pas, Mildred ? Mildred ?

Il se tourna vers sa femme. Les yeux de Mildred étaient fixés sur Edward. Il avait déjà vu cette expression auparavant et il la redoutait.

– Mr Blackburne, nous avons besoin de votre aide, dit-elle.

– Comment cela, nous avons besoin de son aide ? grimaça William.

– Il nous faut des anges à St Mary, bien entendu. Des anges dans l'église. Et Edward est celui qui peut nous y aider.

– Vous aider ? Que voulez-vous dire ?

– Puis-je compter sur vous, Mr Blackburne ?

Mildred rayonnait :

– S'il vous plaît, dites oui !

***

Ils retournèrent à l'hôtel à pied. Son changement d'humeur par rapport à la veille était radical. Elle se suspendit au bras de William et jacassa sans relâche sur combien il serait merveilleux qu'Edward les conseille pour St Mary. William écoutait à peine. Sa crise dans l'église de St Edmund l'avait complètement déstabilisé. Elle avait tenté de grimper à l'échelle, à quoi pensait-elle donc ? Et sa crise de colère sur la plage ! Et maintenant cette proposition à Edward Blackburne sans prendre la peine de le consulter. Son comportement devenait imprévisible et le mettait mal à l'aise. Il insista pour qu'elle fasse une sieste cet après-midi. Il ferait un tour en ville pendant ce temps. Lorsqu'il revint une heure plus tard, elle dormait.

Ils avaient invité Edward à se joindre à eux pour le dîner au *Swan*. Après un bon repas et une bouteille de vin, Mildred parut plus calme. L'architecte expliqua qu'ils suivraient la pratique de l'Est-Anglie en installant des anges sur les voûtes du plafond de St Mary :

– Il y en avait probablement dans l'église à l'origine. J'ai fait quelques recherches et un puritain, Edmund Stubbs, était pasteur là-bas au tout début. Il se peut que ce soit lui qui ait détruit l'iconographie et d'autres personnages pendant la Réforme. Mais des preuves montrent que le comté entier était fortement puritain, par conséquent il a pu s'agir d'un processus de destruction progressif.

– Vous êtes le géomètre diocésain de Norwich, Edward ? Vous êtes souvent loin de Londres, alors ?

– Oui, Mrs Holland. Je conseille l'évêque sur toutes les églises du diocèse et j'ai travaillé dans plusieurs d'entre elles, Ospringe et Westwell, par exemple. Cela m'emmène loin de mon activité principale, à Londres.

Son ton suggérait qu'il considérait le travail de rénovation dans le Suffolk au-dessous de ses capacités.

– Cela doit être gratifiant d'être reconnu pour votre travail, dit-elle avec délicatesse.

– Selon l'opinion de l'évêque et aucun doute selon la vôtre aussi, Mr Holland, des améliorations telles que celles que nous avons évoquées vont dans le sens de ces idéaux élevés de l'Église auxquels nous tenons tous fermement. En tant que théoricien de premier ordre dans ce domaine, vous conviendrez que les rituels, le cérémonial et, par-dessus tout, la beauté sont la représentation physique du christianisme, et il inclina gracieusement la tête en direction de William.

William en fut flatté. L'homme n'avait pas tort. Il suivrait la volonté de l'évêque s'il dépensait un petit peu plus d'argent pour St Mary. Il demanda à ce qu'on leur apporte du brandy :

– Continuez, Edward, si je puis vous appeler par votre prénom ?

– Vous pourriez remplacer certaines fenêtres en verre blanc par des vitraux...

– C'est une merveilleuse idée ! intervint Mildred. Ann honorerait peut-être la commande, on ne sait jamais. Elle nous a raconté, tu t'en souviens, William, qu'elle réalisait des vitraux avant son mariage.

Edward acquiesça :

– Cela serait en adéquation avec le bâtiment et, bien entendu, cela embellirait la lumière. Vous pourriez surélever le sol du chœur et utiliser des carreaux estampés du Moyen Âge pour créer cette importante distinction entre l'officier et ses paroissiens.

Edward accepta un brandy.

– Un tas de bonnes idées.

Mildred regarda William avec enthousiasme.

– N'es-tu pas d'accord, William ? Les villageois devraient pouvoir fréquenter un bel endroit.

William objecta :

– Ces propositions sont tentantes, je te le concède. Mais nous devrions nous concentrer sur l'école, Millie. Je pense l'avoir mentionné, Edward, nous faisons bâtir une nouvelle école ainsi qu'une maison pour l'instituteur. Cela demande pas mal de temps… et d'argent.

Edward acquiesça.

– C'est pourquoi tu devrais me laisser tout organiser ! s'exclama Mildred avec enthousiasme. Nous avons discuté si longtemps des changements que nous voulons pour l'église. Je pense que nous devrions les commencer aussi rapidement que possible. Avec la supervision d'Edward, bien sûr, ajouta-t-elle prestement. Je discuterai toutes les idées avec toi, William, mais tu ne seras pas tenu de t'impliquer au quotidien. Cela me plairait tellement. Cela me… cela me conviendrait.

– Un projet commun, intervint Edward, dont le regard alla de l'un à l'autre.

William se tourna vers Edward :

– Mildred et moi avons voyagé de nombreuses années en Europe. Cela nous a offert une merveilleuse opportunité de voir le monde.

– Difficile ensuite de s'adapter à une vie sédentaire, après tellement d'années passées à suivre vos centres d'intérêt ? suggéra Edward.

– Nous avons tous deux trouvé certains aspects de l'existence dans un village plus difficiles que nous l'avions imaginé au départ, répliqua William avec raideur, craignant la réaction de Mildred.

– Difficiles ? Nous aimons tous deux Huntingfield et ses gens ! Nous sommes déterminés à faire notre possible pour ramener la foi et l'amour du Seigneur dans la paroisse.

Mildred sourit :

– Nous réfléchirons plus avant à vos idées, Mr Blackburne, n'est-ce pas, William ? Voulez-vous un autre café ?

Mildred ne revint pas sur le sujet jusqu'à ce qu'ils soient de retour au presbytère, le jour suivant. Le bureau de William était encombré de plans de construction relatifs à l'école, de sermons du dimanche rédigés à moitié, et de courrier qu'il n'avait pas ouvert. Elle sut que c'était le moment pour elle :

– Je ne vois pas pourquoi je ne devrais pas le faire.

Il se retourna vers sa femme et fut frappé un instant par sa beauté. Quand elle était passionnée, sa peau pâle s'empourprait au niveau de la gorge et le bout de son nez devenait rose et brillant. C'était comme si elle était illuminée de l'intérieur. Cela faisait longtemps qu'il ne l'avait pas vue si exaltée.

– Edward m'a laissé un message à l'hôtel. Il dit qu'il ne nous fera payer que de faibles honoraires pour nous conseiller. Elle se mit sur la pointe des pieds, se pressa contre lui, lui frôla le cou du bout des doigts. Nous parlons depuis si longtemps des changements que nous souhaitons pour l'église, William. Je pense que ce serait merveilleux, vraiment ! De commencer à reconstruire convenablement St Mary. Si j'en suis responsable, cela me fournirait une activité, et tu es si occupé, William. Dis oui !

Elle leva les yeux, implorante.

On frappa un coup à la porte et Rose entra :

– Excusez-moi, mais le maître d'œuvre est ici pour vous voir, révérend Holland, quelque chose à propos des canalisations de l'école.

– Le nouveau système d'évacuation des eaux. Je dois y aller pour voir ce qu'ils font, dit-il, en rassemblant ses affaires à la hâte.

– Bonté divine, que c'est intéressant, mentit-elle. Puis-je t'accompagner ?

Elle suivit son époux à l'extérieur de la maison, passant son bras sous le sien. Le temps qu'ils descendent la longue allée et qu'ils atteignent le portail du presbytère, elle avait son accord. Mildred serait responsable de la rénovation de St Mary de Huntingfield.

***

Chapitre 12

Printemps 1858

Elle écrivit à Elizabeth :

J'ai dérivé pendant si longtemps. Les heures passaient comme sur un manège ennuyeux. À présent, je ne tiens plus en place pendant la journée. Après les prières du matin, un baiser et un sourire, William part d'un côté, et moi de l'autre. Je t'en dirai davantage au fur et à mesure que les projets avanceront..., mais c'est excitant !

Elle traverse la cour et grimpe les marches jusqu'à une pièce située au-dessus des écuries. Le plafond est bas et la pièce tout en longueur, l'odeur des chevaux et de la paille s'élèvent à travers les planches irrégulières, tandis que les bêtes s'ébrouent au-dessous de ses pieds. Des fenêtres courent le long d'un mur et donnent sur les cours lointaines à l'arrière des cottages de Huntingfield, sur des chemins profonds obturés par des branchages et la terre sans relief du Suffolk. Les jours ensoleillés, il y a assez de lumière pour qu'elle puisse travailler sans allumer de lampe.

Robert et Thomas transportent du mobilier inutile en provenance du presbytère (des tapis, plusieurs chaises, un petit canapé et des lampes) et l'aident à l'agencer. Une longue table à tréteaux sous les fenêtres, une bibliothèque à l'autre bout, un siège confortable, une table près du fourneau et plusieurs lampes. Ensuite, on envoie les garçons chercher ses malles de voyage. Elles sont restées dans le grenier, pleines de boules de naphtaline et de souvenirs, laissées à l'abandon ces dix dernières années. L'attente de leur arrivée est presque insoutenable. Mildred arpente la pièce, arrangeant une chaise, tapotant un coussin et bondit jusqu'à la porte pendant que les garçons chancèlent sous le poids de son butin.

– Oui, merci, Tom, Robert, par ici !

Elle passe le reste de la journée à fouiller parmi les objets anciens qu'elle a amassés au cours de ses voyages. Rien d'étonnant à ce que William l'ait appelée « ma pie ». Il avait pâli en apprenant le coût du transport jusqu'en Angleterre, mais il avait concédé qu'il aurait été bien dommage qu'elle abandonne ses trésors. Comment a-t-elle fait pour vivre sans eux si longtemps ? Elle caresse la sculpture en pierre d'une femme enceinte accroupie, en provenance de Turquie, la table incrustée d'ivoire du Maroc, le tabouret rouge sculpté des pays du Levant, l'urne en céramique de Grèce. Autour d'elle sont éparpillés des bols ouvragés en métal, des clés, une boucle en filigrane incrustée de pierreries, des boîtes remplies d'essences parfumées, des icônes peintes, des tommettes ornées de motifs. Des banderoles brodées claquent depuis les poutres. Des échantillons de satin dont les couleurs évoquent des papillons drapent les meubles. Elle empile des coussins en soie et des oreillers en velours sur un gigantesque tapis persan. Elle s'enfonce dans un doux tapis en peau de mouton. Ces objets auraient l'air inappropriés, voire criards, dans le foyer d'un pasteur et de son épouse, mais, dans cet antre, ce butin étranger formait un grand magasin des plaisirs. Enfin, elle avait sa pièce à elle (ou son « atelier », comme James l'aurait appelée). Comme il serait content de la voir ici, dans un endroit où elle pouvait réfléchir, concevoir des projets et travailler.

Et il y a beaucoup de travail à faire pour rénover St Mary. Elle se relève à la hâte. Elle doit établir une liste (plusieurs listes) de toutes les choses que William et elle ont décidé de construire ou d'améliorer.

Quasiment tous les matins, elle travaille dans l'atelier, puis descend quatre à quatre l'escalier pour rejoindre William à l'heure du déjeuner.

– Tu es un ange, William chéri !

Elle l'embrasse :

Et Edward est plutôt serviable, n'es-tu pas d'accord ?

Une fois par semaine, l'architecte passe la nuit au presbytère, il apporte des brochures et des plaquettes qui décrivent des procédés et des pratiques, dont elle ignorait l'existence, mais avec lesquels elle se familiarise. Quand elle lui pose une question, il donne toujours plus de détails que ce dont elle a besoin (ou envie). Mais elle se répète souvent que la minutie et la précision sont des traits de caractère essentiels chez un architecte.

Elle écrit à Ann :

Ma chère,

Tu aurais trouvé hilarant d'écouter notre conversation au dîner : les tuyaux de chauffage et le jointement du carrelage sont des sujets récurrents ! Mr Blackburne est le spécialiste et, alors qu'il fournit une quantité immodérée de détails qui peuvent se révéler ennuyeux à l'extrême, malgré tout, je sais qu'il m'aidera à faire du bon travail. Je suis le clerc. Je dresse des listes et j'ajoute tous les coûts. William me taquine, mais je sais que mon attention aux détails l'impressionne. Il se fait progressivement à l'idée que je peux organiser les travaux aussi bien que n'importe quel homme. C'est une bonne nouvelle que bébé Helen commence à se calmer. Transmets mon affection aux enfants…

***

Un paquet arriva par le courrier. Elle reconnut qu'il venait d'Edward grâce à l'écriture et à la cire à cacheter marquée de ses initiales. Elle ôta soigneusement l'épais papier kraft et découvrit un gros livre. Doté d'une reliure lisse en veau noir, il contenait des planches lithographiques de saints, d'oiseaux, d'animaux et de fleurs tirés de diverses églises et bâtiments médiévaux. Une inscription disait :

À ma chère amie Mildred dans sa quête pour inspirer l'amour de Dieu à travers l'amour de la beauté. Un exemplaire de mon ouvrage. Edward Blackburne

Elle ne savait pas qu'il était également auteur ! Elle se pelotonna sur le canapé, enveloppée d'un châle à motifs cachemire que William lui avait offert à Vienne, et examina le livre. Voilà un homme qui n'appréciait pas seulement l'art et la beauté, il comprenait aussi les techniques qui les étayaient. Son ouvrage, un véritable pavé, contenait de magnifiques illustrations d'œuvres, mais également les descriptions précises des techniques employées. Le procédé de la peinture à tempera, à l'œuf, utilisé par les artistes durant des milliers d'années pour peindre directement sur les murs. La cuisson de la peau de lapin pour fabriquer de la colle et le mélange avec une charge de craie en poudre pour confectionner un gesso lisse à appliquer sur les surfaces. Les pièces d'or, martelées afin d'obtenir des feuilles aussi fines que le papier, utilisées en dorure. Des listes d'outils exotiques dont se servent les artistes : des poils d'une fourrure blanche, d'hermine et de zibeline, des nœuds de soie cirée liant des plumes de vautour, des soies de porc pour fabriquer des pinceaux. Des pigments transportés sur des milliers de miles à dos de chameau. Chaque page révélait des secrets de sorcellerie. Une lecture riche et gratifiante.

***

– Il y a tant à faire, ma chère, j'en ai la tête qui tourne !

Mildred accueillit Ann dans son atelier. Elle l'avait invitée à lui rendre visite pour lui annoncer un « projet excitant ».

Mildred lui fit une place en débarrassant les papiers et journaux qui jonchaient le canapé.

– Toutes mes excuses, je ne m'occupe pas convenablement de toi. Assieds-toi, s'il te plaît ! Je ne t'ai pas montré le magnifique ouvrage qu'Edward m'a envoyé. Pour me donner des idées. Qu'en penses-tu ?

– C'est un pavé, déclara Ann en soulevant le livre pour le poser sur ses genoux.

Elle commença à en feuilleter les pages.

– Et tu dis qu'il l'a écrit et te l'a envoyé en guise de présent ? Aimable de sa part. C'est une prouesse impressionnante, assurément.

Ann regarda autour d'elle.

– Alors voilà ton atelier ? Et William a finalement accepté que tu te charges de tout, la rénovation et la construction ? Tu es une femme chanceuse, Mildred.

Son ton trahissait une ambiguïté.

– Je suis aidée ! Edward est un trésor, franchement. Je lui écris pratiquement tous les jours pour lui poser des questions. Je dois l'agacer, mais il n'en montre rien. Il me dit ce qu'il faut faire et ensuite je m'exécute. En fait, nous l'attendons pour le thé à tout instant. Nous aimerions te demander quelque chose.

Des bruits de pas dans l'escalier annoncèrent son arrivée. Ann regarda Edward entrer avec énergie dans la pièce. Il ne la remarqua pas, assise sur le canapé, et se dirigea tout droit sur Mildred, lui prit la main où il déposa un baiser.

Il déclara :

– Ma chère Mildred. Comment allez-vous ?

– Très bien, dit-elle, en retirant sa main d'un geste ferme.

– Edward, vous vous souvenez d'Ann Owen que vous avez rencontrée lors de notre dîner au printemps ?

De toute évidence, Edward n'était pas au courant de la présence d'une autre personne. Il se reprit rapidement et inclina bien bas la tête :

– Bien entendu, Mrs Owen. Ravi de vous revoir.

Mildred ne put réfréner plus longtemps son enthousiasme :

– Alors tu es prête, Ann ? Prépare-toi. C'est une grande surprise, quelque chose que nous voulons te demander.

Mildred s'approcha de son amie.

– Prendrais-tu la commande d'un vitrail pour St Mary ?

Une expression qu'elle ne parvint pas à identifier balaya le visage de son amie :

– Payée par les fonds de Lady Huntingfield, poursuivit Mildred. Le vitrail sera un hommage à son époux. Elle veut qu'il soit installé à une nouvelle fenêtre au-dessus de l'autel. Et tu seras l'artiste qui le fabriquera !

Ann garda le silence.

– Tu ne dis rien ?

Mildred lui toucha l'épaule.

– Ann ?

– C'est impossible.

Ann secoua la tête.

– Je ne peux pas, Mildred.

– Mais… Si tu n'as pas d'endroit où travailler… Alors quel est le… ?

Ann l'interrompit :

– Comment pourrais-je, alors que je dois m'occuper des enfants ? S'il te plaît, ne me sollicite pas. Pas cela, s'il te plaît !

– Nous pouvons trouver quelqu'un pour te prêter main-forte et il n'y a pas d'urgence…

– Non, non !

Ann paraissait agacée, elle secouait la tête.

– Tu peux travailler ici. Installer un établi, des outils, tout ce dont tu as besoin !

Il y eut un bref silence, puis Ann se leva, les yeux brillants de colère.

– Pourquoi tu ne m'écoutes pas, Mildred ? Je ne peux pas le faire ! Je ne pourrais *jamais* le faire.

Ann rassembla vivement ses affaires et mit son bonnet en tirant farouchement dessus.

– Tu ne comprends pas, tu n'écoutes pas Mildred ! Merci d'avoir pensé à moi, c'est aimable à toi, assurément. Mais c'est tout simplement hors de question. Entends-tu ? À présent, je te prie de m'excuser. Je dois rentrer… à la maison… voir mes enfants. Bonne journée à tous les deux.

Et elle sortit en trombe de l'atelier. Quelques instants plus tard, ils entendirent le bruit d'une carriole dans la cour.

Mildred était abasourdie :

– Quelle réaction incroyable. Je ne la comprends tout bonnement pas. Je pensais qu'elle serait ravie.

Elle se tourna vers Edward. Impassible, il fouillait dans sa serviette :

– Une déception, naturellement Mildred, mais pas un problème majeur.

Il avait trouvé les documents qu'il cherchait.

– Ne vous inquiétez pas. Je connais un autre artiste que nous pourrons approcher et qui conviendra très bien. Il travaille à Londres. Regardez, voici des renseignements sur lui.

– Pour l'amour de Dieu, Edward, je ne peux y réfléchir maintenant. Ma chère amie est bouleversée. Et je ne comprends tout simplement pas pourquoi !

***

Mildred ne dormit pas bien. Toujours à vif après la crise d'Ann, elle était déroutée par sa réaction. Mildred avait supposé qu'Ann serait aux anges à l'annonce de ce travail, enthousiasmée par cette perspective. Les gens étaient imprévisibles.

Elle décida de ne pas mentionner l'épisode à William. Après le déjeuner, il partit pour le chantier de l'école et elle traîna un tapis jusque dans l'église. Puis elle s'allongea dessus, emmitouflée contre le froid. Elle ferma les yeux. Elle se transporta à Venise, par un automne froid dans une de ses villes préférées. Elle se souvint d'un plafond que William et elle avaient tant admiré. Par le pouvoir de l'imagination, elle déambula vers l'une de ses toiles favorites, *Le Martyre et la Gloire de saint Pantaléon*. La toile la plus grande au monde. Une énorme distribution de personnages, amplifiée par un trompe-l'œil, explosait sur tout le plafond de cette église et représentait la mort cruelle du saint. Il avait fallu vingt ans à l'artiste pour terminer ce travail. Une légende disait qu'en proie à un épuisement total, il avait fait une chute d'un échafaudage, qui avait entraîné son décès. Perdue dans ses souvenirs, Mildred n'entendit pas la porte de l'église s'ouvrir en grinçant.

– En plein travail, à ce que je vois.

Edward entra à grandes enjambées.

– Bonjour, ma très chère Mildred.

– Edward ! Vous n'êtes pas à Southwold ?

Elle s'efforça de s'asseoir, se sentant coupable, comme s'il l'avait surprise en train de faire quelque chose d'interdit.

– Non, je suis venu pour vous emmener en excursion. Nous devons rassembler nos esprits, pour trouver l'inspiration. Nous remettre de ce petit revers d'hier, avec Ann. Voulez-vous bien venir avec moi ?

Sur ce, il fit claquer ses talons l'un contre l'autre, et s'inclina légèrement. Tendant la main, il l'aida à se relever.

Elle s'épousseta :

– Oui, pourquoi pas ! Je dois en parler à William cependant. Il est de l'autre côté du chemin, à l'école. Je vais y aller…

– Nul besoin, Mildred. J'ai pris la liberté de passer le voir moi-même. J'ai dit à William que nous allions visiter quelques églises du coin à la recherche d'idées pour le projet de rénovation. Il est d'accord sur l'utilité de cette journée.

Edward conduit la carriole le long du chemin. Mildred apprécie le trajet, elle sent le rythme apaisant de traction et de poussée initié par le cheval. Le vaste ciel, qui parfois l'asphyxie par son immensité, lui offre aujourd'hui la liberté. Son regard suit les contours des haies, serpentant à travers les interstices qui séparent les arbres, puis se propulsant comme une flèche à travers l'horizon lointain. Aucun d'eux ne dit mot alors que leur véhicule martèle le sol le long de la route sinueuse, et qu'il balance et oscille vers les marécages humides et le hameau de Blythburgh. Là, en retrait de la route, se dresse l'église. Comme une reine sur le bord de son royaume aqueux, des étangs d'humidité et de lumière flottent autour de ses jupes comme de loyaux sujets.

Edward tire sur les rênes, arrête le cheval et saute au bas de la carriole. Il lui tend la main. Leurs regards se croisent fugacement et elle sent à quel point il veut lui plaire. Tandis qu'il passe la porte principale de l'église, il lui prend le bras et fait un geste en l'air. Tout là-haut, épinglés comme des papillons sur le vaste plafond orné de voûtes, se trouvent des anges en bois délicatement sculptés, les ailes déployées.

– Ne sont-ils pas sublimes ? lui chuchote-t-il à l'oreille. On dirait qu'ils vont s'enfuir, s'envoler.

Ils se tiennent suspendus dans la lumière, qui entre à flots par les hautes fenêtres et projette des motifs lumineux sur le mur opposé. L'intérieur bourdonne d'une lumière cristalline. Un sentiment de joie inonde Mildred, comme si, pour la première fois, elle voyait avec acuité.

– Sages et vigilants, ils baissent les yeux sur nous, pauvres mortels ! murmure-t-il.

Mildred erre au-dessous d'eux, elle tourne en décrivant lentement des cercles :

– J'ai pensé à eux, Edward, depuis que nous vous avons rendu visite à Southwold. Aujourd'hui, je les revois. Je parle des anges. Je sais que notre église est un endroit modeste, pas aussi majestueux que St Edmund ou que cette église. Mais dites-moi... Y a-t-il une seule raison (une seule bonne raison) pour que nous n'en ayons pas à St Mary ?

L'homme aux cheveux foncés, vêtu d'un costume foncé, frémit presque sous le coup de l'intensité :

– Je ne puis en voir aucune.

Son ton devient véhément :

– C'est une idée merveilleuse. Il y a la question du coût, Mildred, mais, assurément, le travail peut être organisé. Je connais un homme, Mr Spall de Norwich, à qui l'on peut passer commande pour les sculptures d'anges, voire il peut réparer d'anciennes sculptures. Et il les installera.

– Bien, oui, le coût. Nous devrons l'étudier. Oh, j'ai parcouru votre livre, Edward. Je ne vous ai pas convenablement remercié à ce sujet. Je l'apprécie énormément.

– Vraiment ? Je suis flatté. Je suis très sensible à votre intérêt pour mon travail, comme je suis certain que vous le savez.

À présent, il se tient tout près d'elle. Elle sent une énergie qui émane de lui.

– Oui, nous pouvons prévoir des anges dans votre église. Ce serait un plaisir de travailler à St Mary sous votre direction.

Mildred déclare :

– Je veux des anges *peints*.

– Oui, oui, nous pourrons arranger cela aussi.

Il la regarde, un demi-sourire aux lèvres. Elle remarque ses dents, petites et légèrement jaunies, et les poils épais de sa moustache qui s'enroulent aux coins de sa bouche.

Puis une idée prend forme dans l'esprit de Mildred, aussi claire que la bulle de salive qui brille sur le revers d'Edward. C'est évident. Les voyages et les dessins, sa tristesse à Huntingfield avaient servi un but. Ce ne sera pas Edward qui apportera les anges à St Mary. Mais *elle*.

Edward lui bloque le passage. Mildred le frôle en passant devant lui, elle s'exprime avec rapidité :

– Ce sera dans un style médiéval. William approuvera, c'est en accord avec ses opinions théologiques. D'avoir une belle église, avec des décorations, de la couleur, peut-être de l'or aussi avec la couleur. Une véritable célébration…

Edward la suit dans l'allée :

– Oui, nous trouverons un artiste capable de faire ce travail. Ce sera difficile… pas impossible, coûteux. C'est une tâche de grande ampleur, il faut du temps, voire des années, pour une œuvre aussi somptueuse…

– Vous n'avez pas compris.

Elle s'arrête et se retourne pour lui faire face. Il manque de lui rentrer dedans :

– Je le ferai. *Je* peindrai le plafond.

– Vous ? bredouille Edward.

– Oui, je le peindrai.

– Mais Mildred, le plafond est immense ! Cela va demander des années, d'un travail pénible, dans le froid.

– J'ai le temps, quel est le problème ?

–… Mais travailler en hauteur, sur un échafaudage si haut, tendre le bras pour peindre… Avez-vous jamais réalisé une peinture murale ?

Elle entend à peine les questions d'Edward. Une partie d'elle, une détermination d'acier, certains pourraient la qualifier d'« indiscipline », revient à la vie brusquement. Elle ne se laissera pas contrarier. Il s'agit d'amener les autres à être d'accord avec elle. Dans des instants plus calmes, dans ses prières, elle demande parfois à Dieu si elle devrait remettre en cause cette force de persuasion. Si sa capacité à imposer sa volonté aux autres est un trait de caractère qu'il vaudrait mieux réprimer. Mais sur ce sujet, elle ne nourrira aucun doute. Le temps de rentrer au presbytère, la confiance ultime de Mildred, certains diraient son « agressivité », a pratiquement convaincu Edward que ce projet était une idée de lui au départ. À présent, elle doit persuader William.

***

Chapitre 13

1858, quelques jours plus tard

Mildred ne supportait plus la situation. Elle devait se réconcilier avec Ann après cette querelle idiote. *Je m'excuserai de lui avoir demandé de concevoir le vitrail*, décida Mildred, *même si je ne comprends pas pourquoi*. Le lendemain, Mildred envoya un billet et prit la carriole en direction de la maisonnée des Owen.

Ann a l'air minée, songea Mildred, tandis qu'elle se baissait pour embrasser la joue présentée. Des cercles sombres entouraient les yeux d'Ann. Elle paraissait ployer sous le poids du bébé qu'elle tenait dans les bras :

– Laisse-moi prendre Helen !

En entrant dans la maison, Mildred adopta un ton enjoué.

– Comme elle est mignonne, oh, et si lourde à présent !

– Comme c'est bon que tu nous rendes visite.

Ann sourit.

– Entre, ma chère. Les filles sont impatientes de te voir.

Aucune des deux ne fit allusion à la dispute. Peut-être était-ce dû à la chaleur inhabituelle de cette journée printanière, mais les filles étaient bruyantes et chahuteuses. Les femmes convinrent qu'il leur fallait prendre l'air. Helen était fièrement assise dans son landau et attrapait avec joie les herbes qui ondulaient à proximité, lorsqu'elles descendirent tranquillement le chemin. Bercée par les balancements et la position inclinée, le bébé s'affala bientôt et sombra dans le sommeil. Le bavardage des filles se résumait à des différends sans suite. Elles dénichèrent un coin sec près d'un ruisseau et Mildred s'assit avec les filles qui confectionnaient des guirlandes de fleurs. De temps à autre, les bruits de travailleurs leur parvenaient à travers champs. C'était presque soporifique. Lorsque Helen s'éveilla et se mit à gémir, Ann se leva avec lassitude :

– Je ferais mieux d'aller lui donner à manger. Venez les filles, nous rentrons à la maison.

Tandis qu'elles remontaient lentement le chemin, Ann prit la parole :

– Je suis désolée pour l'autre jour, Mildred, et je m'excuse. Je te suis reconnaissante de m'avoir proposé de faire le vitrail, vraiment. Mais je te demande d'accepter l'idée que je ne peux pas faire ce travail. Je dois refuser. Je n'ai pas d'autre choix.

Elle adopta un ton ferme. Elles marchèrent en silence quelques instants. Puis elle dit :

– Alors comment avancent les projets de St Mary ?

– Oh, bien, et… il y a des faits nouveaux… qui me rendent très enthousiaste.

Mildred prit une lente inspiration.

– Nous avons décidé de recréer un plafond médiéval.

– Comment ? Une chapelle Sixtine… à Huntingfield ?

Ann était intriguée.

– Quelque chose dans ce goût-là, je suppose. Je suis juste une peintre amateur, mais oui, des silhouettes, des motifs religieux, ce genre de chose, sur le plafond. Et des anges, nous allons avoir des anges !

Le landau du bébé tressauta avant de s'arrêter complètement. L'épuisement d'Ann se dissipa, son expression trahissait un mélange d'excitation et de doute :

– Toi ? *Tu* vas peindre le plafond ?

Mildred hocha la tête.

– Mais que dit William ?

– C'est la partie délicate. William me fait des difficultés, il s'est vraiment fâché contre moi. Nous étions dans l'église et je lui montrais ce dont nous avions discuté, Edward et moi, les idées et le reste. Je lui ai raconté que je voulais le faire, que *je* peindrais le plafond. William est devenu très silencieux et soudain, il a commencé à élever la voix, à crier. Enfin, pas exactement crier, mais il était très en colère ! Qu'est-ce que je croyais faire ? Qu'est-ce qui me laissait penser que je pourrais… Il a dit que ce serait trop difficile pour moi, trop dangereux. Les domestiques l'ont entendu crier. Nous avons eu une terrible dispute, Ann, les premiers mots vraiment furieux depuis notre mariage.

Ann se remit à pousser le landau. Elle tournait le dos à Mildred. Par-dessus son épaule, elle lança les mots qui se fixèrent dans l'esprit de Mildred pour le reste de la journée :

– Il faut que tu comprennes son point de vue. Certains savent qu'une femme qui fait ce genre de travail ne fait pas ce qu'il faut. Les femmes peuvent broder ou peindre une image, mais elles ne peignent pas les plafonds des églises.

– Pardon ? Ann, c'est ridicule. Que veux-tu dire ? Pourquoi ne devrais-je pas le faire, si j'en ai envie ?

Mildred hâta le pas derrière Ann. Elle aurait aimé desserrer son col. L'atmosphère était abêtissante.

– Ce n'est pas ce que les femmes font, Mildred. Tu le sais… Et tu es une femme de pasteur également. Cela ne montre pas le bon exemple.

– William redoute d'être critiqué. Qu'est-ce que l'évêque en pensera, que vont dire les villageois. C'est ce qui l'ennuie *lui*. Mais je n'arrive pas à croire que c'est ce que *toi* tu penses. Il y a quelque chose d'autre, Ann ? Qu'est-ce que c'est ? Ann, arrête-toi et parle-moi, s'il te plaît.

– Je ne fais pas confiance à cet homme. La voix sourde d'Ann était emplie de fureur. Edward Blackburne. Il y a quelque chose chez lui que je ne… Tu sais qu'il est amoureux de toi. Edward est amoureux de toi, Mildred. Il ne le sait peut-être pas lui-même, mais moi, je le sais.

– Quand bien même, rétorqua Mildred d'un ton emporté. Alors c'est Edward que tu n'aimes pas… ou le fait que je peigne le plafond ? Ce n'est pas clair pour moi !

– Ce n'est pas bien, marmonna Ann de façon presque inaudible, sans croiser le regard de Mildred.

– Qui le dit ?

Ann secoua la tête.

– Eh bien, c'est dommage, vraiment dommage. Si tu ne peux pas me soutenir, alors… alors convenons de notre désaccord.

– Mildred prit un air de défi, mais elle était ravagée.

– Je croyais pouvoir compter sur toi, sur toi plus que quiconque, Ann. Mais il semble que non.

À nouveau, Ann garda le silence.

– Alors je dois partir.

Mildred appela Sarah et Grace qui s'attardaient à quelque distance derrière elle.

– Les filles. Je me suis souvenue que je devais rentrer au presbytère. Je dois partir sans attendre. Escortez votre mère sur le chemin du retour, voulez-vous ?

Et sans un regard en arrière, elle se mit en route vers la maison des Owen et sa carriole.

– Sur qui puis-je compter ? criait-elle en cravachant le cheval. Allez espèce de grosse bête paresseuse, remue-toi !

Tandis que l'animal prenait progressivement de la vitesse et que les haies défilaient à côté d'elle, ses pensées se bousculaient dans sa tête. D'abord son mari et maintenant son amie, sa bonne amie, ne croyaient pas qu'elle puisse ou doive peindre le plafond. La situation était trop défavorable. Elle devait ne compter que sur elle-même à présent. Et, bien sûr, sur Edward.

À la périphérie de Huntingfield, Mildred mena la carriole dans un champ et attacha le cheval à un arbre avant de marcher vers son lieu de méditation favori. Un vieux chêne, fendu et tordu, mais supportant toujours des pousses bien vertes sur son flanc. On disait que ce fut d'ici que la jeune reine Elizabeth décrocha son arc et d'une main ferme tua une biche. Depuis l'enfance, Mildred avait admiré la monarque pour son individualité. La reine campait fermement sur ses positions face à l'opposition émanant de la cour ou du pays. Elle ignorait ceux qui se mettaient en travers de son chemin. Mildred ferait de même.

Tandis que la carriole s'arrêtait dans la cour du presbytère, Rose sortit en trombe de la maison, le visage blême et une trace noire sur son sourcil. Elle était en train de nettoyer l'âtre, songea Mildred.

– Que se passe-t-il, Rose ?

La jeune fille tira violemment sur la portière.

– C’est ma nièce, Ma’ame, la fille de ma sœur, Martha. Mon frère est monté en courant du village. Elle est très malade, une forte température et une éruption cutanée toute rouge. L’aiderez-vous ? Ce médicament que vous avez rapporté de vos voyages. Pourrait-il la guérir ?

Un an plus tôt, Mildred avait calmé l’impétigo qui recouvrait les bras de Rose avec un émollient qu’elle avait acheté sur un marché au Maroc et cela l’avait nettement soulagée. Pour Rose, c’était devenu une potion magique. Mildred savait qu’il n’aiderait pas une enfant fiévreuse, mais elle ne pouvait ignorer la requête de Rose.

– Je vais chercher mon sac de médicaments et je viendrai chez ta sœur, accepta-t-elle.

Quelques minutes plus tard, la bonne et elle prenaient la carriole pour gagner le cottage de Mary Fake.

La puanteur de la maladie. Deux enfants étaient blottis dans un coin pendant que la jeune fille gisait, souffrante, sur un amoncellement de draps et couvertures dans un autre. Les rideaux étaient tirés. Seul l’éclat d’une flamme tremblotait dans l’âtre. Mais cela suffit à Mildred pour voir de belles rougeurs sur le visage de Martha. Mary, allaitant un bébé, se tenait au chevet de sa fille et lui parlait doucement.

Mildred sortit une éponge de sa mallette de médicaments et commença à essuyer les joues mouchetées de rouge de la jeune fille, la regarda déglutir avec peine. Mildred retira la chemise de nuit trempée et vit que l’éruption cutanée s’était répandue sur la poitrine, le ventre et les cuisses de la jeune fille. Tandis qu’elle lui passait l’éponge imprégnée d’eau froide, elle sentit les minuscules bosses sur la peau et la chaleur qui émanait de son corps. Son cœur martelait sa poitrine. Mildred avait déjà vu ces symptômes auparavant. Une rougeur, que les jeunes femmes jugent gênantes et dont les femmes plus âgées rêvent car elle suggère la jeunesse, est un signe de danger quand la peau autour de la bouche demeure pâle. La scarlatine. Mildred avait soigné une autre petite fille avec ces mêmes symptômes, de nombreuses années auparavant. Elle s'était assise à un autre chevet brûlant lors d'une longue nuit acharnée, avait écouté le conseil d'un médecin qui prescrivit une saignée tandis qu'un autre préconisait des pains de glace. Mais rien n'avait arrêté les rougeurs cutanées qui se répandaient sur le précieux corps en un fin voile mortuaire.

Mildred demeura dans le cottage le reste de la nuit, pétrifiée. Comme si en contemplant chacune des respirations, elle pourrait sauver la petite fille. Les yeux des membres de la famille suivaient ses moindres gestes, leurs espoirs pesant sur les épaules de Mildred tels une lourde couverture. Son impuissance était éreintante. À un moment donné, elle s'assoupit, puis s'éveilla lorsque sa tête sursauta. C'était presque l'aube et Martha, les joues luisantes, luttait pour respirer. De petits reniflements suggéraient que les autres enfants étaient endormis en un amas enchevêtré. Mildred sortit sans bruit pour gagner les toilettes extérieures et se soulager, presque reconnaissante que la puanteur des excréments la maintienne éveillée. Mary, le visage blême et repliée sur elle-même, arpentait la pièce avec son bébé irritable, apaisant une vie tandis qu'une autre déclinait.

***

Mildred aida Mary à laver sa fille avant qu'ils n'enveloppent le corps dans ses vêtements d'inhumation. Elle insista pour que la famille se lave avec du savon, de l'eau chaude, et une grande casserole fut installée pour faire bouillir les draps. « Dans le but de limiter le risque que l'infection se propage aux autres membres de la famille, » expliqua-t-elle. Peu de villageois croyaient, comme Mildred, à la théorie de Chadwick sur l'infection. C'étaient des discussions sophistiquées pour les riches qui avaient de l'argent plein les poches pour acheter du combustible. Les gens de village savaient que la fièvre était due aux vapeurs de « mauvais air », aux miasmes émanant de la terre et du fumier en putréfaction, qui entraînaient des maladies. Pourtant, Mary était trop malheureuse et épuisée pour s'y opposer et elle fit ce qu'on lui demandait.

Mildred marcha jusque chez elle. Elle éprouvait un besoin intense d'activité physique, de poser un pied devant l'autre, de sentir le sol ferme sous ses pieds. Intérieurement elle s'effondrait. Habituellement, elle ramassait des jacinthes des bois pour les poser sur la table, incapable de résister à la senteur riche de leurs fleurs, mais aujourd'hui elle ne songea qu'à sa maison. Le froid lui mordait les épaules, mais elle poursuivit à travers bois, son cœur tambourinant sous le coup de l'effort, et elle se traîna jusqu'en haut de l'escalier qui menait à son atelier.

– William !

Le poêle était allumé et elle aperçut son époux debout dans la pièce chauffée, feuilletant les dessins étalés sur la table. Son visage était bouffi par le manque de sommeil.

– J'ai appris la nouvelle, ma femme chérie. C'est terrible, la pauvre petite Martha est morte. Mary a perdu sa petite fille.

– C'était la scarlatine, tout au moins je le pense.

Mildred s'assit péniblement.

– Vraiment ? Pourquoi es-tu restée, mon amour ?

– Quel autre choix avais-je ? L'enfant se consumait sous mes yeux.

Elle se jucha sur le canapé, fit courir ses doigts sur le tissu soyeux.

– À présent, j'ai peur pour le reste de la famille, qu'ils l'attrapent. Le cottage a été nettoyé, aéré. Le père est absent, d'après ce que j'ai compris, travaillant ailleurs, et on lui a envoyé un message pour lui dire de ne pas revenir tout de suite. J'ai fait mander le croque-mort pour venir chercher le corps aussi rapidement que possible. Les enfants sont terrifiés par le cadavre de leur sœur qui gît dans un coin.

– Ils doivent l'être, en effet. Oh, tu t'es montrée si courageuse, Millie. Viens t'allonger par ici.

William l'attira doucement pour qu'elle le rejoigne sur le sol où il avait étalé une couverture. Il rassembla des coussins sous la tête de Mildred, s'allongea à ses côtés et l'entoura de ses bras.

– Je ne voulais pas revivre cela, William. Pourquoi le Seigneur me l'a-t-il demandé ?

– Plus jamais, murmura-t-il dans ses cheveux. Ma chérie, repose-toi maintenant après tout ce que tu as fait, et pour tout ce que tu fais…

Elle se laissa aller dans la paix de son étreinte, sentit sa main chaude, sèche, lui caresser le visage, huma l'odeur familière du linge propre sur sa peau à lui. Il lui embrassa les paupières, repoussant les images sombres de cette nuit-là et progressivement sa respiration se fit régulière. Elle se sentit en sécurité, touchant et touchée par des choses qu'elle aimait. Tandis que l'horreur de la nuit s'estompait, une montée de désir la submergea, et la seule chose dont elle était certaine était qu'elle devait le posséder maintenant, ici sur ce lit de fortune. Elle désirait le poids de son corps pour couvrir son cœur brisé et pour effacer ses terribles souvenirs.

***

Chapitre 14

Été 1858

Cela se répandit dans le village comme une traînée de poudre. Le pasteur allait embaucher des hommes pour rénover l'église. Une rumeur disait qu'on aurait besoin d'un échafaudage pas seulement pour les réparations extérieures, mais aussi pour *l'intérieur*. Les gens furent abasourdis par cette nouvelle et mouraient d'envie d'en apprendre davantage. À quoi allait servir l'échafaudage ? Une autre rumeur annonçait qu'on allait peindre le plafond. Certaines personnes trouvaient cela bizarre, voire choquant (ces Holland étaient plus fous que des serpents), mais d'autres étaient en colère parce qu'on allait transformer l'église. « Nous l'aimons telle qu'elle a toujours été, dirent-ils, toute simple. Nous ne voulons pas de peintures sur les plafonds. » Même ceux qui ne fréquentaient plus l'église depuis de nombreuses années étaient d'accord.

– Et c'est mon opinion, déclara Judy qui aurait été bien en peine de décrire St Mary, n'y ayant pas mis les pieds depuis plus de vingt ans. Le pasteur essaie de changer des choses et trop vite en plus. C'est sa femme la responsable.

Rose lui rendait visite.

– Vous avez entendu les commérages alors ? Ça explique ces dessins, pas vrai, ceux dont je vous ai parlé dans son atelier, comme elle l'appelle. Tous ces motifs et ces symboles. Et cet homme-là, Edward Blackburne, qui vient et séjourne au presbytère. Tous les trois, ils restent assis jusque tard, et ils discutent et discutent. J'ai entendu une dispute aussi. Le pasteur s'est mis rudement en colère contre elle.

– Vraiment ? J'ai entendu qu'elle peignait avant son mariage avec le recteur. Peut-être qu'elle s'y remet ? Mais je me demande, est-ce avec sa bénédiction ? Je ne suis pas d'accord avec ça, c'est tout ce que je sais. Ce n'est pas un travail comme il faut pour une femme mariée. C'est l'épouse du pasteur, et c'est son devoir de le soutenir et de porter ses enfants. C'est suffisant pour n'importe quelle femme raisonnable. C'est dans les mains de Dieu de bénir les personnes mariées avec des enfants. Mais je me demande parfois si celles qui ne tombent pas enceintes, eh bien, si elles ne sont pas responsables de ce qui leur arrive, déclara Judy, l'air sombre.

Rose se sentit déloyale de parler ainsi de Mildred après tout ce que sa maîtresse avait fait pour sa famille : rester au chevet de Martha quand elle est morte, et même payer pour les obsèques. Rose se mordit la lèvre et tenta de s'arrêter avant de lâcher le dernier ragot :

– Vous savez qu'elle fabrique des infusions parfumées, annonça Rose. J'ai trouvé une théière un matin, avec le bec verseur tout bouché par des feuilles vertes. Ça sentait bon, cela dit, mais je ne sais pas pourquoi elle en prend. Elle a dû la préparer dans la nuit.

– C'est certainement du thé à la menthe, espèce de nigaude, la coupa Judy. Mais tu as raison. C'est une femme bien étrange au comportement bizarre. Pauvre Mr Holland.

***

Il n'y avait jamais eu autant de fidèles aux services du dimanche que depuis que des rumeurs à propos de l'église avaient commencé à se répandre dans le village. Durant tout le printemps, les bancs furent remplis chaque samedi, tandis que les gens, mus par leur curiosité, grimpaient le chemin, avides d'en découvrir davantage. C'était un moyen d'accroître la taille de la congrégation, le taquina Mildred, de créer une rumeur.

À la mort de Martha, William changea d'avis. Son épouse ne sut jamais vraiment pourquoi. Mildred avait organisé les obsèques et la veillée, et suite à cela, leurs conversations à propos de l'église étaient devenues plus simples. C'était comme s'il s'était autorisé à se laisser convaincre. Il capitulait et avec un tel entrain. Elle était surprise. À présent, il était son avocat le plus fidèle et, débordant d'enthousiasme, il racontait à tout le monde qu'elle allait peindre l'église. Elle espérait qu'il ait raison.

L'été vint et il fit une annonce en public. À la fin du service, alors que les fidèles étaient sur le point de sortir de l'église, William monta sur les marches du chœur. Il tendit les mains :

– Une minute s'il vous plaît, mesdames et messieurs, puis-je avoir votre attention ?

Il ressentit un immense sentiment de fierté et regarda fugacement dans la direction de Mildred. Elle esquissa un sourire et baissa la tête.

– Vous avez peut-être entendu des rumeurs sur des améliorations que nous projetons d'apporter à St Mary. Je souhaite vous donner toutes les informations qui sont en mon pouvoir pour éviter toute inquiétude inutile à propos du futur de cette église, dont on m'a chargé de prendre soin et que je protégerai aussi longtemps que je serai pasteur ici. J'ai la conviction, tout comme de nombreux autres pasteurs et notre cher évêque, ainsi que des penseurs de ce pays et même à l'étranger, que nous avons laissé nos églises tomber en décrépitude. Que cela n'a pas démontré notre humble respect et notre foi en Dieu, et que cela ne vous a pas bien servis, vous, les fidèles. C'est le devoir de l'Église de prêcher la vérité pure et simple avec vigueur et Dieu n'a pas pour projet que les pauvres soient opprimés en corps et en esprit. C'est mon opinion, et elle est partagée par bien d'autres, dont notre bien-aimé évêque, que l'église devrait être un bel endroit où nous pratiquons la foi ensemble.

Les yeux des fidèles étaient rivés sur William. Tous s'efforçaient de suivre ses propos. Certains paraissaient sceptiques, d'autres écoutaient avec des yeux étrécis, mais chacun était concentré, mourant d'envie de l'écouter. Seul Edward, qui se tenait au fond de l'église, regardait ailleurs. William suivit son regard. L'homme avait les yeux braqués sur Mildred.

Il poursuivit :

– Il y a de nombreuses années, notre église bien-aimée fut profanée. Comme nombre d'églises de la région, elle tomba sous le coup des puritains qui détestaient la beauté, la considérant comme hérétique et comme un coup porté à l'Église catholique. Dans leur zèle, ils détruisirent des statues, brisèrent des vitraux, recouvrirent des peintures murales. J'ai décidé qu'il était de mon devoir (et une joie) de rénover

St Mary et de lui restituer beauté et tranquillité après cette destruction irréfléchie. Comme vous le savez, nous avons déjà commencé. Nous avons fait réparer le toit et les fenêtres qui fuyaient. Nous avons une table d'autel ici à l'extrémité est et, grâce à l'amabilité de Lady Huntingfield, un vitrail. Il représente l'Annonciation et d'autres scènes de la Bible et il a été conçu et réalisé par un éminent artiste de Londres. De plus, vous êtes assis, confortablement je l'espère, sur des bancs plutôt que de rester debout pendant les offices. Je suis certain que vous appréciez cette amélioration ! Remarquez les sculptures aux extrémités (des saints, des animaux et des oiseaux) qui ont été réalisées par des artisans très talentueux de la région de Bungay. Un travail merveilleux. Mais il y a plus. Nous aimerions avoir des agenouilloirs brodés à utiliser lors de nos prières. Voici l'un d'eux qui a été confectionné par mon épouse. J'espère que vous concéderez qu'il est très beau. J'oserais dire que toute femme douée pour les travaux d'aiguille qui pourrait être intéressée pour fabriquer ces splendides agenouilloirs se manifeste et propose ses services. Bien entendu, cette tâche sera rémunérée.

Mildred vit quelques femmes chuchoter entre elles. Elle surprit le regard de Jane, mais la femme détourna prestement les yeux. Puis elle aperçut Edward, tête baissée comme ployant sous le poids des mots de William. Il sembla percevoir son regard presque immédiatement et, après lui avoir lancé un coup d'œil sous ses sourcils broussailleux, il lui adressa un imperceptible hochement de tête. Elle se souvint des mots d'Ann à propos des sentiments d'Edward. Elle détourna les yeux.

William continua :

– Pour l'étape suivante, néanmoins, nous devons fermer notre église. À partir de septembre, aucun office ne se tiendra plus ici, au moins pendant un temps. J'espère que vous me rejoindrez le dimanche à Cookley, que nous avons généreusement été invités à fréquenter. J'ouvrirai la marche jusque là-bas depuis notre village.

Il y eut des marmonnements. C'était une longue marche et une haute colline à gravir et à redescendre jusqu'à cette église. De plus, les gens de Cookley étaient méfiants et inamicaux. Peu de villageois étaient convaincus de recevoir un bon accueil, malgré les propos de William.

– Bien entendu, je rendrai visite aux pauvres et aux nécessiteux du village, et je continuerai aussi mes lectures dans les cottages. Bon, où en étais-je ? Ah oui, les améliorations. Nous ajouterons des pièces à l'église, une pour l'orgue, un vestiaire sur un côté ainsi qu'un caveau pour les cercueils de la famille Vanneck. L'année prochaine, vous devriez avoir plus chaud. Une chaudière alimentée au coke sera installée sous l'église.

Des chuchotements étonnés parcoururent la foule. Combien cela coûterait-il ? Un chauffage qui n'était pas au feu de cheminée ! Quelques-uns avaient entendu parler d'étranges idées qui consistaient à envoyer de l'air chaud dans des bâtiments, mais ils se demandaient comment cela fonctionnait en pratique. Pourtant, le pasteur était un homme instruit, attaché au progrès sans aucun doute, et on disait qu'il s'y entendait en science. Il avait fait installer des toilettes aménagées au presbytère, disait la rumeur, et Thomas n'avait plus à vider les toilettes extérieures !

– Toutes ces améliorations impliquent que nous aurons besoin d'ouvriers. J'espère que certains d'entre vous viendront travailler ici avec nous. Nous commencerons probablement en septembre de l'année prochaine. Des offres d'emploi seront affichées au bureau de poste et, bien entendu, vous pourrez venir m'en parler.

Une fois les vendanges terminées, les travaux temporaires se faisaient rares dans la région. Les rénovations de St Mary fourniraient des emplois à de nombreux hommes durant les mois d'hiver, des hommes qui autrement devraient lutter pour nourrir leur famille. Apporter la bonne nouvelle annoncée par les Écritures satisfaisait William, mais aujourd'hui il était heureux d'apporter des nouvelles qui rempliraient les ventres de la région. Il regarda l'église. Elle était silencieuse, de toute évidence les gens étaient abasourdis par ces nouvelles et par l'ampleur des changements évoqués. Des rayons d'une lumière colorée entraient à flots par le vitrail, passaient par-dessus son épaule, puis dansaient sur les rebords sculptés des bancs. Il faisait chaud dans l'église aujourd'hui. Comme elle était belle déjà ! Et le troupeau de ses fidèles paroissiens était réuni sous ses yeux. Ils devaient encore entendre l'ultime bonne nouvelle. Il sourit à Mildred, se sentant généreux et bienfaisant.

Le chapeau de son épouse dissimulait son visage. Elle se préparait en vue de l'annonce. Son cœur battait follement et ses mains, glissées dans des gants de dentelles, étaient moites.

– Si vous avez entendu une rumeur disant qu'on allait repeindre l'église, je puis vous confirmer qu'elle est juste. Comme vous pouvez le voir, les murs ont été blanchis à la chaux, mais ce que nous projetons de faire embellira encore St Mary. J'aimerais vous annoncer que mon épouse, Mrs Holland, peindra elle-même le plafond !

Qui peut résister au sentiment de puissance conféré par la réaction unanime d'une foule ? Un grognement de surprise s'éleva, puis tous les paroissiens, hommes, femmes et enfants, levèrent ensemble leur visage pour contempler les nervures du plafond en bois, qui formait des voûtes au-dessus de leur tête. Des poutres sales en bois, du plâtre maculé, des toiles d'araignées et de la poussière, voilà tout ce qu'ils distinguèrent.

***

William était debout à la porte de l'église et disait au revoir aux paroissiens, serrant les mains, s'enquérant de parents souffrants, comme à son habitude. Lors de ces rencontres, l'atmosphère était gênante. Quelques personnes firent des commentaires sur les prochaines rénovations et exprimèrent leur satisfaction. Mais d'autres l'évitèrent, embarrassés, les yeux rivés au sol, ou marmonnèrent des paroles indistinctes. Que pouvaient-ils dire au pasteur, alors qu'ils trouvaient que c'était pure folie ? Peindre le plafond ? Ils se faufilèrent à toute vitesse, se hâtant de sortir pour discuter sans retenue sur le chemin du retour à Huntingfield.

Seul John Hammant demeura sur place. Il s'avança en clopinant sur ses béquilles. Se tint devant William et lui tendit la main :

– Merci de nous avoir tenus au courant de vos projets, révérend. Sachez que je suis intéressé, que je veux m'impliquer et que je guetterai les offres d'emploi, monsieur.

– Oui, d'accord, vous êtes intéressé par ce travail, John ? Très bien.

La pensée traversa l'esprit de William qu'un homme en béquilles serait dans l'impossibilité de construire, creuser et peindre.

– Écoutez-moi bien, révérend Holland, déclara John d'une voix ferme. (Depuis son accident, la famille Hammant avait lutté pour survivre sur le maigre pécule que Jane et les filles rapportaient. Personne n'emploierait John à présent qu'il était « cul-de-jatte », bien qu'ils emploient des hommes qui perdaient l'équilibre pour d'autres raisons, plaisantait-il avec amertume. Certains jours, il avait envie de hurler que ce n'était pas parce qu'il lui manquait un membre, qu'il était inutile.) Il vous faudra une équipe pour vous aider. Je suis habitué à travailler avec des hommes, révérend. C'est ce que je faisais pour le fermier. Je dirigeais son équipe de battage, jusqu'à l'accident c'est-à-dire. Je connais les hommes de la région qui travaillent bien et ceux qu'il vaut mieux laisser chez eux pour qu'ils s'occupent de leurs légumes. Je ne suis peut-être pas capable de faire le travail moi-même, mais je suis un bon coordinateur et vous aurez besoin de cela.

Mildred rejoignit William :

– Bonjour John, dit-elle. Comment se porte votre famille ?

John inclina poliment la tête :

– Bonjour, Mrs Holland. Très bien, merci. Jane est dehors avec les enfants. J'expliquai au révérend que j'aimerais faire partie de l'équipe qui travaillera à l'église avec vous, Mrs Holland, et aider de quelque manière que ce soit.

– Merci, John. Je vais en avoir besoin.

Son sourire dissimulait-il sa nervosité ? Elle n'osait pas lever les yeux pour regarder les poutres en bois qui bâillaient à travers le vaste espace. Une seule personne pour peindre tout cela ? Qui avait eu cette idée insensée ? Elle s'était laissé convaincre par ses propres mots. À présent, elle se demandait si elle était aussi folle qu'ils le disaient.

John poursuivit :

– Il vous faudra une équipe d'hommes pour creuser, construire, faire de la maçonnerie et ainsi de suite, et vous aurez besoin d'un contremaître pour superviser le boulot. Je suis un homme de bon sens, monsieur. S'il vous plaît, monsieur, ne me rejetez pas. John lutta pour maîtriser le désespoir dans sa voix. Vous aurez besoin de moi, monsieur, pour mener ce travail à bien. Et j'ai des idées.

Le regard de John était braqué sur celui de William, mais ce fut Mildred qui répondit :

– Venez me voir John. Je suis disposée à vous écouter.

***

Chapitre 15

Automne 1858

Jeune fille, Mildred était une élève médiocre. Elle s'ennuyait vite. Ses sœurs et elle avaient taquiné l'homme embauché par leur père pour leur faire la classe. Elles terminaient rarement la lecture, l'arithmétique ou les répétitions de musique qu'il leur donnait, faisaient semblant de dormir au milieu d'une leçon ou de hurler de terreur quand elles apercevaient une araignée, s'étreignant mutuellement, pleurant des larmes de rire qu'elles espéraient faire passer pour de la peur. Mildred n'était absorbée que par la leçon de dessin. On retrouva une esquisse du professeur bien moins que flatteuse par terre dans la classe et on pensa qu'il s'agissait de son œuvre. Cette ébauche avait été le coup final porté à ce pauvre professeur. En quelques jours, il quitta son poste. Plus tard, ils apprirent qu'il s'était lancé dans le commerce et vendait des fournitures à des chapeliers.

À présent, Mildred était une élève modèle. Chaque information qui franchissait les lèvres d'Edward ou qui apparaissait sous son stylo était saisie et assimilée avec avidité. Le temps des discussions était révolu, avait-il dit presque avec brusquerie lors de leur dernière entrevue. Les idées, c'était très bien, mais maintenant ils devaient élaborer leur mise en œuvre. Elle devait commencer ses ébauches ! Où peindrait-elle exactement ? Quelles couleurs ? Comment estimerait-elle la quantité de matériaux et d'outils à commander au marchand de couleurs de Londres ? Entre-temps, il préparait des plans pour les autres rénovations souhaitées par William, le système de chauffage et ainsi de suite. Pourrait-elle faire de même ? Avait-elle relu son livre sur la méthode fresque secco ? Eh bien, elle devait le relire !

Sa mauvaise humeur ne la dérangeait pas du tout. Son exaspération la stimulait et son agacement l'inspirait. Chaque matin, un mélange d'excitation et d'appréhension la réveillait tôt. Edward avait raison. Elle devait prendre un crayon et imaginer ses futures créations. Certains jours, les idées se déversaient comme un torrent sur le papier. D'autres, les doutes tarissaient le flot. Une petite église que William et elle avaient visitée en Suisse occupait souvent ses pensées. Ils avaient voyagé le long du col du San Bernardino en Italie à quelque deux mille mètres au-dessus du niveau de la mer, lorsque William l'avait persuadée de faire une halte quelques jours. Elle avait accepté à contrecœur. De mauvaise grâce, car elle était d'humeur irritable. Ils avaient fait une randonnée en passant par un col de montagne, avant de redescendre par un sentier en lacet jusqu'au minuscule village de Zillis. Il faisait un froid glacial. Elle imaginait avec peine que ce qu'ils voyaient ici avait sauvé les protestants les plus démunis. En effet, ils avaient survécu grâce au lait donné par ces chèvres rachitiques.

Tout excité, William avait pointé du doigt une petite église flanquée d'une haute tour pointue et d'un toit à l'inclinaison abrupte qui se nichait en contrebas au milieu des pins.

– La voilà, Millie, St Martin !

Toute fatigue oubliée, il s'était précipité dans cette direction, trébuchant sur les cailloux. Elle le suivit sans enthousiasme, sachant qu'elle devrait refaire le trajet jusqu'en haut pour rentrer. Le vent lui arrachait son chapeau. La porte en bois de l'église était massive et c'est à peine si elle put l'ouvrir. Enfin, la porte céda et elle se glissa à l'intérieur, à l'abri du vent.

William était absorbé par le plafond. Elle leva les yeux et comprit pourquoi. Au-dessus d'eux se déployaient des panneaux carrés les uns à côté des autres, représentant des images de saints et d'hommes, des monstres marins et des créatures dotées de queues de poissons, des dragons et des sirènes, bordés par des motifs colorés et élaborés.

William s'extasia :

– Merveilleux, ne trouves-tu pas ? Plus de cent panneaux, chacun représentant une histoire. Ceux qui se trouvent au centre, tu les vois ? Des épisodes de la vie de Jésus, la fuite en Égypte, le couronnement d'épines, le chemin de croix et la guérison de l'enfant lunatique, le garçon qui souffrait d'épilepsie… et la vie de saint Martin. L'église lui est dédiée.

– C'est stupéfiant. Qui a réalisé ces peintures ?

– Peut-être un Romain ? Il y a des vestiges d'une colonie romaine et des tombeaux datant du VIe siècle. D'autres pensent que la peinture est plus tardive. Elle est devenue célèbre dans les années 1470, quand le tronçon de Viamala que nous avons emprunté hier à travers les Alpes a été ouvert comme route commerciale vers l'Italie et la côte.

Ils s'assirent à un endroit où ils purent caler leur tête et étudier le plafond. C'était un soulagement de s'abriter du vent, mais dans l'église, il régnait un froid mordant.

– Quel genre de personne entreprend une tâche aussi difficile ?

Mildred secoua la tête.

– Le peintre n'a jamais imaginé que, toutes ces années plus tard, son travail existerait toujours et serait admiré.

– Peut-être le peintre était-il une femme ! Une femme persévérante comme toi, mon amour.

William lui avait embrassé la main, puis ils s'étaient remis en route, soucieux de ne pas se retrouver à flanc de montagne dans l'obscurité.

Par la suite, elle avait souvent repensé à cette église isolée. Qui avait travaillé, jour après jour, dans cet endroit froid et si pauvrement éclairé ? Quelle sorte de personne était obsédée par une tâche aussi vaste, complexe et minutieuse en sachant avec certitude que peu de gens hors du village la verraient un jour ? Seul Dieu serait son témoin. Aujourd'hui elle se demandait : s'embarquait-elle sur un chemin semblable ?

***

De mémoire d'homme, c'était l'automne le plus humide. Chaque jour, la pluie s'abattait jusqu'à ce que les champs en jachère se transforment en lacs et que le ruisseau qui traversait le village inonde les cottages regroupés sur ses berges. William était parti avec une équipe d'hommes nettoyer la boue amassée. On avait ordonné à Rose de collecter des vêtements secs et de la nourriture pour les familles temporairement sans logis. Mais William insista pour que Mildred reste à la maison pour rencontrer John Hammant. Rien ne devait la détourner de son travail.

Une bruine froide tombait et elle était contente de ne pas avoir à traverser la cour pour passer une autre journée dans l'atelier. Elle se sentait nerveuse. Elle se fraya un chemin jusqu'à l'église. Le froid lui enserra le cou. Malgré les murs blancs, l'intérieur de l'église était lugubre. John était là, les yeux fixés sur le vitrail, recroquevillé au-dessus de ses béquilles, une des jambes de son pantalon soigneusement rentrée à l'arrière. Il fit volte-face en l'entendant entrer et progressa lentement vers elle. Mildred se dit fugacement qu'il était plus invalide que dans son souvenir.

– Bonjour, John. Merci d'être venu jusqu'ici. Cela me paraissait l'endroit le plus logique pour nous rencontrer. Voulez-vous vous asseoir ?

Il se déplaça et s'assit sur le bord d'un banc, pendant qu'elle prenait place de l'autre côté de l'allée. Ils contemplèrent tous deux le plafond. Aucun d'eux ne pipa mot et plus le silence durait, plus il semblait difficile de le briser. Bizarrement, elle trouvait cela apaisant. Puis ils se mirent à parler en même temps :

– Je suis apte à vous aider, Mrs…

– Je ne sais pas comment vous pourriez m'aider John…

Soudain, elle se dit qu'il était insensé d'être assise dans la pénombre, avec un homme qu'elle connaissait à peine, un infirme, sur le point d'évoquer une surface irrégulière située à plus de quinze mètres du sol. Elle rit doucement, et se méprenant sur son humeur, il s'exprima d'un ton désespéré :

– Ne doutez pas de moi, Mrs Holland, s'il vous plaît.

Elle comprit aussitôt :

– Je ne doute pas de vous, John. Je ne riais pas de vous, mais de moi. Je vous en prie, continuez.

Il s'exprima avec hésitation :

– Je veux vous aider dans ce travail et je le peux. Quand vous peindrez, il vous faudra quelqu'un pour organiser le travail des hommes sur la nouvelle construction et les réparations. Beaucoup de choses se passeront dans l'église et, pendant que vous serez occupée là-haut, vous aurez besoin de quelqu'un ici en bas pour diriger les hommes.

– Poursuivez, dit-elle.

John hocha la tête :

– Je serai votre contremaître. Je coordonnerai les hommes sous votre direction. Je le faisais auparavant pour le fermier. J'étais doué pour cela à l'époque et je le suis encore aujourd'hui, Mrs Holland. Je connais les hommes des environs. Je sais qui est capable, qui demande d'être surveillé. Le révérend et vous… Vous pouvez compter sur moi.

Le désespoir avait marqué son visage. La douleur de ces deux dernières années : perdre sa mobilité et la capacité de nourrir sa famille, voir sa femme batailler à la maison avec les misérables pièces données par l'assistance aux pauvres, cela devait être épouvantable. Mildred savait que la fille aînée de John avait quitté l'école pour prendre un emploi de femme de chambre dans la propriété des Beccle. C'était une bouche de moins à nourrir.

– Si j'ai besoin de me déplacer, j'ai mes béquilles et la chaise roulante. Je le fais chez moi et je peux le faire ici. Et je sais lire et écrire, vous le saviez ?

Il y avait de la fierté dans sa voix, alors qu'il poursuivait :

– Je prendrai des notes sur les matériaux, je pointerai les livraisons, je listerai ce dont nous aurons besoin… Je peux y arriver, Mrs Holland. Vous devez me croire.

Il était clair que l'homme avait soigneusement réfléchi aux aspects pratiques. Mildred, obsédée par ce qu'elle allait peindre et comment, n'avait pas envisagé la manière de gérer le reste. L'homme marquait un point. Avoir un contremaître lui permettrait de peindre en paix. Submergée par l'ampleur de la tâche, elle voyait bien qu'il lui faudrait de l'aide. Lorsque Mildred lui tendit la main, elle s'aperçut qu'elle tremblait.

– Merci, John. Oui, c'est une idée merveilleuse. Vous m'aiderez à rendre sa beauté à St Mary… voulez-vous ? Nous commençons en septembre prochain.

***

Noël était venu et reparti, et à part un échange poli de cartes, elle n'avait pas eu de nouvelles d'Ann. Mildred envoyait une lettre à l'occasion. L'été dernier, elle avait proposé d'emmener les enfants à la plage à Walberswick ; à l'automne, elle avait suggéré le feu de joie de la Guy Fawkes Night et en janvier, quand l'étang avait gelé, de venir patiner. Mais Ann avait décliné ces invitations, assez poliment, mais sans proposer de se revoir. Mildred était malheureuse.

Presque tous les jours, elle parlait à Ann dans sa tête, la mettant au défi, lui demandant comment elle pouvait être si entêtée. Mildred avait toujours senti quelque chose d'imprévisible chez Ann, une facette mystérieuse et insaisissable. Était-elle digne de confiance ? Mildred avait espéré qu'Ann et elle deviendraient de véritables amies, mais à présent, elle s'inquiétait de l'avoir perdue pour de bon. Quand William demanda pourquoi les deux femmes ne se fréquentaient plus, Mildred prit l'excuse de son travail.

***

Au début de l'année, le temps était toujours humide accompagné de rafales de vent. Même les chênes avaient l'air mélancoliques et détrempés dans la bruine. Par la fenêtre, Rose contemplait fixement les champs d'un vert pâle. Mr Blackburne était attendu cet après-midi-là. Il ne leur avait pas rendu visite depuis plusieurs semaines. Rose se demandait si le projet de l'église avait été abandonné. Il pleuvait encore très fort, lorsque l'architecte, tout ébouriffé, entra en voiture dans la cour du presbytère. Thomas prit son cheval et Edward marcha d'un pas vif vers l'atelier, Rose lui emboîtant le pas avec des boissons chaudes et une serviette. Tandis que la jeune fille gravissait la petite volée de marches qui menait à l'atelier, elle sentit la chaleur des animaux dans l'étable, réchauffant l'air. Elle posa le plateau sur une desserte et remarqua que sa maîtresse frissonnait bien qu'elle fût enveloppée d'un châle en laine. Edward se tenait à l'extrémité opposée de la pièce. De l'eau de pluie formait une flaque à ses pieds.

– Rose, s'il te plaît, sers donc une tasse de thé à Mr Blackburne.

Sa maîtresse se tourna vers l'architecte.

– Je suis certaine que vous comprenez, Edward, j'hésite un peu à vous montrer les dessins. Mais comme vous le dites si bien, nous ne pouvons avancer autrement.

Mildred jeta le châle au sol et, de ses bras libres, souleva une grande feuille de papier qu'elle déposa au bout d'une longue table.

– Peut-être qu'ils sont trop pompeux, Edward, ou bien trop simples, peut-être qu'ils ne conviendront pas. Je ne sais pas. Il n'y a aucun moyen de faire autrement, venez et jetez-y un œil ! Rose, viens par ici, prends ce côté.

Rose ne savait pas exactement ce que Mildred attendait d'elle. La jeune fille se déplaça timidement vers la table et tressaillit lorsque sa maîtresse lui prit le bras, la tira vers la table et lui posa fermement les doigts sur un grand rouleau de papier.

– Avec l'autre main, tiens le coin, Rose. Tiens bien, pendant que je le déroule !

Stupéfaite, Rose contempla Mildred déplier la feuille de papier et révéler un immense dessin. On aurait dit une personne agenouillée. Elle portait une couronne. Venez plus près, Edward. Vous n'arriverez pas à voir ce que j'ai fait de là-bas.

– Je suis trempé de pluie, Mildred.

– Oui, bien sûr, je suis désolée, j'aurais dû y penser. Rose, va chercher une serviette, veux-tu ? Non, attends ! J'ai besoin que tu tiennes le papier. Oh, et puis flûte. Ce n'est pas un problème, Edward, c'est seulement un brouillon. Venez par ici et gouttez autant que vous voulez. Ce qu'il me faut savoir c'est… Qu'en pensez-vous ?

La pluie qui recouvrait le manteau d'Edward tombait en faisant des plocs sur la silhouette pratiquement à échelle humaine d'un ange agenouillé. Le personnage, drapé dans une étoffe plissée, déployait d'immenses ailes et tenait un rouleau de parchemin.

– En avez-vous d'autres ? demanda-t-il.

Rose aida Mildred à dérouler un autre rouleau de papier. Il révéla un autre dessin : un ange avec une croix. Au total, il y avait douze rouleaux de papier, chacun d'eux montrant un personnage ailé et agenouillé, qui serrait dans ses mains un symbole différent de la Passion. Puis un ultime dessin représentait un pélican qui se donnait des coups de bec sur la poitrine et nourrissait ses petits avec le sang qui coulait de sa blessure.

– Ces personnages sont destinés aux parties les plus élevées du plafond, expliqua Mildred. J'ai compté le nombre de poutres du toit et il y a un espace entre chacune d'elles pour un ange ainsi que pour le panneau des pélicans. Cela impliquerait de recouvrir le plafond entier au-dessus du chœur.

Sa maîtresse regardait l'architecte avec appréhension, car l'homme, les mains dans le dos, n'avait pas prononcé un seul mot depuis un moment. Le seul son audible était le ploc des gouttes de pluie tombant de sa barbe sur le papier. Mildred alluma la flamme d'une seconde lampe. Elle reprit le châle, le jeta autour de ses épaules et arpenta l'atelier avec fébrilité.

– J'ai d'autres idées pour les parties basses du plafond, à l'endroit où il rejoint les murs. Je décorerai l'architrave également. Laissez-moi vous montrer. Elle alla chercher un autre paquet de dessins. Tiens ceci, Rose, tiens-le à plat. Edward, voici des croquis pour l'Agneau de Dieu d'une part, les clés du Paradis de l'autre. Des monogrammes de la famille Vanneck et un de notre famille. Et ces… motifs pour les bordures et ainsi de suite, les couleurs que je souhaite…

Toujours, Edward gardait le silence. Il feuilletait les dessins éparpillés le long de la table. La voix de Mildred grimpa encore dans les aigus.

– N'avez-vous rien à dire, Edward, rien du tout ? Que pensez-vous de tout cela ? Rose recula contre le mur aussi loin qu'elle le put, laissant le papier libre de s'enrouler. Plusieurs rouleaux glissèrent au sol. Sa maîtresse était de plus en plus ébranlée par l'étrange silence de l'architecte. Si seulement Rose pouvait s'éclipser. Elle avait hâte de retourner dans la maison, pour balayer le cellier ou épousseter le petit salon. Elle avait déjà vu Mildred contrariée auparavant et elle redoutait de la revoir dans cet état : le visage inondé de larmes, les sanglots libérés sans retenue.

– J'ai dessiné des motifs pour les poutres du toit, préparé des palettes de couleurs pour les sculptures des anges. J'ai fait tellement de choses, mais vous ne…

Les bras grands ouverts, Mildred désigna frénétiquement une pile de dessins posés sur une chaise à proximité.

– Edward. Pourquoi vous ne dites rien ? Vous n'aimez pas mon travail ?

Manifestement, Mildred était bouleversée, elle respirait par à-coups, ses lèvres tremblaient.

L'homme leva la tête comme s'il sortait d'un rêve. Rose vit que ses cheveux étaient humides, son col taché à l'endroit où la pluie avait coulé le long de son visage. Ses paupières étaient lourdes, sa bouche entrouverte.

– Comment pouvez-vous en douter ?

Soudain, il bondit, les bras tendus, et se dirigea à grands pas vers Mildred avant de lui prendre les mains. La dévisageant, il s'écria :

– C'est une œuvre magnifique, Mildred ! Je ne m'y attendais pas, c'est tout. J'espérais, mais je ne savais pas si… si vous aviez du talent !

Presque aussi vite, il s'éloigna d'elle pour aller fouiller dans les dessins. Comme si sa présence l'avait maintenue debout, Mildred s'écroula sur une chaise et enfouit son visage dans le châle. Il y eut une pause, puis elle s'enquit :

– Vous en êtes certain ? chuchota-t-elle.

– J'en suis certain, répondit Edward.

Il éleva la voix :

– Mildred ! Regardez-moi. J'en suis certain.

Rose vit sa maîtresse lever la tête et regarder l'architecte, comme il le lui demandait. L'atelier demeura silencieux pendant ce qui lui parut une éternité. Rose avait envie de se glisser au-dehors. Elle se sentait gênée comme si elle observait une scène intime. Enfin, Edward parla :

– J'espère que vous n'avez pas le vertige ?

– Non, répondit Mildred en baissant la tête.

Rose se demanda comment elle savait que sa maîtresse mentait.

C'était un rêve récurrent. Mildred se tenait sur l'échafaudage dans l'église. Chaque fois qu'elle plongeait son pinceau dans la peinture et qu'elle le levait vers le plafond, la couleur glissait des soies et formait des ballons colorés qui s'envolaient au loin. Le rêve l'éveillait souvent. William lui caressait l'épaule, disait que l'angoisse était normale avant de commencer cette énorme tâche.

Durant la journée, la seule vue de John dirigeant les hommes, pendant qu'ils déchargeaient les charrettes pleines de matériaux, d'outils et d'équipements dans les remises de la cour, la rendait nerveuse :

– Mais j'ai toute confiance en toi, ma chérie, disait son époux en lui embrassant la main et en inclinant la tête avec exagération. L'église sera magnifique et nous devrons chasser les hordes de gens qui voudront l'admirer et la fréquenter !

Elle voulait du doré, pour elle c'était évident. Dans une lettre, elle demanda à Edward de lui apporter des échantillons. Quelques jours plus tard, l'architecte arriva, lui tendit un paquet, puis se mit à feuilleter les croquis récents sur lesquels elle avait travaillé. Elle ressentit un agacement furtif :

Qu'est-ce qui lui fait croire qu'il peut regarder mon travail sans me demander la permission d'abord ? Le paquet pesait, il était plus lourd qu'elle ne s'y attendait. L'emballage de papier marron portait un tampon avec le nom Cornelissen, le nom le plus romantique qui soit, lui sembla-t-il. À l'intérieur se trouvaient cinq petits livres, chacun contenant des feuilles d'or aussi fines que du papier, séparées entre elles par du papier de soie. Champagne, rouge, jaune citron, blanc, vert. Il ne lui était jamais venu à l'esprit que l'or avait autant de nuances.

– Vous pourrez employer de la peinture dorée pour le lettrage.

Edward désigna un monogramme qu'elle avait fabriqué avec les lettres IHC, l'abréviation du nom sacré de Jésus en latin.

– Mais pour mettre l'accent sur les auréoles ou les ailes des anges, il vaudrait mieux utiliser des feuilles d'or. Vous devez choisir la teinte que vous préférez.

Les feuilles d'or scintillaient sous ses doigts :

– Elles sont toutes magnifiques, Edward. Comment puis-je ?

Il commença à lui expliquer comment appliquer les feuilles. À sa façon habituelle, assommante, songea-t-elle, tellement complexe et détaillée.

– La surface à dorer doit être débarrassée de toute trace de poussière et de saleté. Puis apprêtée à l'aide d'un « produit d'encollage » pour l'or ou d'une substance collante, qui, au bout de plusieurs heures, va durcir jusqu'à devenir juste assez adhérente…

L'esprit de Mildred vagabonda. Elle s'imagina en train d'appliquer de l'or sur l'extrémité de l'aile d'un ange… et il étincelait lorsque la lumière accrochait sa surface riche…

Edward continuait de blablater :

–... Et enfin, une couche de colle de peau qui jouera le rôle de protection contre les attaques du temps. Calculez la quantité dont vous aurez besoin et je vais passer commande. Mildred ?

Edward la dévisagea.

– Vous ne m'écoutiez pas, n'est-ce pas ? Faites des recherches dans un des livres que je vous ai apportés et exercez-vous avant de commencer dans l'église.

– Oui, bien sûr. À présent, nous devrions aller au presbytère. Je suis restée ici toute la journée et William sera de retour bientôt. Il voudra vous voir.

– Mais avant cela, je voudrais vous dire...

Edward s'approcha de Mildred et prit une de ses mains entre les siennes.

– Je vous admire, Mildred, pour votre persévérance et le courage dont vous faites preuve, pour ce que vous allez entreprendre.

Ce fut comme si elle venait de se faire piquer par une abeille, elle retira aussitôt sa main :

– Edward, s'il vous plaît !

Elle s'éloigna de lui et s'enfuit en bas de l'escalier, des feuilles d'or voletant dans son sillage.

Chapitre 16

Printemps 1859

Mildred frappa à la porte d'une main assurée et jeta un œil dans la boutique du tailleur.

– Bonjour, Mr Edwards. Je suis Mrs Holland du presbytère.

Mr Edwards, le tailleur, était assis à une longue table et cousait un morceau d'étoffe. Il leva lentement la tête, comme s'il avait entendu un bruit qu'il n'arrivait pas bien à identifier. Pendant un instant, il contempla une femme qui se tenait à la porte de sa boutique. Il n'avait jamais eu la visite ni du pasteur ni de son épouse depuis qu'il tenait son affaire. La plupart de ses clients étaient des ouvriers agricoles, ou bien de futurs mariés qui avaient besoin d'un costume, ou encore une femme de la région qui souhaitait un morceau de dentelle pour embellir la manche d'une robe.

Tom pour ses proches, mais Mr Edwards pour tous les autres, se leva et baissa les yeux. Le vêtement posé sur ses genoux glissa au sol. Il faisait sombre dans la boutique, à l'exception d'une flaque de lumière provenant de la lampe à gaz. Quelqu'un qui aurait regardé de près aurait vu sa main trembler. Hésitant et gêné, l'homme grand et voûté s'adressa au sol :

– Mrs Holland, c'est un plaisir.

Mildred fit un pas dans la boutique. Il y régnait une odeur particulière. Elle ne parvenait pas à l'identifier, du tissu neuf peut-être mêlé à des effluves de gaz et de transpiration. Des rouleaux d'étoffe étaient empilés d'un côté de la pièce ; des cartons et quelques chapeaux formaient une pile qui dégringolait près de la fenêtre. Mildred aperçut un casier de rubans dans un coin et des boutons posés sur un plateau, des accessoires féminins, mais elle se demanda quand une autre femme était récemment entrée ici. Tout respirait le masculin en cet endroit : un lieu où, une fois dans sa vie, un homme se faisait ajuster le costume dans lequel il se marierait et serait enterré.

Elle posa son sac sur le sol et retira son chapeau.

– J'ai besoin d'un pantalon, Mr Edwards. Pour moi.

Le tailleur ne répondit pas. Il garda ses distances avec elle, mais même sous la faible lumière, elle vit son embarras se répandre comme une tache qui lui remontait dans le cou. L'homme gigotait et se frottait la mâchoire.

– Un pantalon comme ceux que les hommes portent pour travailler. Cela me conviendra.

Sa voix était assurée. Elle avait entendu que les détenues condamnées à la pendaison demandaient à porter des pantalons pour protéger leur décence de la foule curieuse qui se rassemblait autour de la potence. Les gens se regroupaient autour de la victime pour voir ce que révélaient les coups de pied de la mourante. Une fois qu'elle serait perchée sur son échafaudage, le pantalon lui tiendrait chaud et protégerait sa pudeur.

– Mr Edwards. Pouvez-vous m'aider ? Confectionnez-moi un pantalon adapté.

Le tailleur débarrassa une chaise des morceaux d'étoffe, lui fit signe de s'asseoir avant de disparaître par une porte. Mildred s'assit dans la pénombre, convaincue que les commérages et les cancans feraient le tour du village dans quelques jours. Mrs Holland allait porter des vêtements d'homme. Même si William disait qu'il se moquait de ce que le village pensait, en son for intérieur, il devait regretter qu'elle fasse ces drôles de choses. Mildred arrangea son chapeau.

Mrs Edwards fit son apparition. Elle était aussi petite que son mari était grand. Ses yeux étaient-ils écarquillés d'inquiétude ou de répugnance ? Mildred se le demanda.

– Vous êtes venue pour un pantalon, déclara Mrs Edwards.

Elle cracha les mots comme si elle avait mangé un fruit acide. Son visage demeura de glace et, d'un signe de tête, elle fit comprendre à Mildred de se lever. Elle tendit les bras pour entourer la taille de Mildred avec un mètre ruban. Mildred vit le crâne rose, les minuscules pellicules accrochées aux cheveux clairsemés, et sentit les gros seins chauds de Mrs Edwards alors qu'elle les pressa brièvement contre ses jambes. Une odeur de transpiration et de talc. Mildred se tint raide et bien droite. Se reculant pour lire les mesures, le regard de Mrs Edwards croisa brièvement celui de Mildred : il ne trahit pas la moindre lueur de compréhension.

Mildred avait envie de hurler : « Qu'y a-t-il de mal dans mon comportement ? » Pourtant, elle garda le silence, bouillonnant intérieurement, tandis que la femme continuait de prendre ses mesures, Mildred écouta pendant qu'elle les hurlait au tailleur qui était, supposa-t-elle, caché dans l'arrière-boutique.

Puis Mrs Edwards s'éloigna prestement pour le rejoindre. Mildred resta debout dans l'obscurité.

– Je vais peindre le plafond de l'église, lança Mildred à personne en particulier. J'ai besoin de ce pantalon pour travailler et me tenir chaud. S'il vous plaît, l'un de vous me montrerait-il un tissu bien épais, le plus adapté pour ce travail ?

Au bout d'un certain temps, Mr Edwards réapparut, un tissu en laine marron dans les bras. Tête baissée, il le tendit à Mildred qui fit semblant de l'examiner. Mais ses yeux lui piquaient sous le coup de l'humiliation. Elle se laissa tomber sur une chaise.

– Nous avons entendu parler de votre projet, dit Mrs Edwards de façon bourrue, debout près d'elle.

Pas plus haute que l'épaule de Mildred, son regard flambait d'amertume :

– Mais pourquoi faire une telle chose ?

Cette question n'attendait pas de réponse et n'en reçut pas. Elle resta en suspens dans l'air comme un poids mort.

– Ce sera prêt dans une semaine.

Mr Edwards plia l'étoffe et regarda Mildred droit dans les yeux. Cette dernière lui rendit son regard, fière et bien droite :

– Parce que ce sera beau, et que l'église sera remplie de couleurs et qu'il y aura des anges et…

Elle ne songea à rien d'autre, plutôt il n'y avait aucun mot du dictionnaire susceptible de fournir la réponse.

***

Chapitre 17

Automne 1859

William remua de bonne heure. Mildred était déjà réveillée. La transpiration recouvrait son corps comme un tissu mou.

– Prions-nous ensemble ? chuchota-t-elle.

Et ils glissèrent au bas du lit pour s'agenouiller. Son front appuyé sur les couvertures, leur odeur, leur chaleur et le bruit des incantations murmurées par son époux la réconfortèrent. « Protégez-la », l'entendit-elle dire et elle lui fut reconnaissante de sa prière.

– Je vais chercher le thé, dit-il en se mettant sur ses pieds. J'entends la cuisinière, Rose ne sera pas encore dans les parages.

William la laissa dans l'obscurité du petit matin. Elle ne put regarder l'étoffe avachie sur une chaise comme un être épuisé : ses vêtements de peinture. Elle pourrait facilement changer d'avis si elle le faisait maintenant, si elle cessait ces absurdités. Il n'était pas trop tard. Elle dirait à William qu'elle avait changé d'avis et il comprendrait, et elle pourrait se rallonger sur ses oreillers et prévoir une journée tranquille. C'était le pantalon qui la désarçonnait le plus. Ces jambes sans tête qui enfourchaient la chaise avec bravade. Se moquait-il d'elle en la défiant de le porter ?

Elle se faufila vers lui et, à la place, tendit la main vers le caleçon long, évoquant des vers de terre pâles enroulés au sol. Elle se souvint que son père en portait sous ses vêtements de travail, et au grand agacement de son épouse, il s'asseyait près du feu le soir dans cette tenue pour se « réchauffer les os ». Il attirait Mildred sur ses genoux et lui grattait doucement la tête, ce qu'elle adorait, avant de lui raconter sa journée à la ferme. Si son père la voyait aujourd'hui, que penserait-il ?

Elle tint le caleçon à bout de bras. Il pendouilla, flasque et inanimé. Elle osa passer un pied dans le haut du caleçon, fit progresser sa jambe jusqu'en bas du tunnel de coton, sentant l'étreinte sèche de l'étoffe. À présent l'autre jambe. Puis le pantalon de tweed, rêche au toucher, remonté et attaché par un bouton autour de la taille. *Plus confortable qu'un corset*, songea-t-elle, *je n'aurais jamais cru.* Elle enfila un maillot de corps par la tête, qui lui moula les seins et le ventre, puis une chemise et enfin une longue blouse qui la drapait presque jusqu'aux genoux. Des bottes d'hommes fermées par des boutons sur le côté pour protéger ses pieds. Elle se tint devant le miroir et enroula ses cheveux.

William apparut dans l'encadrement de la porte avec le thé.

– Eh bien… et pourquoi souris-tu ?

Elle voulait se fâcher contre lui, mais il n'y avait aucun moyen de nier qu'elle avait l'air bizarre. Ils éclatèrent tous deux de rire.

– Tu es merveilleuse, ma chérie, comme un beau jeune homme !

Il se pencha et l'entoura de ses bras.

– Non, ton épouse de quarante-quatre ans qui se fait des idées. Qui doit manger son petit déjeuner et partir travailler !

Elle se libéra de son étreinte et sortit de la pièce d'une démarche majestueuse.

En approchant de l'église, sa confiance se délita à nouveau. Elle pénétra dans l'enclos paroissial et eut l'impression de patauger dans la boue, chaque pas comme un acte de pure volonté. Ayant dépassé l'if, contourné les stèles, longé le chemin, l'église apparut. Cet endroit où, pendant de si nombreuses années, elle avait cherché le réconfort. À présent, il lui semblait une source d'appréhension.

Elle poussa la lourde porte, les bras affaiblis par l'angoisse, et entra dans l'intérieur laiteux, fronçant les sourcils à la vue de l'échafaudage. La structure en bois toute grêle se ramassait comme une énorme araignée, elle allait l'épingler dans sa toile au plafond comme une mouche.

« Je ne pourrais pas grimper cette échelle », les mots de William résonnaient dans sa tête.

Quelques semaines plus tôt, un colis marron était arrivé au presbytère. À l'intérieur se trouvaient une paire de mitaines, crochetées en fine soie grise, et une carte :

Ma très chère Mildred, j'espère qu'elles permettront à tes doigts de rester agiles et vifs pendant que tu peindras. Je penserai à toi les prochains mois et j'espère venir voir ton splendide travail un jour. Avec toute mon affection, Elizabeth.

Mildred fouilla dans ses poches et en sortit les gants. Leur contact était doux contre sa peau. Puis elle tendit les doigts vers l'échelle et se mit à grimper. Tout se déroula bien jusqu'au septième barreau, lorsque ses jambes refusèrent de lui obéir. Elle demanda à sa jambe de soulever son pied jusqu'au barreau suivant. Elle ne s'exécuta pas. Au même moment, ses genoux se mirent à vivre leur propre existence. Ils se mirent à tressaillir, la peau au-dessus de l'articulation tremblotant comme un flanc. La panique crépita dans sa poitrine. Son cœur battit à tout rompre. Un air froid tournoya autour de ses chevilles. Elle sentit le vide autour de son cou et de sa tête. Elle déglutit et se demanda si elle pourrait bouger un jour. Mis à part ses genoux vacillants, elle était complètement paralysée.

Les idées se bousculaient dans sa tête. Elle devait grimper à l'échelle si elle voulait peindre. Mais soudain, la voix, celle qui lui rappelait qu'elle pouvait changer d'avis, recommença à se faire entendre. Personne n'attendait d'elle qu'elle accomplisse cette tâche herculéenne. Elle pouvait redescendre l'échelle, et poser ses pieds sur la terre ferme. L'église resterait telle qu'elle était, comme de nombreuses autres églises du comté, sans plafond de style médiéval. Dieu comprendrait. Il était au courant de son vertige et à quel point il était difficile de passer les prochains… (qui savait combien de temps au juste) suspendue à quinze mètres au-dessus du monde. Elle n'était pas peintre. Elle était l'épouse du pasteur de Huntingfield !

Derrière cette cacophonie de pensées, elle prit conscience d'un son. Pas William qui lui chuchotait des encouragements depuis le pied de l'échelle. Non, un autre qu'elle ne parvenait pas à identifier. C'était elle-même ! Ses inspirations, de courts bruits rauques provenant de l'air qui lui piquait la gorge avec des aiguilles de froid. La tête lui tournait, ses doigts et ses lèvres picotaient, et de l'eau ruisselait dans sa bouche. *Je vais être malade*, songea-t-elle. *Je ne dois pas regarder en bas.*

Ses yeux lui désobéirent immédiatement, pivotant vers le bas, et la marée de visages tournés vers elle tourbillonna. Des bouches bées. Des yeux ronds, qui regardaient en l'air, avec incrédulité. Tout le monde dans l'église la fixait. La bouche de William bougeait, des ouvriers se grattaient la tête, John était assis dans sa chaise, pâle d'inquiétude, Rose se cramponnait à un banc, le visage paralysé. Seul Edward paraissait désinvolte, debout sur un côté, les bras croisés, l'observant avec une calme sérénité. Il la regardait presque impassiblement, les yeux rivés sur les siens. Puis il hocha la tête, lentement, posément.

À nouveau, elle regarda droit devant elle et garda les yeux ainsi. Maintenant sa bouche était sèche comme du talc et son cœur lui martelait la poitrine. Elle obligea ses mains à remonter sur le côté de l'échelle, la soie de ses gants glissa sur le bois lisse jusqu'à ce que ses bras se tendent au-dessus de sa tête. Elle ordonna à sa jambe gauche de se plier et de bouger vers le haut. Étrangement, et sans aucune raison, la jambe lui obéit et alla se poser sur le barreau du dessus. Elle ressentit un frisson d'espoir. Agrippant les côtés de l'échelle aussi fermement que possible, elle ordonna à son genou de se redresser et elle ressentit la puissance de ses muscles tandis qu'elle s'élevait à travers l'air froid, les os soutenant son poids. Elle avait gravi un barreau.

Regardant toujours droit devant elle, elle commanda à ses mains de glisser à nouveau vers le haut, et à ses doigts de se cramponner, tandis que son pied droit amorçait un trajet incertain et sans visibilité à la recherche d'un endroit sûr plus en hauteur, un point d'ancrage où il pourrait se poser. Puis à nouveau l'ordre à ses muscles de se contracter. Vers le haut elle s'envola, vers le haut, vers le haut dans les airs. Avec constance, Mildred montait et ce faisant, un sentiment de triomphe la portait. Bien que la structure fragile ploie et danse sous son poids en mouvement, elle s'élevait comme si elle grimpait vers le Paradis.

***

Chapitre 18

1859, quelques heures plus tard

Mildred avait atteint la plus haute plate-forme de l'échafaudage, à quelques centimètres seulement du plafond de l'église. Mais elle ne pouvait se tenir debout, pas tout de suite. En mettant le pied sur la plate-forme en bois, elle s'était laissé tomber sur les genoux en proie à la terreur et au soulagement. Il lui avait fallu plusieurs minutes avant que les vagues de nausée se calment. Un souvenir de prime enfance, alors qu'elle avait deux ou trois ans, lui revint à l'esprit. Son père la hissait, hurlante, sur le dos de son cheval et l'installait sur la selle devant lui. Il lui entourait la taille de ses bras et lui décrivait tout ce que l'on pouvait voir à une telle hauteur en chuchotant dans ses cheveux. Elle avait cessé de gémir et s'était appuyée contre la poitrine de son père, elle avait senti sa voix apaisante résonner dans sa solide charpente, vu à travers ses larmes les choses qu'il lui désignait, et elle était en sécurité.

– Prenez mon coude, demanda-t-elle à l'ouvrier qui attendait là.

Comme un jeune poulain découvrant ses pattes pour la première fois, elle se mit debout. Se sentant plus courageuse à présent, elle tendit la main vers la poutre massive au fil rugueux qui courait sur toute la longueur du bâtiment. La colonne vertébrale d'une bête : depuis ses côtes incurvées, les murs retombaient. Elle écouta presque sa respiration.

Elle osa un regard circulaire sur la plate-forme. Il y avait sa boîte de peinture. Ce matin même, elle avait vérifié que ses crayons, ses peintures et ses pinceaux étaient à leur place. À l'aide d'une manivelle, on avait monté son sac de dessins, d'outils, de peintures, de térébenthine et sa palette jusqu'en haut de l'échafaudage et on les avait empilés d'un côté.

– Vous pouvez partir maintenant, commanda-t-elle car elle maîtrisait la situation.

Ses chaussures claquaient sur les planches pendant qu'elle arrangeait son atelier temporaire. Des pots et des boîtes au milieu, des outils d'un côté et contre le mur, des coussins et une couverture pour former une couche confortable. Seule la fenêtre de l'autel s'élevait au-dessus du niveau du sol de l'échafaudage, mais elle donnait un peu de lumière.

On avait fixé des panneaux entre chaque chevron. Sur ces surfaces claires, elle devait peindre les images qu'elle avait eues si longtemps en tête. Avec un mélange de triomphe et d'appréhension, elle approcha un tabouret et se mit debout dessus pour examiner la surface.

Elle avait craint que la pensée que seules de fines planches de bois l'empêchaient de faire une chute jusqu'au sol ne la détourne de son travail. Mais une fois qu'elle commença, elle ne pensa plus qu'à peindre.

D'abord, elle prit un morceau de papier calque sur lequel elle avait déjà dessiné une image, et elle le fixa sur le panneau avec de petites punaises. Ayant pris correctement les mesures, le papier s'adapta à la perfection à la surface. À l'aide d'une aiguille, elle piqua tout autour du dessin : un ange agenouillé, une couronne, et des ailes, laissant une minuscule traînée de trous. Elle plongea un pinceau doux dans de la poussière de charbon, puis le tapota le long des points, envoyant des nuages de poussière dans les trous. Retenant sa respiration, elle ôta le papier calque. Elle fit un grand sourire en voyant les traces laissées. La silhouette fantomatique de son premier ange.

Au crayon, elle esquissa les détails plus délicats du visage, les boucles des cheveux et les plumes des ailes. Elle traça les grandes lignes des zones où la couleur et les ombres délimitaient les contours et les formes. Accroupie sur les talons, elle examina le dessin achevé. La peinture pouvait commencer.

Elle venait à peine de sortir les pinceaux et les pots de pigments lorsque l'échafaudage se mit à trembler. Il lui fallut quelques instants pour comprendre que cela signifiait que quelqu'un montait. Qui venait troubler sa tranquillité ? La tête d'Edward apparut au bord de l'échafaudage, puis il grimpa les derniers barreaux. Époussetant soigneusement son costume, il lui tendit une gourde.

– Bonjour, Mildred. J'ai pensé venir voir comment vous avanciez.

Elle ouvrit la gourde. L'odeur du bouillon de bœuf chaud était délicieuse et elle réalisa à quel point elle avait faim.

Edward inspecta ce qu'elle avait fait jusque-là. Elle se sentit à fleur de peau.

– Cela se passe bien, dit-il doucement. Comment vous en sortez-vous ?

– Je vais bien, merci. Oui, je suis apte au travail.

Elle sirota le bouillon.

– Vous n'avez pas commencé à peindre ? Cela m'intéresse de voir la qualité de la peinture actuelle vendue dans ces tubes souples.

– J'allais commencer. Et j'ai de l'huile de lin si j'ai besoin de la diluer.

Réticente à l'idée d'engager la conversation, elle regarda en bas par-dessus le rebord de l'échafaudage. En contrebas, on vaquait à d'autres tâches : John et l'un des ouvriers construisaient une structure en bois, elle n'était pas sûre d'en connaître la finalité. Comme il était étrange de passer la journée à contempler des gens depuis cette formidable hauteur, leurs pâles silhouettes indistinctes dans l'obscurité. Pendant que ses anges chéris viendraient au monde.

– Je dois m'y remettre, Edward.

Elle s'agenouilla au-dessus de sa boîte de peinture, en espérant qu'il saisirait l'allusion.

– Je vais rester un moment pour vous regarder, si vous êtes d'accord ?

Elle ne l'était pas, songea-t-elle, mais elle hocha la tête.

Un ouvrier avait apprêté la surface de chaque panneau quelques jours auparavant, l'avait rendue légèrement rugueuse avec du papier de verre pour que les pigments adhèrent au « ton ». Ayant déjà peint une plus petite version de l'ange dans son atelier écurie, elle savait quelles couleurs devaient être posées et où. Elle travaillait vite. La surface en plâtre buvait les pigments avidement. Elle faisait sortir de petites quantités de peinture des tubes métalliques pour ne pas la gâcher dans ces conditions glaciales.

Edward se tenait à hauteur de son épaule :

– Cela prend bien.

Elle l'entendit à peine et se contenta d'acquiescer. Elle appliqua les principaux blocs de couleur : crème pour la robe, jaune pour la chevelure, marron clair pour les ailes, un bleu irisé pour le ciel. Travailler les bras tendus et la tête en arrière se révélait fatigant, mais elle persévéra, car ce ne serait qu'au moment d'ajouter les ombres et les détails qu'elle aurait une impression globale. Elle commença les détails du visage, les doigts, les ongles, les cheveux, la fermeture de la robe de l'ange agenouillé.

À présent, il était tard dans l'après-midi. La lumière du jour avait pratiquement disparu et les bougies ne parvenaient pas à l'éclairer suffisamment. Soudain, elle prit conscience de sa douleur et s'accroupit pour soulager son dos. Elle était essoufflée.

– Mildred, vous devez terminer maintenant. La lumière est trop mauvaise pour travailler correctement, l'exhorta Edward.

Elle avait failli oublier sa présence.

– Je sais. Laissez-moi quelques instants, je vous en saurai gré.

– Puis-je descendre quoi que ce soit pour vous ?

– Uniquement ceci. Je serai en bas dans un instant.

Maintenant, elle était seule avec son ange. Le visage du personnage était indistinct, émergeant à peine de la peinture, mais elle l'aimait déjà. Cela lui parut ridicule, mais elle le devait. Elle embrassa ses doigts et les plaça sur les lèvres de sa magnifique création.

Descendre l'échelle était presque aussi effrayant que de la grimper. Car elle devait se baisser tandis que son pied cherchait à l'aveuglette le barreau du dessous. Ah, le sentiment de soulagement quand il trouvait un endroit sûr.

– Vingt barreaux ! compta l'ouvrier en contrebas, avec une lampe allumée.

Mon ange veille sur moi, se dit-elle, et elle jeta un coup d'œil furtif pour voir le visage clair qui baissait les yeux sur elle. Deux échelles à descendre et elle serait de retour sur la terre ferme. La lumière du jour avait disparu. Elle distinguait à peine l'endroit où elle avait passé la journée, il faisait si sombre là-haut. Le premier jour était terminé. Combien en restait-il encore ?

***

Chapitre 19

1859, le lendemain

Elle se réveilla à cause des gerçures qui meurtrissaient ses doigts. Un bref instant de paix, puis elle se souvint qu'elle devait passer un autre jour à contempler le plafond à quelques centimètres de son visage. L'angoisse s'infiltra dans ses veines et des doigts rampants lui tordirent le ventre. Elle roula hors du lit et s'accroupit au-dessus du pot de chambre, humant la senteur chaude de l'urine.

– Tes cheveux sentent la peinture.

William l'embrassa doucement sur le sommet du crâne.

– Et tu ne t'es pas lavée assez minutieusement. Ton visage est taché de peinture.

Il lui sourit.

– Ma femme intelligente.

– Je suis pétrie de douleurs et de courbatures.

– Mais tu es si courageuse. Edward le dit aussi. Là-haut, si haut. Tu n'as pas peur ?

– Non, mentit-elle.

***

– Alors comment se passe la démolition de St Mary ? demanda Judy. Ferme la fenêtre, veux-tu, il y a un terrible courant d'air.

C'était une chaude journée d'automne, Rose s'exécuta donc à regret. Mieux valait ne pas exaspérer Judy, pas si vous vouliez lui demander quelque chose.

– Eh bien, c'était délicat le premier jour, qu'elle arrive à monter l'échelle. J'ai cru qu'elle allait tomber. Elle n'aime pas la hauteur. Mais maintenant, à la fin de la première semaine, elle se débrouille très bien.

– Tu vas regarder ? Et ton travail ?

– Elle me demande d'aller chercher les esquisses des dessins dans son atelier.

La voix de Rose trahissait sa fierté.

– Qu'est-ce que tu veux dire, les esquisses des dessins ? demanda Judy. Et tu les lui apportes, en haut de ce grand échafaudage ?

Judy était intéressée. Rose tira joyeusement une chaise près de son chevet.

– Oui, elle les a déjà dessinées sur de grands morceaux de papier, des énormes rouleaux, là-haut dans l'atelier. L'a fait il y a quelque temps, bien sûr. Les a tous montrées à Mr Blackburne de Londres. Ça l'a rendue nerveuse, pour sûr.

– Les dessins, Rose, tu les lui *apportes* ? répéta Judy avec impatience.

– Je vais les chercher pour qu'un des hommes les lui monte. Quand elle commence un nouveau personnage.

– Que veux-tu dire… un personnage ?

– Des anges, vous voyez, elle dessine des anges sur le plafond avec de grandes ailes. Et ils seront peints en or. De l'or véritable.

Les femmes se regardèrent, secouant la tête d'incrédulité.

– Mais il y a des événements plus étranges là-haut au presbytère, Judy.

– Plus étranges que d'enduire notre église d'or véritable ? Et qu'est-ce que cela peut bien être ?

– Le deuxième jour. Mrs Holland l'a trouvé, attaché à la porte du porche. Du sorbier.

– C'est pas vrai. Vraiment ?

Les deux femmes échangèrent des regards.

– Et vendredi matin, à côté de la porte de l'église, elle a vu que la terre avait été remuée. Elle a demandé à John d'y jeter un œil et il a déterré une bouteille, bien fermée, remplie de clous et d'un liquide marron. Il a fallu que Walton la brise. Du vinaigre dedans.

Judy inspira brusquement.

– Qu'est-ce que vous dites de cela, Judy ? Vous savez ce que cela signifie ?

– C'est évident, n'est-ce pas ? Certains appellent ça une bouteille de sorcière. On la met sous une entrée de porte pour faire fuir les esprits ou ce genre de choses. Quelqu'un essaie de lui dire qu'il n'aime pas ce qu'elle fabrique.

Rose parut dubitative.

Judy ajouta :

– Y a pas mal de gens par ici qui ne sont pas contents de ce qui se passe.

– De la sorcellerie ? Seigneur, ce n'est pas bien, Judy.

– Le pasteur est au courant ?

– J'pense pas. Quand John a trouvé la bouteille, Mrs Holland lui a dit de rien dire à personne, de garder ça secret. J'le sais juste parce qu'Owen Walton me l'a dit, et y m'a fait jurer de le dire à personne. Oh, bonté divine, maintenant j'vous l'ai dit. Vous en toucherez mot à personne, n'est-ce pas, Judy ?

– Bien sûr que non, la rassura Judy d'un ton apaisant. Tu me connais. Je ne fais jamais de commérages.

***

Elle ne pouvait avouer à William que, lorsqu'elle s'éveillait chaque matin, elle n'avait qu'un instant de tranquillité avant que les doutes l'assaillent. Qu'est-ce qui l'avait poussée à entreprendre cette tâche monumentale ? Cela allait lui prendre des mois. La semaine précédente, deux après-midi durant, elle avait dû retirer à la brosse ce qu'elle avait réalisé le matin même. Elle avait presque pleuré de fureur et avait passé la soirée suffoquant de colère ou d'épuisement, elle ne savait pas bien. À présent, ces objets ridicules abandonnés autour de l'église. John avait eu l'air furieux en déterrant cette bouteille pleine de clous tordus. « Des sortilèges de campagne, lui avait-il dit en secouant la tête, des habitudes anciennes dont il valait mieux ne pas faire cas. » Elle trouvait amusant de penser que quelqu'un du village imaginait l'effrayer de la sorte. Amusant, mais en toute honnêteté, un peu troublant aussi. Mais il ou elle ne réussirait pas. Mildred ne se laisserait pas détourner de sa tâche par la superstition et l'ignorance. Malgré tout, il était préférable de ne rien dire à William. Cela ne ferait que l'inquiéter. Elle ne voulait pas donner à son mari des raisons de se faire du souci.

Alors ce dimanche-là, pour marcher avec William jusqu'à l'église de Cookley afin d'assister à l'office, elle s'enveloppa d'une armure invisible, assez épaisse pour faire rebondir les ricanements des villageois. Mais qui aussi, elle espérait, la protégerait de la malveillance de celui ou celle qui tentait de l'effrayer. Cette personne participait-elle à la marche vers Cookley : priant, chantant, s'agenouillant ?

C'était quand elle travaillait dans les hauteurs de l'échafaudage, seule à l'exception de ses anges et de ses pensées, qu'elle se sentait parfois troublée. Cette personne qui se faufilait autour de l'église, qu'allait-elle fabriquer la prochaine fois ? Comme elle aurait aimé en discuter avec Ann. Elle aurait trouvé cela agaçant ou divertissant, probablement les deux. Comme sa chère amie lui manquait !

Par conséquent, Mildred partagea ses angoisses avec sa sœur.

Chère Elizabeth,

J'ai été heureuse d'apprendre que le déménagement était terminé, et que Père et Mère commençaient à s'installer dans la nouvelle maison. Lincoln est plus pratique pour vous que la ferme, et même si vous n'aurez plus qu'une seule femme de chambre à demeure, la vie en ville vous permettra d'embaucher des aides supplémentaires si et quand ce sera nécessaire. Je suis certaine que l'état de confusion de Mère passera quand elle sera établie dans une routine. Demande un somnifère au médecin, si elle continue de déambuler la nuit.

Je suis si occupée par la peinture que je n'ai besoin d'aucunes distractions le soir. Après une journée sur l'échafaudage, je ne pense qu'à la chaleur du feu. Il peut faire si froid ! Mais laisse-moi te divertir avec un conte étrange du Suffolk. Quelqu'un, apparemment, n'est pas content de mon travail dans l'église. Il ou elle, je ne sais qui, laisse de petits signes pour moi. Des sorts réputés repousser le mal. Je n'en tiens pas compte, bien entendu, mais j'ai décidé de ne pas en parler à William. Je ne veux lui donner aucune excuse pour m'obliger à arrêter et tu sais comme il s'inquiète. Alors je persévère et j'espère que la peinture et le bâti seront terminés pour que l'église rouvre à temps pour Pâques. Sache que je pense à toi chaque jour quand j'enfile les gants que tu m'as confectionnés !

Avec toute mon affection,
Mildred

Un rythme quotidien se mit en place. Mildred arrivait à l'église juste après l'aube et tandis que la lumière s'infiltrait par les fenêtres, elle observait le réveil de ses anges. Tandis que le plafond de St Mary se remplissait de personnages, elle éprouva le bonheur non seulement d'avancer mais aussi de créer. Une expérience physique de la satisfaction, d'être littéralement remplie. Il était tellement improbable, absurde même, que le seul acte d'appliquer un crayon sur du plâtre puisse générer ce sentiment de satisfaction. L'angoisse et l'effondrement qui avaient parfois menacé de la submerger par le passé s'étaient fait absorber par sa tâche routinière. Malgré le froid, l'obscurité, le vertige, et tandis que les silhouettes se formaient et que les couleurs chantaient, elle se libérait de l'incertitude qui l'accompagnait depuis si longtemps.

John arrivait peu après huit heures. En quelques jours, elle avait pris conscience de l'importance de cet homme méthodique. Il travaillait sur sa chaise roulante quand il avait besoin de ses mains ou sinon avec ses béquilles. Ses manières consciencieuses, son sens de l'organisation et son air d'autorité donnaient confiance et courage à Mildred. Après avoir discuté des plans de la journée, on montait le matériel avec un treuil tout en haut de l'échafaudage. Elle oubliait alors l'agitation de la fourmilière qui s'activait sous elle. John était aux commandes.

Elle avait des batailles personnelles à mener au quotidien : son vertige, par exemple. Elle comprit l'astuce pour monter. Tant qu'elle regardait droit devant elle, elle parvenait à convaincre ses genoux tremblants de se plier et de se tendre, de faire levier pour monter son poids, pour progresser jusqu'en haut de l'échelle. Son cœur martelait sa poitrine, son estomac se nouait et ses bras tremblaient, mais elle se concentrait pour avancer méthodiquement. Néanmoins, la descente de l'échelle la terrifiait encore : ne pas savoir exactement où poser son pied et ne pas regarder en bas de peur d'être submergée par la nausée. S'il faisait un froid mordant, elle devait entreprendre le trajet plusieurs fois par jour, pour se réchauffer près du brasero. Il était dangereux de laisser ses mains et ses pieds se refroidir outre mesure, car le soir venu, il était possible qu'elle ne puisse plus redescendre. Sinon, elle continuait de travailler jusqu'à ce que la lumière vienne à manquer et que les lampes, qui pendaient tout autour d'elle comme autant d'étoiles, n'éclairent plus les murs.

De crainte de compromettre sa pudeur, elle ne s'était pas assise par terre, jambes croisées, depuis l'enfance. Aujourd'hui, libérée par le port du pantalon, elle adoptait joyeusement cette position confortable quand elle peignait les zones basses des murs. Sinon elle était debout, et pour les panneaux les plus proches du plafond, elle se servait d'une échelle, une main soutenant le poids de sa tête pendant qu'elle travaillait de l'autre. Parfois ses deux bras s'engourdissaient. Dans l'ensemble, la pratique était épuisante.

Quoi qu'il en soit, de semaine en semaine, elle devenait plus forte et en meilleure forme, et elle avançait avec plus d'efficacité. Elle se familiarisait avec les techniques et de fait commettait moins d'erreurs. Elle apprenait aussi des astuces. Plus elle gagnait en compétences, plus elle prenait de plaisir. Seuls les étranges « signes » menaçaient de gâcher son humeur enjouée. Il était assez simple de faire face aux tiges de reines-des-prés qu'elle trouvait éparpillées dans l'entrée de l'église. Elles formaient une jolie composition sur le rebord d'une fenêtre de l'église. Mais les curieux mobiles composés d'os d'oiseaux et de plumes, de cordon et de cheveux, qui s'entrechoquaient sur la porte de l'église se révélaient plus perturbants. Il lui fallut plusieurs jours pour convaincre John de lui expliquer ce que c'était. Une « échelle de sorcières » qui sert à attirer la malchance, lui avoua-t-il enfin. Qui donc en était l'auteur ?

***

Chapitre 20

1860, six mois plus tard

En retournant au presbytère tard cet après-midi-là, alors que la pleine lune s'élevait dans le ciel, elle distingua Hal le berger et son chien qui rassemblaient les brebis dans le champ. Les bêlements des agneaux nouveau-nés confirmaient l'approche du printemps. C'était excitant de penser que, le lendemain, elle entamerait le dernier panneau. Il présentait six étoiles qui tombaient en cascade autour d'un Agneau sacré couronné. Le lendemain, elle devait sortir dans le champ pour faire quelques croquis d'agneaux et ajouter des détails réalistes. Ce serait son meilleur dessin.

Les pieds de Mildred étaient raidis par le froid. Ce soir, elle les réchaufferait près du feu, souperait sur un plateau en attendant le retour de William. Elle eut le plaisir de découvrir une lettre d'Elizabeth dans le vestibule. Mildred s'installa dans l'atelier pour la lire.

Ma très chère Mildred,

L'état de confusion de Mère s'aggrave. Elle croit que nous vivons toujours à la ferme et se demande pourquoi Père n'est pas parti travailler. Le médecin dit que c'est l'âge. Nous nous en sortons, nous lui donnons des boutons à trier dans des boîtes, nous lui faisons la lecture. Elle est assez joyeuse. Dieu merci, le printemps arrive et nous pourrons sortir bientôt.

Je suis si heureuse que ton travail dans l'église soit presque terminé. Comme tu le sais, je me suis inquiétée pour ta sécurité du fait que tu travailles à une telle hauteur et dans le froid de l'hiver. Je suis moins contente d'apprendre que tu n'as pas tenu William au courant de ces signes idiots laissés à ton intention. Ils me paraissent inquiétants. Pourquoi ne lui en as-tu pas parlé ? Si William le découvre, il sera peut-être blessé que tu aies gardé des secrets.

Toutefois, je n'ai jamais été capable de te persuader de quoi que ce soit, ma chère sœur entêtée ! Alors permets-moi de t'envoyer notre amour et nos meilleurs vœux à William, Elizabeth.

Mildred posa sa tête sur un coussin. Pourquoi devrait-elle inquiéter William avec des incidents mineurs sur lesquels il n'aurait aucune prise ? N'ayant jamais eu d'époux, Elizabeth ne se rendait pas compte à quel point il fallait les encadrer. Comme elle était fatiguée ce soir…

Quelques minutes plus tard, lui sembla-t-il, Mildred s'éveilla alors que la porte s'ouvrait à la volée. Rose paraissait désemparée :

– Venez, Madam', à l'église, immédiatement !

Mildred entendit des cris par la fenêtre, peut-être Thomas qui hurlait, puis des bottes qui claquaient dans la cour.

– Pour l'amour de Dieu. Que se passe-t-il là-dehors ?

Encore vaseuse, Mildred approcha la main des bottes que Rose lui tendait, grimaçant tandis que ses doigts raides et gercés bataillaient avec les boutons.

– Pas sûre, Madam', mais Owen est arrivé en courant pour dire que nous devions venir vite. Voici un châle contre la pluie.

Rose prit une lampe et les femmes se hâtèrent en direction de l'église. Mildred vit que l'une des fenêtres luisait d'un éclat rouge foncé. Son esprit était confus, encore engourdi par le sommeil. Pourquoi ? Ses jambes molles refusaient de se presser et il leur fallut une éternité pour rejoindre l'église. Là, elle vit le valet d'écurie, Robert, et Hal. Ils se battaient avec un collecteur d'eau de pluie, le traînant vers l'église. Que fabriquaient-ils ?

– Rose, nous avons besoin d'aide !

Les deux femmes les rejoignirent et avec deux paires de bras en plus, le tonneau fut progressivement manœuvré jusqu'à l'intérieur de l'église.

Hal poussa la porte. Et là, elle le vit. Un incendie, autour de l'un des poteaux de l'échafaudage. Pas un grand, mais tout le monde connaissait l'avidité du feu. Thomas et Owen Walton le repoussaient avec des outils, leurs visages illuminés par les flammes.

– Nous avons l'eau ! lança Walton.

Et maintenant, le baril était posé sur le sol ferme de l'église, on pouvait le faire rouler sur son rebord métallique. Sans échanger un mot, Walton, Thomas, Rose, les valets d'écurie, Hal et Mildred se séparèrent en deux groupes. Épaule contre épaule, dans la chaleur, ils formèrent un cercle écopant l'eau de la barrique d'un seul geste, avant de la vider dans les flammes. Comme dans une gigue campagnarde, leurs pas étaient rapides. Ils vidaient le seau face aux flammes le plus vite possible, puis ils faisaient volte-face à la recherche d'air frais. La ronde recommençait avec le crépitement du feu pour toute musique.

Au départ, Owen avait essayé de retenir Mildred, mais elle s'était libérée de son étreinte. Comme il était étrange d'avoir chaud, songea-t-elle. En général, elle gelait dans l'église. Elle lança un bref regard en l'air. Il y avait ses anges. Des visages dorés et paisibles qui contemplaient fixement le bas, indifférents à l'agitation qui y régnait. Mildred plongea son récipient dans l'eau. C'était son tour, et elle se tendit vers l'avant pour renverser l'eau au cœur de l'incendie. Ses cheveux grésillèrent et elle trébucha. Si Walton n'avait pas saisi sa ceinture par-derrière, elle serait tombée.

L'un des jardiniers apparut, il poussait une brouette pleine de terre. Ils se poussèrent pour le laisser passer. Puis, armés de pelles, Thomas et lui se mirent à ramasser de la terre et à la jeter sur les flammes. La terre humide tomba en mottes comme autant de poids morts. Avec des bruits sourds, boue et pierres recouvrirent le feu. Les autres hommes les rejoignirent, piétinant et tapant de leurs pieds chaussés de bottes. Le feu fut étouffé et crépita avant de mourir.

Tous se tenaient debout, sous le choc, dans l'église obscure. Une braise flambait de temps à autre avant qu'une botte ne l'éteigne. Déjà Mildred sentit la froideur sur son cou humide, tandis que le froid revenait lentement. À présent, elle n'avait qu'une seule envie, congédier les domestiques pour se retrouver seule. Il lui fallait s'asseoir pour pleurer et réfléchir au danger qui venait d'être évité. Mais quelqu'un devait répondre de cet acte.

Mildred déclara :

– Comment puis-je vous remercier pour ce que vous avez fait ?

Ses camarades combattants du feu eurent l'air soulagé.

– Vous avez sauvé notre précieuse église, vous vous êtes montrés vaillants et courageux. Quelqu'un est-il blessé ?

Tandis qu'elle allait de l'un à l'autre, examinant les brûlures, elle remercia chacun d'eux personnellement.

– Rose et Thomas, retournez à la maison, ordonna-t-elle. Allez chercher à boire et à manger, voulez-vous ? La cuisinière vous aidera. Les autres, je vous en prie, asseyez-vous et reposez-vous.

Les hommes s'exécutèrent et s'assirent contre le mur, dans l'obscurité, ou trouvèrent des places où se percher. Elle savait qu'ils devaient juger étrange de la regarder bouger alors qu'ils attendaient de la voir allumer des lampes et débarrasser un coin pour la nourriture. Maintenant le drame était terminé, et ils auraient peut-être préféré rentrer chez eux, eux aussi. Mais ces préparatifs l'apaisaient. Elle se sentait en bonne compagnie avec ces personnes généreuses, sachant qu'ensemble ils avaient sauvé l'église de l'incendie. Malgré tout, elle ne parvenait pas à oublier que quelqu'un de leur entourage, quelqu'un avec qui ces hommes vivaient ou qu'ils connaissaient, avait allumé le feu.

S'accroupissant, sans craindre une reprise du feu, Mildred fouilla dans le désordre crasseux de pierres, terre et cendres qui stagnait autour de l'échafaudage. Comment l'incendie avait-il démarré ? Elle était soulagée qu'ils aient protégé l'église, mais perplexe aussi : qui avait fait cela ?

– Que s'est-il passé ?

William fit irruption dans la pièce, le visage cramoisi.

– Pour l'amour du ciel, qui est le responsable ? Mildred, tu vas bien ?

Mildred lui toucha le bras :

– Je vais bien. Il y a eu un incendie, William, pas un gros, heureusement, et nous l'avons maîtrisé avant qu'il menace l'église. Donc, garde ton calme, s'il te plaît. Nous découvrirons plus tard comment il a débuté. Le plus important c'est que nous soyons en sécurité et que le feu soit éteint.

Rose arriva chargée d'un panier de nourriture, Thomas avec de la bière et la cuisinière avec d'autres lampes.

– Merci, posez tout sur la table.

Mildred se tourna vers les hommes :

– Venez vous servir. Owen, Thomas, Robert, tous les autres…

L'étrange soirée se poursuivit.

Des hommes mangeaient et buvaient à l'endroit où certains d'entre eux venaient pratiquer. Mildred se demanda ce que l'on dirait au village, quels commérages et quel scandale Judy allait répandre.

William regardait Mildred pourvoir aux besoins de ses paroissiens. Vêtue de son pantalon étrange, le visage maculé de suie. Le pasteur avait du mal à contenir sa fureur. Si Mildred n'avait pas entrepris cette tâche absurde, rien de tout ceci n'aurait eu lieu. Ce soir, elle avait mis sa vie en danger.

– Irons-nous inspecter les dégâts ? demanda-t-il.

Lorsqu'elle lui prit le bras, il se raidit. Il examina le poteau de l'échafaudage qui avait été la proie des flammes. Sa surface était brûlée et noircie jusqu'à hauteur d'épaule.

– Il est presque entièrement brûlé au niveau du pied. Il faudra le remplacer, dit-il avec amertume. Cela va retarder le travail. Comment ceci a-t-il pu arriver, Mildred ? Et pourquoi, au nom du ciel, as-tu risqué ta vie pour combattre un incendie ? Pourquoi n'as-tu pas laissé les hommes faire ?

– Je ne peux répondre à ces questions maintenant.

Il l'entendit lutter pour réprimer l'envie de lui hurler dessus.

– Je m'étonne que tu me demandes cela, William, vraiment ! Pour l'instant, je suis reconnaissante que personne ne soit blessé. Pas toi, William ? Et heureuse, très heureuse, que l'église ne soit pas endommagée, comme je l'ai redouté en voyant les flammes.

Du bout de sa chaussure, William remua les cendres qui se consumaient lentement.

– Regarde ! Les vestiges d'une boîte, quelques chiffons, des bâtons. D'après ce que je vois, on l'a démarré intentionnellement.

Sa voix était forte.

– Nous allons découvrir qui a fait ça… et écoutez-moi bien, il sera puni !

***

Ils furent réveillés en sursaut par une volée de coups frappés à la porte. La colère de William, pas longtemps apaisée, se remit à bouillonner, et sa voix rugit à travers la maison endormie tandis qu'il descendait bruyamment l'escalier. Mildred jeta un coup d'œil à l'extérieur entre les rideaux de la chambre. En contrebas, un groupe d'hommes formaient un cercle autour d'un corps qui se débattait. Ce devait être une femme, car elle apercevait des jupes gonflées par le vent et entendait des gémissements aigus. Le pasteur courait hors de la maison, puis le faisceau de sa lampe saisit le visage désespéré de Mary Fake, et Mildred sut immédiatement que c'était la personne qui la détestait.

Elle se souvint de la dernière fois où elle avait vu Mary : aux obsèques de sa fille Martha. Il était cruel que les oiseaux aient chanté ce jour-là. Mary se tenait sur le côté de la tombe, les yeux rivés sur le cercueil qui contenait la chair autrefois fiévreuse de sa petite fille. Tandis qu'on le descendait en terre, elle glissa elle aussi au sol, un cri surnaturel s'échappa de ses lèvres mouillées de larmes. Ensuite, Mary releva des yeux morts vers Mildred et secoua la tête d'incrédulité.

Ces souvenirs la firent frissonner. Mildred enfila ses vêtements de travail, imprégnés de fumée, et boita aussi vite que possible au bas de l'escalier. Le temps qu'elle atteigne le devant de la maison, il n'y avait plus trace de quiconque dans la cour. Mais elle entendit des bruits en provenance des écuries. Elle découvrit deux hommes à l'extérieur de l'un des box. De l'intérieur s'échappaient des éclats de voix, les claquements de gifles et les pleurs d'une femme.

– Laissez-moi passer.

Mildred poussa les hommes. William et Harry Browne, l'épicier, dominaient Mary Fake. La femme se recroquevillait sur une couche de paille, ses jambes striées de boue dépassaient de sa jupe, ses pieds étaient nus et en sang. Dans un coin, Thomas paraissait terrifié.

– Je vous demande de répondre à mes questions !

William semblait exaspéré.

– Je dois découvrir ce qui s'est passé. Parlez pour votre défense, le pouvez-vous ?

– Lève-toi, femme !

Browne saisit le bras de Mary avec colère et la tira d'un coup sec pour l'installer de force sur un tabouret. Il la maintint d'une main et de l'autre lui donna une tape sur la tête.

– Parle au pasteur, réponds à ses questions, espèce de misérable chose ! C'est toi qui as allumé ce feu ?

Il y eut un gémissement. Le visage de Mary était baigné de larmes et de mucus. Sa lèvre saignait. Browne la secoua durement. Sa tête oscilla rapidement d'avant en arrière. Elle bafouilla des mots incohérents.

– Tu es une mauvaise femme ! Tu as allumé le feu, n'est-ce pas ? Avoue !

De dégoût, Browne la projeta en arrière. Mary s'écroula de nouveau sur la paille.

Mildred fit un pas en avant.

– En voilà assez, Mr Browne, protesta Mildred. Je ne suis pas certaine que ce soit utile. Nous devons conserver notre calme.

– Je l'ai vue ce soir, bredouilla l'homme. J'étais en train de piéger des lièvres avec d'autres. On s'est demandé ce qu'une femme fabriquait dehors à la nuit tombée. On l'a attrapée elle, à la place, un jeu d'enfants. On a trouvé des allumettes dans sa poche.

Mildred sentait les effluves d'alcool dans son haleine.

– Le patron du pub nous a parlé de cet incendie et nous avons su que c'était elle qui l'avait fait. On l'a ramenée au pasteur tout de suite.

– Merci, Mr Browne, nous vous sommes des plus reconnaissants pour votre aide. Maintenant, laissez-nous s'il vous plaît.

Mildred se plaça entre l'homme et Mary.

– Et vous appellerez le magistrat ? Cette femme doit être jugée !

Browne pointa un doigt accusateur.

– Nous y réfléchirons, bien sûr. Merci à tous pour votre aide. Partez, s'il vous plaît.

Aucun des hommes ne bougea. Mildred insista :

– Dois-je le répéter ? Bonne nuit. Si vous aviez la gentillesse de passer par le cottage des Fake. Pour vérifier que Seth, l'époux de Mary, ou un voisin est là-bas avec les enfants. Mr Browne… Mrs Browne aimerait bien que vous rentriez à la maison. Je suis certaine qu'elle s'inquiète.

Les hommes sortirent en file indienne. Mildred fit un geste vers Thomas :

– Demande à Rose d'apporter de l'eau chaude et quelques chiffons. Un petit verre de brandy et quelques couvertures.

Le garçon sortit en trombe, reconnaissant de s'échapper.

– Mais si elle est coupable, nous devons…, intervint William.

– Ce n'est pas le bon moyen de le découvrir. Faire mourir cette femme de peur, c'est cela ? Laissez-la se calmer d'abord. Imagine-toi être capturé par un groupe d'hommes.

Mildred s'agenouilla près de la femme qui gémissait. D'une voix basse et calme, elle déclara :

– Mary, vous êtes en sécurité maintenant. Rose va s'occuper de vos blessures tout de suite. Vous passerez la nuit ici. Nous attendrons non loin jusqu'à ce que votre sœur arrive.

Mildred ordonna aux deux hommes de se tenir en dehors du box pour garder Mary, puis William et elle se rendirent sur le côté de l'écurie pour trouver un endroit à l'abri des regards. Des chevaux s'agitaient, parfumant l'air de leur haleine. Ils allèrent dans la sellerie, baignée d'une odeur apaisante de cuir et de savon. William s'assit sur une chaise et Mildred se laissa aller contre lui avec un soupir.

– Quelle affreuse nuit.

William se frotta les yeux.

– Dois-je aller mander l'agent de police ? Je doute qu'il soit encore sobre à cette heure-ci, s'il est toujours éveillé, mais on peut toujours espérer.

– Je pense que nous devrions attendre demain matin. Il pourra informer le magistrat et nous réfléchirons ensuite. Mais allons-nous faire pression ? Pour quelle raison ? Cela peut se terminer en cour d'assises.

– L'église aurait pu être réduite en cendres. On a frôlé le désastre, rétorqua William.

– Il n'y a eu qu'un petit incendie au final, William. Je sais, nous avons eu de la chance que le lieu n'ait pas brûlé entièrement, tu as raison. Mais savons-nous avec certitude que c'est Mary ? Browne est convaincu qu'elle l'a allumé, mais…

– Tout porte à croire qu'il a raison. Découverte à la tombée de la nuit, des allumettes dans sa poche. Pourquoi n'était-elle pas chez elle avec ses enfants ? Cela ne me dit rien de bon.

– Tu as vu sa lèvre, William ? Elle était entaillée et elle saignait. Si l'un de ces hommes a pris l'initiative de…

– Peut-être qu'elle est tombée en courant ?

– Peut-être. Mais si je découvre que l'un d'eux a levé la main sur elle, il ne restera pas impuni, lui non plus. Le mécontentement de Mildred fut submergé par un bâillement. Attendons demain matin. Mon chéri, nous devrions aller au lit. Rose s'occupera de Mary et elles seront à l'abri dans l'écurie, protégées par les hommes.

***

Chapitre 21

1860, le lendemain

Des rêves confus perturbèrent le sommeil de Mildred. Ses anges étaient rouges et fiévreux, ils imploraient son aide. Mais elle ne parvenait pas à les atteindre et se contentait de contempler leurs ailes dorées se consumer et s'écouler, puis ils s'envolaient au loin. Mildred s'éveilla, frissonnante et angoissée. Des réminiscences du drame de la nuit dernière occultaient tout sens des proportions. Elle se sentit à nouveau terrifiée ; ils avaient failli tout perdre, alors qu'elle avait tant lutté pour créer ses anges.

Cherchant le réconfort, elle tendit le bras vers les mains de William, les posa sur ses seins et se cambra en arrière contre son corps. Elle lui entoura les genoux de ses pieds, l'éveilla avec sa pression insistante en se coulant contre son corps. Au ralenti, les mains de son époux descendirent jusqu'aux hanches de Mildred, et maintenant, il était conscient de sa présence. La pression familière des parties intimes de William contre ses fesses alors qu'il prenait lentement du plaisir l'apaisa. Puis elle se retourna pour glisser la tête sous son menton et retomba profondément dans le sommeil.

– Mr Holland et moi, nous verrons ta sœur ce matin, déclara Mildred avec froideur lorsque Rose apporta le petit déjeuner. Avant d'appeler le gendarme, nous parlerons avec elle. As-tu pansé ses blessures ? Mary a-t-elle pu dormir, le sais-tu ?

– J'ai nettoyé ses coupures hier soir, et les bleus, puis je lui ai donné de la soupe. Les gardes ont dit qu'elle avait pleuré quasiment toute la nuit.

À ses yeux gonflés, il était évident que Rose aussi.

– Avant que vous n'y alliez, Mrs Holland, puis-je vous parler un instant, s'il vous plaît ?

– Qu'y a-t-il, Rose ?

– Merci, Madam'. C'est à propos de Mary.

Rose ferma la porte.

– J'étais avec elle hier soir, je l'ai lavée et le reste, je l'ai un peu calmée. Elle a parlé. C'était dur de trouver du sens dans tout c'qu'elle a dit, mais elle a avoué. C'est elle qui l'a fait… allumé le feu et tout.

Rose tomba à genoux. Son visage était dévasté. Mildred sentait l'odeur âcre de l'haleine de la jeune fille.

– Soyez miséricordieuse avec elle, Madam'. Elle n'est plus bien depuis que Martha est morte. Elle se trompe, je sais, mais elle pense que vous auriez pu sauver la petite fille. Je lui dis que vous avez fait de votre mieux, que la fièvre était trop forte. Mais elle ressasse, Mrs Holland, elle ressasse.

– Pourquoi me racontes-tu cela, Rose ? J'ai fait de mon mieux pour sauver Martha. Je ne pouvais rien faire.

– Et le bébé, il la tient éveillée tout le temps et elle est si fatiguée, elle n'a pas toute sa tête.

– Ce n'est absolument pas une excuse pour se venger et allumer un feu dans l'église, Rose ! Tu comprends cela, sans aucun doute ? Si elle a avoué, elle doit assumer la responsabilité de ses actes.

Rose hurla, se pressa contre la jupe de Mildred.

– Mais Madam', si vous appelez le gendarme, il l'emmènera, en prison, ou peut-être pire. Ses enfants, Madam', que vont-ils faire si elle n'est plus là pour veiller sur eux ?

Mildred déglutit. Elle repoussa Rose.

– Comment oses-tu me parler à moi de cela ? Perdre un enfant, est-ce une excuse pour mal agir ? Peut-être aurait-elle dû y penser avant de causer ce mal. Lève-toi immédiatement ! Retourne à tes obligations !

Rose s'enfuit de la pièce. Mildred était sidérée. C'était intolérable. Qu'une domestique intervienne auprès d'elle malgré la culpabilité manifeste de sa sœur. Elle voulait fracasser quelque chose. Incapable de réfréner son agitation, elle s'échappa dans l'église.

Là-bas, tout était silencieux, et imprégné d'une odeur de fumée. Mis à part un seul poteau d'échafaudage brûlé, nulle trace de l'incendie. L'ordre avait été rétabli. Les choses se trouvaient telles qu'elles étaient quand elle avait cessé de peindre la veille. Elle leva les yeux. Au-dessus de l'échafaudage, elle distingua le plafond et ses anges peints. Ils étaient sereins, regardaient en bas avec sang-froid ; impassibles face au drame de la veille. Mildred se mit à pleurer : d'abord des larmes de colère, puis rapidement des larmes de soulagement.

Avec elles vint une résolution, une clarté qui lui avait échappé pendant la nuit. Quand l'ordre naturel est enfreint et qu'un enfant meurt, c'est la confirmation qu'il n'y a pas d'ordre dans le monde. La justice ne peut être ni présumée ni attendue. Quelle logique alors de punir les méfaits commis ? Est-ce que les uns s'accompagnaient inévitablement de l'autre ? Elle dit une prière et marcha lentement jusqu'au presbytère.

William se trouvait dans le petit salon. Mildred lui prit la main.

– Mon chéri, Rose m'a parlé ce matin. Elle dit que Mary a avoué avoir mis le feu. Rose dit que sa sœur ne s'est jamais remise de la mort de Martha et, dans une certaine mesure, elle me tient pour responsable. Bien sûr, c'est absurde, je sais, mais Mary est déprimée et malheureuse, selon Rose, depuis la naissance de son dernier bébé. Son époux Seth est rarement auprès d'elle, juste assez longtemps pour la féconder. Donc elle est désespérée et ne reçoit qu'une petite aide de son époux. William, j'ai bien réfléchi. J'ai prié Dieu et je veux que tu m'écoutes. Je ne désire pas que cet épisode aille plus loin. Je ne vais pas exposer cette femme au coup de la loi. Ce dont Mary a besoin c'est d'un médecin, pas d'une incarcération.

– Comment ? explosa William. Tu suggères que nous ne donnions pas de châtiment, que nous ne la punissions pas ?

– Elle est suffisamment punie comme cela. La femme est à moitié folle de chagrin. Elle me tient pour responsable de la mort de Martha. Nous connaissons tous les deux cela… Le désir de faire porter la faute sur quelqu'un. Que gagnerions-nous à la soumettre à la loi ? L'église en a vu d'autres. Personne n'est blessé.

– Tu aurais pu être blessée, Millie, ta vie a été en danger !

– Si Mary est punie, cela n'apportera rien à personne. Mais cela nuira à ses enfants sans aucun doute. Nous devons nous montrer miséricordieux, William.

William secoua la tête. Elle poursuivit :

– Nous ne pouvons envisager de gâcher tout ce que nous avons fait dans la paroisse et dans l'église en prenant des mesures contre Mary Fake. Ce n'est pas ce que nous voulons, William. Nous voulons créer l'harmonie à Huntingfield, pas la division. Mettons-nous d'accord pour *aider* Mary, pas pour lui nuire. Et continuons ce que nous avons entrepris.

***

Le plafond du chœur est terminé. Là où autrefois des chevrons en bois simple formaient des voûtes au-dessus de la tête des mortels, à présent des anges peints couronnés d'or recouvrent un ciel d'un bleu azur rempli d'étoiles. Des bordures ornées de motifs et de couleurs font danser les yeux et s'envoler l'esprit. Un sentiment de gloire et de prestige domine. Dans une semaine, le premier office en six mois aura lieu à St Mary.

Bien que Mildred soit habillée pour le travail, elle n'emprunte pas le chemin familier à travers l'enclos paroissial, qui passe devant les stèles effondrées, et elle n'entre pas dans l'église. Le soleil, chaud aujourd'hui pour la première fois de l'année, brille sur les champs marron, titillant les plantes endormies pour qu'elles lui fassent confiance sur la venue du printemps. Elle se tient à la fenêtre de sa chambre, guettant les bruits d'une carriole qui remonterait le sentier. Car aujourd'hui Mr Spall de Norwich est attendu.

C'est une vision extraordinaire. Remontant la longue allée du presbytère depuis le sentier, deux charrettes remplies d'anges sculptés en bois. L'envergure immense de leurs ailes rend impossible tout rangement méthodique des personnages. Un ange s'étend dans une pose maladroite sur un autre, tous deux recouverts par les ailes d'un troisième. Les expressions béates des passagers demeurent intactes. Aucun n'exprime l'indignité de sa position. L'attelage de chevaux s'efforce de tirer son lourd chargement angélique.

Mildred se précipite au-dehors et caquète comme une poule anxieuse lorsque chaque statue est hissée puis posée par terre. Elle a du travail, car chaque ange doit être décoré. Ils sont étendus sur l'herbe en un défilé céleste. On lisse la colle sur la surface veinée de leur corps. Avec un soin étudié, on exhume des livres de feuilles d'or hors de lourdes poches en cuir, dans lesquelles ils ont voyagé depuis Londres. Ces pages scintillantes ne révèlent aucune histoire, mais des mouvements magiques sur leurs surfaces réfléchissantes. Une douce brise pourrait arracher les feuilles brillantes à des doigts mal assurés. Elles sont si délicates et si fines. Seule la chaleur de la main de Mildred fait se lever la feuille d'or comme un tapis volant. Elle aplatit la feuille de force sur la surface collante d'une aile sculptée, une boucle de cheveux ou le créneau d'une couronne. D'une caresse, la feuille est forcée d'adhérer. Avec un pinceau et un chiffon, Mildred polit ensuite chaque feuille jusqu'à ce qu'elle scintille. Tel un alchimiste, elle transforme le bois en or.

Maintenant ses anges sont prêts. Les treuils sont en position sécurisée. Mildred dit au revoir à chaque figure chérie, qui s'envole comme un oiseau doré pour trouver refuge à l'extrémité d'une poutre. De là, elle reposera, sereine, et inspectera tous ceux qui les vénéreront en dessous.

Chapitre 22

1860, le dimanche

La plupart des villageois se trouvaient dans le bois ce matin-là, vêtus de leurs habits du dimanche. En marron, gris et noir, ils se fondaient dans l'environnement ; c'était comme si les arbres bougeaient. La foule silencieuse avançait, focalisée sur sa destination. Très peu de conversations, seulement des murmures étranges ou de simples mots de politesse, le sifflement d'une petite branche pleine de sève, le bruissement d'une feuille sèche frôlée par une jambe ou une jupe, les chuchotis d'enfants. Même les oiseaux restaient silencieux.

William se tenait devant la porte ouverte de l'église, souriant à ses paroissiens qui entraient à flots par le portail, faisant un signe à ceux qu'il connaissait bien comme à ceux qu'il reconnaissait à peine. Tous venaient (pour le premier office à être célébré en plus de six mois), intrigués par ce que disait la rumeur, pour voir ce que la maîtresse du presbytère avait fait à leur église et au plafond. Les gens pénétraient dans le bâtiment, puis levaient immédiatement les yeux. La plupart eurent le souffle coupé en apercevant pour la première fois le kaléidoscope de couleurs qui se déployait sur le plafond.

Ils descendaient prestement les marches du chœur, le visage levé, n'osant pas aller plus loin. C'était l'endroit où les familles aisées s'asseyaient et d'où le pasteur s'adressait à eux pendant le service. Ils se regroupaient dans l'allée, tandis que d'autres personnes encore arrivaient, s'accumulant et butant contre ceux qui s'étaient arrêtés à mi-chemin pour contempler les fresques. Des anges tenaient des emblèmes de la Passion du Christ : la croix, la couronne d'épines, le marteau et les clous. Deux pélicans donnaient des coups de bec sur leur poitrine blanche, nourrissant leurs petits avec le sang qui s'en écoulait. Des caractères gothiques dessinés sur des parchemins de versets bibliques, sur des boucliers et des étendards. Et souriant depuis les chevrons, des anges auréolés de dorures.

L'entrée devint embouteillée. Les gens se serraient au niveau de la porte tendant le cou par-dessus l'épaule du voisin pour voir ce qui causait l'engorgement. Un murmure gronda jusqu'à devenir inquiétant. Puis quelqu'un lança : « Laissez-nous entrer », et une marée humaine s'ensuivit. Les gens entrèrent à flots par la porte. Un vieil homme trébucha et tomba. Il resta sur les genoux, contemplant la scène au-dessus de lui, bouche bée.

– Faites attention, restez calme ! cria William.

À présent les gens se hissaient sur les bancs ou soulevaient les enfants pour qu'ils voient par-dessus la tête d'un voisin. Chuchotant entre eux, montrant du doigt et faisant des gestes, ceux qui savaient lire déchiffraient les Saintes Écritures pour ceux qui en étaient incapables.

Personne ne remarqua Mildred, au fond de l'église. Dans l'obscurité, sous la fenêtre ouest, elle faisait les cent pas. Elle avait ôté un gant, mâchouillait ses ongles, vigilante, tentant de deviner le verdict de la foule. Que pensaient les villageois ? Que disaient-ils ? L'incertitude la rendait grotesque. Seraient-ils fâchés de ce qu'elle avait fait à leur petite église ?

Puis, sortant de la bousculade, Ann fit son apparition. Elle marchait au-devant d'elle, bras tendus en un geste chaleureux comme si toutes deux s'étaient vues la semaine précédente à peine. Vêtue d'un manteau rayé rose et d'un bonnet à ruban, Ann lui adressa un large sourire. Pas l'ombre d'une dispute ne vint ternir son visage :

– Mildred, ma chère, c'est magnifique, l'église est sensationnelle. Tu m'as émerveillée. Je t'ai apporté ceci. Regarde ce que tu as accompli !

– Ann ? C'est si bon de te voir ici. Je ne m'attendais pas… Merci d'être venue, oui. Les violettes sont pour moi ? Oh merci. Comment vont les enfants, et Richard ?

Une étreinte chaleureuse peut faire fondre la plus raide des postures.

– Mildred, nous sommes tous là, la famille au complet. Nous ne pouvions manquer la réouverture de l'église. Cela fait combien de temps ? Une éternité, pratiquement une année et…

Edward surgit des ombres et s'interposa entre elles :

– Vous devez vous asseoir, Mildred. Venez par ici. La prenant par l'épaule, il la guida vers un siège au fond de l'église. Il sortit un mouchoir et avec un mouvement de poignet, que Mildred trouva exagéré, il astiqua le siège qu'il lui destinait.

Elle huma le bouquet de minuscules fleurs violettes :

– Joins-toi à moi, veux-tu, Ann ? C'est bon de te voir ici. Tu as l'air en forme.

Mildred, quant à elle, était raide d'inquiétude.

– Merci, ma chère, nous allons tous bien. C'est merveilleux, Mildred, véritablement éblouissant ! murmura Ann.

Petit à petit, les gens trouvaient des places ou se serraient sur les côtés de l'église. William attendit sur les marches du chœur que tout le monde s'installe. Puis sa voix sonore retentit et l'office commença. Les rituels de la prière, la lecture et le sermon étaient apaisants et la respiration de Mildred se calma au fur et à mesure. Une vague d'épuisement la submergea. Les membres lourds, gagnée par le sommeil, elle réprima un bâillement. Reconnaissante à un cantique entraînant, elle lança un bref regard à Ann. La femme chantait avec enthousiasme, la tête en arrière, la bouche grande ouverte. Pourquoi était-elle venue ? Et qu'en était-il de leur querelle ? Edward était assis en face d'elle. Il suivait la feuille de messe, ses lèvres bougeaient à peine. Il parut sentir ses yeux sur lui et se retourna. Les coins de sa bouche tressaillirent.

Elle détourna le regard. Elle n'osa pas relever les yeux jusqu'à ce que la congrégation entame le dernier cantique. Au plafond se trouvait l'endroit où elle s'était tenue pendant de si nombreux mois, sombres et froids.

***

– Raconte-moi encore de quoi ça a l'air, insista Judy avec autorité. Cale mes oreillers, veux-tu bien, et raconte-moi encore.

C'était la troisième fois que Rose décrivait les rénovations de l'église. Elle avait fait de son mieux pour faire un compte rendu détaillé, mais cela ne suffisait pas à Judy. On aurait dit que la femme n'acceptait pas que tant de choses se soient déroulées sans son intervention.

– De nouveaux sièges, dis-tu ? En quoi sont-ils faits ? Qu'y a-t-il au plafond ?

– Des images d'anges. John me les a expliquées, ce qu'elles veulent dire, toutes, expliqua Rose. Il y a une croix, le marteau et les clous, et les anges de l'histoire de la crucifixion. Et un oiseau, un grand oiseau blanc qui nourrit ses petits avec son sang, beurk. Des mots sur des parchemins aussi, mais je n'arrive pas à me souvenir de ce qu'ils disent, des mots de la Bible, je pense. Et la couleur, des couleurs vives de partout, toutes magnifiques, et des bordures en haut des murs, tout autour, décorées partout. Et à certains endroits, de l'or véritable. Au début, j'étais sous le choc. C'était si différent, pas du tout ce à quoi nous étions habitués.

Judy questionna :

– Comment a-t-elle pu le faire ? Comment a-t-elle su *peindre* comme ça ? C'est un bâtiment très haut, dangereux, pour une faible femme.

– Et des statues, aussi, suspendues aux poutres, des anges, les yeux baissés, avec leurs grandes ailes comme s'ils allaient s'envoler. John dit qu'ils se trouvaient peut-être dans l'église autrefois.

Ce sentiment de pouvoir, du fait de savoir des choses que Judy ignorait, était délicieux. Il donnait presque de l'assurance à Rose :

– Je vous ai dit ce que j'ai vu, Judy, et j'ai fait de mon mieux et ça ne vaut pas la peine de me demander encore, car je vous répéterai la même chose.

Rose se réfugia près de la fenêtre, lui tournant à moitié le dos. Les deux femmes gardèrent le silence.

Puis Judy se plaignit :

– Eh bien, je trouve ça terrible, de changer notre église comme ça. Qui lui a donné le droit de le faire, j'aimerais bien savoir ? C'était mieux quand elle était toute simple.

– Vous ne l'avez pas vue, Judy. Si vous vouliez bien venir la voir de vos propres yeux, je vous pousserai là-bas dans une des chaises de John avec des roues. Je suis sûre que j'y arriverais. Vous l'aimeriez peut-être.

– Ça j'en doute beaucoup ! répondit Judy d'un ton sec. Il n'y a aucune chance que je quitte ce lit pour aller voir comment cette femme a abîmé notre église !

Des éclats de voix et des rires s'échappèrent d'une calèche qui passait devant le cottage des Scott en émettant un bruit de ferraille.

– De futurs visiteurs pour l'église, je suppose.

Judy se radossa contre son oreiller avec brusquerie. Ça cause un sacré raffut, tous ces chariots qui traversent le village, les gens qui viennent ici, qui dérangent notre tranquillité.

– Ben, ça rapporte de l'argent au village, répliqua mollement Rose. À la boutique, au bureau de poste, même le tailleur dit qu'il fait plus d'affaires. Les gens veulent du thé, des rafraîchissements, des cadeaux, des babioles. Ils vont prendre le thé à la taverne et Mrs Lambert va même proposer le gîte et le couvert, comme ça si des gens veulent rester…

– Rester ? Chez elle ? Je n'ai jamais entendu une chose aussi ridicule. Un cottage avec couchage ?

Judy arrangea le couvre-lit en criant presque :

– Qu'est-ce que cette Holland a fait à notre village ?

Ned entra précipitamment dans la chambre, ses cheveux blancs virevoltant, tandis qu'il boitillait vers le lit de son épouse :

– Calme-toi, mon amour. Ce n'est pas bon pour toi de te fâcher. Il lissa le dessus-de-lit et se mit à retaper les oreillers.

– Je vais parfaitement bien, laisse-moi, Ned ! siffla-t-elle en le repoussant avec colère. As-tu entendu cette nouvelle ridicule ? Des gens vont peut-être rester chez les Lambert pour visiter l'église, toute repeinte comme une attraction de foire !

– Les gens disent que c'est bon pour le village, ajouta Rose avec fermeté.

– Les gens disent un paquet d'idioties, rétorqua Judy.

***

Chapitre 23

1860, trois jours plus tard

On apporta un billet au presbytère. Mildred reconnut immédiatement l'écriture d'Ann. Mais l'enveloppe resta plusieurs heures sur la table du vestibule, avant que Mildred ne la ramasse. Quelque chose la retenait, la fierté peut-être : en l'ouvrant, elle admettait être d'accord pour qu'elles soient de nouveau amies. Une part d'elle-même mourait d'envie de la lire, mais une autre demeurait offensée. Blessée qu'Ann l'ait abandonnée avec une telle insouciance, en apparence.

Malgré ces tergiversations, deux jours plus tard, elle conduisit elle-même jusqu'à la résidence des Owen. En traversant le village, elle remarqua plusieurs carrioles devant la taverne et un groupe de personnes élégamment vêtues s'affairaient autour de l'aîné des Lambert. Thomas lui avait raconté que les villageois proposaient des visites de l'église.

Un oiseau qui gazouillait s'envola d'une haie et fit sursauter Mildred et son cheval. Était-il nerveux lui aussi ? Elle fit courir sa main sur l'étoffe de sa nouvelle veste et rentra son foulard en dentelle dans son col. Elle devait être à son avantage pour cette visite.

Ann l'accueillit à la porte. C'était étrangement familier : le baiser sur la joue, le passage devant la chambre des enfants, un signe aux plus grandes, qui interrompirent leur leçon pour la serrer dans leurs bras. Ann attendit patiemment, tandis que Mildred embrassait Helen puis rendait le bébé de deux ans, tout potelé, à la bonne d'enfants. Aucune d'elles n'ouvrit la bouche, pendant qu'elles traversaient la pelouse et entraient dans la cabane de jardin. Ann referma la porte et fit signe à Mildred de s'asseoir.

– Je te dois une explication et j'espère que tu auras la capacité de me pardonner.

Ann faisait preuve de calme, mais ses joues pâles d'ordinaire étaient colorées, et trahissaient son agitation.

– J'ai appris pour l'incendie, poursuivit-elle. William l'a raconté à Richard après l'office, un dimanche. Terrifiant. J'ai su à ce moment-là que je ne pourrais taire mon secret plus longtemps.

Mildred s'essuya le front. Sa veste était trop épaisse pour le temps clément. Elle retira son foulard et ses gants.

– Je dois te raconter ce que j'ai fait. J'espère que tu me pardonneras.

Ann était tourmentée. Elle alla à la fenêtre d'un pas rapide. Mildred aperçut des éclats jaunes derrière elle : les canaris voletaient dans leur cage.

Ann déclara avec solennité :

– C'est moi qui ai laissé ces signes idiots à l'église.

Mildred la fixa d'un regard incrédule. Ann poursuivit :

– J'essayais de te dissuader de peindre le plafond. Je sais que c'était mal de ma part, mais j'étais en colère…

– C'était *toi* ?

Mildred secoua la tête.

– Toi qui as laissé cette bouteille affreuse remplie de clous, cet enchevêtrement bizarre de plumes et d'os ?

– Oui.

Ann acquiesça, l'air grave.

– Pour te mettre en garde.

– Me mettre en garde… contre quoi ? Qu'essayais-tu de m'empêcher de faire ?

– Je n'ai pas mis le feu, malgré tout. C'était quelqu'un d'autre. Je n'aurais jamais fait cela ! Prendre le risque de détruire, oh non, je voulais seulement te faire peur. Tu vois, je croyais que ce que tu faisais était trop dangereux.

– Dangereux. Que veux-tu dire ? Que j'aurais pu tomber ?

Mildred rougit de colère.

– Non pas ce genre de danger.

– Cela ne tient pas debout, Ann. Que veux-tu dire ?

Ann s'assit, l'air dévasté :

– Il y a quelque chose dont je ne t'ai jamais parlé. Sur mon passé.

Sa voix était pratiquement inaudible. Mildred se pencha en avant pour saisir les mots de son amie.

– Parce que j'en ai honte. J'aurais préféré que tu ne l'apprennes jamais. Mais je dois te le dire, et je prie pour que tu comprennes pourquoi j'ai fait ce que j'ai fait.

Une goutte de transpiration roula le long de la tempe de Mildred.

Ann continua :

– Quand j'étais plus jeune, j'ai eu un fils. Je n'étais pas mariée à Richard à cette époque-là. Je… je n'étais pas mariée du tout. J'habitais dans le Sussex. Je vivais dans le Sussex avec un peintre… dont j'étais la maîtresse.

Elle leva brièvement les yeux vers Mildred.

– Je vivais là-bas, je travaillais, sur mes vitraux. J'ai reçu plusieurs commandes, certaines bonnes. J'adorais ma vie et j'étais heureuse. Ma famille ignorait tout de ma situation, bien entendu. Elle pensait que je logeais chez une famille respectable. Mais je suis tombée enceinte et mon amant et... il ne voulait pas... il m'a abandonnée.

Ann laissa tomber sa tête :

– Quand je leur ai raconté, mes parents ont menacé de me renier. Ils ne pouvaient accepter ce qui était arrivé... Ils allaient rompre tout lien avec moi ! J'avais déjà rencontré Richard par l'intermédiaire d'une autre famille du village où j'habitais avec mon... peintre. Richard était leur fils. Il était revenu exercer en tant qu'avocat. Ses parents n'approuvèrent pas, mais Richard était amoureux de moi, il l'était depuis un certain temps. Il connaissait ma situation. Il a parlé à ma famille et a proposé de m'épouser, à condition que j'abandonne l'enfant. Mes parents étaient si reconnaissants, soulagés que le scandale reste secret. Ils payèrent pour que j'aille dans un couvent où j'ai pu aller au bout de ma grossesse, avoir mon bébé. J'ai accouché là-bas d'un magnifique petit garçon, un ange. Quelques jours après sa naissance, on a pris des dispositions pour qu'il me soit enlevé...

Des larmes voilèrent les yeux d'Ann.

Mildred se sentit nauséeuse : la peur ou le choc, elle n'aurait su dire. Elle tendit la main vers son amie :

– Oh Ann, je suis tellement désolée. C'est tragique. De perdre un bébé. Pauvre chérie. Tu as dû subir une pression insoutenable, une mère célibataire.

Elle essuya sa lèvre supérieure et demanda avec douceur :

– Sais-tu où se trouve ton fils aujourd'hui ?

– Je ne sais pas où il est ni même s'il est encore vivant. Je l'ai appelé Remi. C'est un jeune homme aujourd'hui, de presque seize ans. J'adorerais le voir !

L'espace de quelques minutes, aucune ne dit mot. Puis Mildred s'enquit :

– Pourquoi ne pouvais-tu pas prendre la commande pour la fenêtre de St Mary ? Je ne comprends toujours pas.

– Oui, ce n'est pas tout.

La voix d'Ann demeurait impassible.

– L'autre condition émise par Richard fut que je mette un terme à ma vie d'artiste. Il pense que ce genre d'existence peut corrompre ceux qui sont faibles moralement : des femmes comme moi, des femmes vulnérables. C'est pourquoi je ne pouvais prendre la commande que tu me proposais. J'ai convenu avec lui que je ne travaillerais jamais plus. Tu comprends ? Bien sûr, je voulais le faire... Mais je lui ai donné ma parole.

Mildred était atterrée. Richard la soupçonnait-il elle, Mildred, d'être de piètre moralité, parce qu'elle avait peint le plafond de l'église ?

– Je trouve cela incroyablement difficile à comprendre, lâcha-t-elle avec autant de diplomatie que possible. Pense-t-il que l'art corrompt les femmes ou *vice versa* ?

– Cela faisait partie de son marché, poursuivit Ann. Je n'avais d'autre choix que d'accepter. Mais Richard a observé William faire face à tes doléances, il a vu ce que ton époux éprouve face à ton travail et ce que tu as accompli. Il sait que William est fier de toi et te soutient. Je crois que Richard commence à voir les choses différemment, au moins en ce qui concerne les autres femmes. Mais je savais qu'il ne serait pas content que j'accepte ce travail. Je connais mon mari.

– Mais pourquoi ces signes idiots ?

Mildred était encore agacée et sidérée par ce qu'Ann avait avoué.

– C'était stupide de ma part, je le sais, Mildred. Mais j'étais jalouse. Pourquoi pouvais-tu travailler et moi non ? Cela me paraissait injuste.

Du bout du pied, Ann ouvrit la porte de la cabane. Une petite brise s'infiltra à l'intérieur, de même que le chant des canaris. Comme c'était paradoxal, songea Mildred. Ann ne pouvait travailler parce qu'elle avait eu un bébé, tandis que Mildred savait que, si elle était tombée enceinte, sa passion pour la peinture ne serait jamais devenue l'obsession d'aujourd'hui.

– J'avais peur pour toi, aussi.

Ann baissa la voix jusqu'à ce qu'elle ne devienne qu'un murmure.

– Quand j'ai vu ce qu'Edward Blackburne ressentait pour toi, j'ai voulu y mettre un terme. Je ne lui faisais pas confiance. Je craignais qu'il ne te détourne du droit chemin… comme cela s'était passé pour moi.

Mildred eut un rire triste :

– Alors tu as laissé ces objets en pensant qu'ils m'effraieraient ? Tu croyais sincèrement que cette sorcellerie à la noix allait m'impressionner ?

– Tu as trop de bon sens, je le sais, répliqua Ann avec tristesse.

Elle continua de parler tout en se déplaçant dans la pièce, elle ramassa un châle abandonné sur une chaise.

– Je suppose que je me suis laissée emporter, en ressassant la situation toute seule. Je voulais t'arrêter, Mildred. Je me suis souvenue que tu avais dit que certains villageois te prenaient pour une sorcière. Ces amulettes, ça m'a paru le genre de choses qu'ils pourraient faire. Et tu ne m'aurais jamais soupçonnée.

Ann sortit et drapa le châle sur la cage des canaris. Leur chant cessa presque aussitôt. Debout dans l'encadrement de la porte, elle continua :

– Je suis désolée, Mildred. Je t'ai trahie. Peux-tu me pardonner ? C'était une bonne chose de peindre le plafond. J'en ai eu la preuve en le voyant dimanche. L'église est magnifique. Que puis-je dire ? J'étais bouleversée, tout comme Richard. J'étais si heureuse de ne pas avoir réussi à t'arrêter !

***

Chapitre 24

1860, plus tard ce même jour

– C'est un être complexe. Lorsque j'ai rencontré Ann, elle m'a paru délicieusement franche. Plus intéressante que les autres femmes de cette région, oui, je n'avais aucune idée qu'elle avait une histoire si triste et si difficile. Quant à son passé périlleux, eh bien ce fut un choc !

Par-dessus son verre, William jeta un regard interrogateur à sa femme. Ils dînaient : ils venaient de terminer la soupe et mangeaient la fricassée de poulet que Rose avait servie.

– Des légumes, Millie ? Je vois que ces révélations te fascinent au plus haut point. Je pourrais réprimander ma femme pour sa curiosité.

Il lui versa un autre verre de vin.

– Mais je lui recommanderais plutôt d'être une bonne amie. Ann t'a mise dans la confidence. Ce doit être un grand soulagement que quelqu'un connaisse son passé. C'est une histoire très triste. Comme nous ne les connaissons que trop bien, le Seigneur nous met à l'épreuve de nombreuses façons. Nous devons nous montrer reconnaissants qu'Ann ait été sauvée de sa situation délicate par Richard et qu'elle mène à présent une vie chrétienne modeste et ordinaire.

La réaction de William ne surprit pas Mildred. Il pardonnait toujours et jugeait rarement. Il laissait *cela* à Dieu, disait-il. C'était la même chose avec Mary Fake. Il avait accepté d'abandonner toutes représailles ou punition. Mildred supposait que c'est ce qui faisait de lui un bon prêtre.

– Et Ann ne sait pas si son enfant est vivant ou mort. Ce doit être très difficile, ajouta-t-elle.

– Nous prierons pour Ann et tous ses enfants. Et demandons à Dieu que nous et ceux que nous aimons ne soient pas tentés de dévier du droit chemin.

William tamponna sa bouche avec sa serviette.

– Nous devons féliciter la cuisinière pour ce plat. Peut-être est-ce un mets à servir au déjeuner de dimanche ? C'est une très bonne nouvelle qu'Ann et toi soyez de nouveau amies. Je suis si content.

– Tout comme moi, William. Elle m'a beaucoup manqué.

Mildred savait à quel point c'était vrai.

– Apprendre à connaître Ann a été un processus étrange et douloureux, mais je pense que je la saisirai mieux à présent.

– Les Owen viendront-ils à l'office ? demanda William.

L'évêque avait accepté de présider l'office du dimanche à St Mary et de dire des prières de remerciements pour l'église nouvellement rouverte. Les dignitaires locaux et le clergé du diocèse avaient été invités à déjeuner au presbytère. William espérait que Mildred apprécierait les louanges que tous les invités n'allaient pas manquer d'exprimer. Mais il savait que son état d'esprit se révélait inconstant. L'énergie et la passion qui l'avaient endurcie pendant les heures glaciales passées à peindre s'étaient dissipées comme la brume, maintenant que le travail était terminé, la laissant abattue et épuisée. Il la voyait douter de chaque compliment, écouter les remarques des gens et entendre des critiques là où il n'y en avait pas. Dieu merci, l'évêque était d'un grand soutien. Ses prières aideraient certainement. Elle avait besoin de repos. Il devait emmener son épouse en vacances.

***

L'anxiété réveilla William très tôt le lendemain matin. Il sentit aussitôt que son épouse ne se trouvait pas à côté de lui dans le lit. Après s'être excusé auprès de Dieu de manquer à ses prières, il s'habilla à la hâte. Il était trop tôt, même pour les domestiques qui n'étaient pas levés. Imaginant qu'elle avait pu aller à l'église, William traversa rapidement le cimetière détrempé. Le ciel était bas. La lampe rougeoyait sous son parapluie. Dès que la porte s'ouvrit, il sut que l'église était vide, vide tout au moins d'âmes qui vivent, même si elle était peuplée d'images colorées et d'anges dorés qu'il distinguait à peine au-dessus de lui. Il ne s'était pas retrouvé seul dans l'église depuis que Mildred avait terminé son travail. Après s'être débarrassé du maximum d'eau qu'il put, il remonta jusqu'au chœur et s'agenouilla.

William réfléchissait toujours mieux à genoux. Il se souvint des doutes qu'il avait nourris pendant qu'il la regardait enfiler chaque jour son pantalon et son chapeau étranges. Il avait géré ces appréhensions de la même manière qu'il livrait ses batailles avec le doute spirituel. Il y a longtemps de cela il avait accepté l'idée qu'une vie chrétienne victorieuse ne consistait pas à répondre à ces questions, mais à apprendre à vivre avec elles. Il avait abandonné l'approche selon laquelle les preuves constituaient le fondement essentiel de la foi. Il plaçait sa confiance en la prière et en le travail paroissial pour empêcher les dilemmes de devenir des doutes destructeurs. Cela n'avait pas été facile, néanmoins, de gérer le scepticisme de certaines personnes, Sydney Pegler par exemple.

– Un projet loufoque que Mildred peignant l'église, ne penses-tu pas William ? déclara Sydney un soir au dîner, à Darsham. Soyons honnêtes, William, ce n'est pas un travail pour une femme, n'est-ce pas ? Tu en as épousé une qui a du cran et je vois bien qu'elle est déterminée. Mais pensons-nous réellement qu'elle y parviendra ?

William avait défendu sa femme avec loyauté, alors qu'en secret, il se demandait si Sydney n'avait pas raison. D'autres lui avaient fait part de leurs inquiétudes avec plus d'énergie et il lui avait fallu une certaine dose de bravade pour gérer leur hostilité. Au tréfonds de lui-même, William s'était demandé si Mildred serait capable d'y arriver. Comme ils s'étaient tous trompés. Au-dessus de lui se trouvait la preuve de son triomphe. Lorsqu'il se remit sur ses pieds, il ressentit davantage qu'un pincement de culpabilité mêlé à sa fierté.

La lumière de l'aube glissa par la fenêtre est. William sortit de l'église. Le vent fouetta les fleurs encore accrochées aux arbres. Elles se dispersèrent comme des flocons de neige. Lui revint alors à l'esprit une magnifique balade dans la neige faite à Berne en compagnie de Mildred. Ainsi que le délicieux chocolat qu'ils avaient bu ensuite dans un minuscule café, et le visage de son épouse coloré par le bonheur et la chaleur. Il se précipita aux écuries. Comme il s'y attendait, elle était dans l'atelier, lovée dans une couverture sur le canapé. Le visage dissimulé par ses cheveux ébouriffés. Le poêle était éteint. Des rafales de pluie crépitaient contre les fenêtres, évoquant des claquements de dents.

– Millie, qu'est-ce que tu fais ici ?

Il s'agenouilla, repoussa les cheveux de ses yeux et lui caressa la joue.

Elle leva péniblement le regard.

– Je ne pouvais pas dormir, William. Je me suis réveillée tôt et je ne voulais pas te déranger et… Je réfléchissais.

Il reconnut une expression dont il avait appris à se méfier. Celle qu'il connaissait depuis le jour où elle avait voulu grimper pour voir les anges dans l'église de Southwold. Ses yeux brillaient trop, sa respiration était trop irrégulière, superficielle.

– Nous devons faire plus, William. Nous devons étendre la décoration à l'église entière. Tu as vu ceci ?

Elle s'appuya pour s'asseoir.

– C'est le nouveau catalogue de la société William Morris. Il y a quelques motifs éblouissants. Regarde cela ! Cela conviendrait à un tapis dans…

Elle feuilletait les pages avec rapidité.

– Mais nous avons fait ce que nous projetions de faire, Millie, et c'est éblouissant !

– Nous ne pouvons pas nous arrêter là. C'est inachevé.

– Que veux-tu dire par inachevé ? Qu'est-ce qui doit être fait encore ?

– La nef. Je dois terminer le plafond, pas juste la moitié. Ce n'est pas bien qu'une partie seulement soit peinte.

Elle était agitée. Comme d'autres fois auparavant. Il secoua la tête.

– Mais cela prendrait une éternité, tu le sais, des années !

– Je sais, je sais, mais je sens… Je sens que je dois le faire. J'ai quelques idées.

Elle bondit comme si, à présent, elle débordait d'énergie. Elle ramassa des rouleaux de papier recouverts de dessins et de croquis, et les déroula triomphalement au sol.

– Viens voir, mon chéri. Pour le plafond de la nef, j'ai préparé ces motifs. Qu'en penses-tu ?

Ses yeux étaient rivés à son visage, agités, inquisiteurs, le regardant, mais sans vraiment se connecter à lui. Elle était ailleurs, dans son imagination, et se projetait sur son échafaudage, soupçonnait-il. Mildred tira sur sa manche :

– Ne vois-tu pas, William ? Je serai mieux préparée cette fois, et tout le monde aimera.

Elle murmurait, se parlant davantage à elle-même qu'à lui. John sera plus rapide et je sais comment appliquer la peinture.

– Je travaillerai par plages courtes et intensives, ainsi cela ne sera pas aussi fatigant et ensuite ils verront…

Elle se retourna pour examiner ses études, les déplaça. Il était furieux. Il voulait la saisir par les épaules et la secouer ! Elle se rendrait malade si elle peignait le plafond entier. Et il ne serait plus possible de réaliser un office là-bas des années durant : où les villageois allaient-ils pratiquer ? Elle avait fait un travail merveilleux, cela ne faisait aucun doute, mais cela suffisait bien !

Partout dans la pièce gisaient les preuves éparses de sa préparation. Des papiers, des rouleaux, des échantillons, des pinceaux, des livres, des stylos, des peintures, des dessins, des épingles, des marteaux. Tout un attirail dans lequel elle fouillait avec excitation. Elle se percha sur un tabouret, abattue. Elle était si entêtée. Il savait au fond de lui que quand elle voulait quelque chose par-dessus tout, elle finissait par le convaincre. Il savait qu'elle n'en ferait qu'à sa tête. Ce qui le rendait furieux c'est qu'elle le savait aussi.

– Ne pouvons-nous pas continuer ainsi pour le moment, Mildred ? Ma chérie, l'évêque va descendre déjeuner sous peu. Tu sais qu'il fera l'office aujourd'hui. Retournons à la maison et occupons-nous de notre invité, de nos responsabilités !

Elle se figea en entendant cette phrase :

– Notre responsabilité ? Envers qui ? Tu remets cela en question ! N'ai-je pas une responsabilité envers moi-même aussi, mon époux ? La peinture. Elle me manque, William, elle me manque. Son odeur, sa vue, son contact lisse, brillant. Cela fait partie de moi, c'est sur moi, c'est en moi. N'as-tu pas encore pris conscience de cela ?

***

Chapitre 25

1860, quelques semaines plus tard

– Vous devez le persuader.

Edward s'exprimait avec une telle conviction qu'elle eut l'impression d'être plaquée contre le canapé. Il se tenait devant le feu, les contours de sa silhouette sombre dessinés par une lueur rouge. *Il occulte la lumière et la chaleur*, songea-t-elle.

– Vous avez accompli un travail exceptionnel. Mais il n'est pas terminé. Vous le savez.

Son regard était braqué sur elle.

– Vous êtes une femme remarquable et une artiste sérieuse.

– Je suis une peintre amateur, répliqua-t-elle.

– Mais une bonne, Mildred ! Vous devez convaincre William de payer pour la dernière étape. Vous ne pouvez pas laisser cela inachevé… à moitié terminé. Cela ne vous fait pas honneur.

– Il ne s'agit pas de moi.

– Des gens viennent de tout le pays pour admirer votre travail. Je l'ai vu, on en parle dans des revues… Des gens à Londres parlent de ce que nous avons fait !

– J'en ai discuté avec William.

Il paraissait se rapprocher imperceptiblement d'elle sans bouger les pieds.

– Et je serai là pour vous assister comme avant.

Elle sentait la chaleur dégagée par le corps de cet homme. Sa voix était mielleuse.

– Je serai ici pour vous conseiller, vous aider. Persuadez-le de la nécessité pécuniaire, puis nous… Vous pourrez poursuivre cette importante tâche.

Il plana au-dessus d'elle, la dominant. Ses yeux brillants l'épiaient sous des sourcils sombres. Ces lèvres qui glissaient sur des dents pendant qu'il parlait hypnotisaient Mildred. La main d'Edward avança dans sa direction. Elle sentit un doigt et un pouce lui encercler le poignet et la lente traction tandis qu'il baissait la main de Mildred pour l'éloigner de sa bouche.

– La femme au pinceau…

Soudain, elle reprit ses esprits. Se levant à la hâte, elle faillit lui rentrer dedans et se redressa.

– Cela suffit, Edward, siffla-t-elle. Cessez de faire pression sur moi. Je parlerai à William et *nous* déciderons ensemble si et quand continuer cette tâche !

Elle fit un brusque écart en passant devant lui et se dirigea vers la console. Maintenant, qu'elle s'était libérée de lui, elle eut froid et ressentit une émotion intense.

– Merci pour tout ce que vous avez fait pour nous. Nous vous sommes des plus reconnaissants. Mais nous n'avons plus besoin de vos services !

Elle fit tinter la clochette très fort.

– C'est dommage que vous ne puissiez rester pour le thé, Edward. Mais William comprendra que vous ayez dû reprendre la route. Ah, Rose. Peux-tu apporter le thé ? Mais pas pour Mr Blackburne. Il a décidé de partir sur-le-champ. Va chercher son manteau, veux-tu ?

***

Plus tard, ce jour-là, un ouvrier raconta à son épouse – qui le rapporta à Judy – qu'on avait vu la carriole de Mildred avancer à toute allure sur le chemin en direction de la mer. Plusieurs heures s'écoulèrent avant son retour, le cheval était blanc de sueur. Quelque chose avait perturbé la femme du pasteur, mais aucun espion de Judy ne put lui en donner la raison.

Mildred était folle de rage. Comment Edward osait-il suggérer qu'elle devait « convaincre » William de financer son travail, comme s'il était un pion dans un plan vaniteux qui encourageait sa vanité à elle ? Sa remarque à propos de l'église « dont on parlait à Londres » la rendait furieuse. Se figurait-il qu'elle s'était tenue sur ces planches froides et dures pour recueillir l'admiration ? Ses remarques entachaient sa création.

Elle avait échappé à Edward. Autrefois, il avait eu quelque influence sur elle, il est vrai, mais plus maintenant. Il n'était pas entièrement à blâmer. Elle avait eu besoin de lui et l'avait utilisé. Il avait libéré quelque chose en elle, une détermination sans entrave. Mais à présent, elle agirait seule. Car elle avait convaincu William qu'elle terminerait le reste du plafond de St Mary.

***

Trois hommes du village en permission, des marins sur le navire marchand amarré à Ipswich, développèrent les symptômes de cette maladie tellement redoutée : le choléra. Des vomissements, des nausées, des crampes d'estomac, et une diarrhée violente, à l'odeur de poisson : ces symptômes occasionnaient la terreur. La nouvelle se répandit rapidement dans la région (le choléra était à Huntingfield) et les gens des cottages et des fermes situés à la périphérie cessèrent de venir au village. Même le médecin refusa de faire ses visites, car que pouvait-il faire ? Le village en quarantaine était silencieux.

Aussitôt que Mildred eut vent de la nouvelle, elle emporta de la nourriture et des provisions pour les familles de ces hommes.

– Cela m'a donné l'occasion de voir ce qui se passait dans ces maisonnées-là, raconta-t-elle à William, plus tard ce même jour. C'était épouvantable. Les femmes utilisent le même seau pour se débarrasser du linge souillé et pour apporter l'eau potable à la famille. Personne ne se lave après avoir touché le malade. Ils n'ont aucune notion sur l'infection. Le choléra va se répandre !

Mildred et William croyaient en l'opinion du Dr John Snow. Il avait effectué une étude sur la pompe à eau du quartier de Soho et réuni des détails sur l'infection parmi ceux qui buvaient de l'eau à cette pompe. Sa théorie selon laquelle l'eau contaminée par les matières fécales provoquait la maladie gagnait progressivement en reconnaissance. Ses preuves, publiées dans une revue scientifique que le couple lisait, furent assez convaincantes pour persuader un conseil municipal de mettre la pompe hors d'usage en retirant sa poignée.

– Les villageois croient encore qu'il est causé par le « mauvais air » ou les miasmes. C'est ce qu'ils ont toujours pensé, répondit William avec résignation. Et il ne va pas être facile de les convaincre d'autre chose. Surtout si le médecin local est d'accord avec cela.

– Nous devons faire quelque chose, William, la maladie pourrait dévaster le village. Nous devons leur apprendre à faire bouillir l'eau, à se laver les mains, à jeter les vêtements souillés... Mais comment pouvons-nous leur faire entendre raison ?

William secoua la tête :

– Tu sais ce qu'ils diront : « C'est la dernière théorie à la mode à Londres. » Ils se méfient des choses qu'ils ne comprennent pas.

– J'ai essayé de parler à des femmes qui vivaient à proximité. J'ai frappé à leur porte, mais elles ont fait preuve de la méfiance habituelle. Elles étaient bien disposées à prendre la nourriture que je leur proposais, mais quand j'ai essayé de discuter d'eau claire, de savon, de vinaigre et ainsi de suite, elles m'ont tout simplement refermé la porte au nez. Certaines ont été polies, d'autres moins. C'est exaspérant.

Elle se tourna vers son époux.

– Il n'y a qu'une seule personne susceptible de nous aider : Judy Scott. Je vais devoir demander le soutien de cette... cette horrible femme.

William sourit.

– Ma courageuse épouse n'a certainement pas peur d'une vieille dame aux cheveux blancs vouée à garder le lit ?

Judy était assise bien droite dans son lit, son col blanc soigneusement attaché, les draps bordés très serrés, elle avait le teint frais. Elle prit un air aigri, lorsque Ned fit entrer Mildred dans la chambre à coucher.

– Bonjour, Mrs Holland, dit-elle les lèvres pincées.

Elle fit un geste pour proposer à Mildred de s'asseoir sur la chaise près du lit.

– Merci. Bonjour à vous. J'espère que vous allez bien ?

– Je continue de lutter, répliqua Judy.

– Le pasteur vous envoie ses respects. Je vais en venir au fait, Judy. Comme vous le savez, le choléra a frappé trois familles du village, et nous devons faire tout ce qui est possible pour l'empêcher de se répandre. J'ai besoin de votre aide, de votre soutien, pour sauver Huntingfield.

Imperceptiblement, Judy se redressa un peu :

– Je vous en prie, expliquez-vous.

– Je vous ai apporté cet article écrit par le Dr Snow de Londres. Il a une théorie à propos de la propagation du choléra. Qu'elle passe par l'eau contaminée, l'eau sale. Notre médecin local n'est pas d'accord, je le sais. D'après l'avis de Snow, et un conseil municipal est déjà passé à l'action à la lumière de son travail, des infections pourraient être empêchées, si l'on suit scrupuleusement de simples règles de propreté. Je dois convaincre les femmes du village de prendre ces mesures. Si vous, avec votre influence, vous me souteniez, nous pourrions sauver le village.

Un moment, Judy parut calme, puis elle devint soupçonneuse, lorsque Mildred lui tendit une feuille de papier.

– Puis-je vous laisser ceci ?

Judy l'accepta avec précaution.

Mildred vit que la femme était tiraillée entre son envie de perturber quelque chose dans lequel Mildred était impliquée et le respect que l'on montrait à son intelligence et à son influence.

– Il est venu à mes oreilles que vous aviez visité les familles des malades, déclara Judy avec froideur. Je suis d'accord pour lire l'article, ensuite je déciderai.

Mildred la remercia d'un signe de tête et s'apprêta à partir lorsque Judy poursuivit :

– J'ai cru comprendre que le plafond de l'église est splendide, Mrs Holland, et qu'il est bien apprécié par de nombreux visiteurs. Bien sûr, je ne l'ai pas vu moi-même. Mais si ce que certains disent est vrai, je dois vous féliciter pour votre travail.

Mildred fut interloquée. Elle se retourna. Était-ce une nouvelle facette de Judy ? Avait-elle décidé de se montrer amicale ?

– Merci, répondit Mildred avec chaleur. Peut-être un jour trouverons-nous un moyen de vous emmener jusqu'à l'église pour que vous puissiez la voir par vous-même.

Un instant de silence s'ensuivit. Sur le visage rose et blanc de Judy, pratiquement sans rides, perçaient deux yeux durs.

– Mais j'ai entendu qu'une seule partie est faite, dit-elle, là où la famille Huntingfield a ses places… le « banc », je crois qu'ils appellent cela ? La partie où les bonnes familles s'asseyent, pas les gens ordinaires. Est-ce exact, Mrs Holland ? Pourtant, je comprends d'après les Écritures, si je ne me trompe pas, que Dieu nous aime tous pareillement. Alors pourquoi le plafond n'a-t-il pas été fait pour les gens comme nous ?

***

Le mot se répandit à travers le village : les conseils de Mrs Holland devaient être suivis. Durant les jours suivants, quand Mildred visitait les maisons des malades ainsi que d'autres habitations à Huntingfield, elle découvrit que ses instructions avaient été acceptées de mauvaise grâce. Les femmes suivirent ses indications sur la manière de faire bouillir l'eau pour boire et se laver. Elles acceptèrent les chiffons propres et le savon qu'elle leur donna ; elles récurèrent leurs seaux et leurs bols. Étrange à quel point Mildred se sentit satisfaite en marchant à travers le village désert ou en chevauchant jusqu'à un cottage en périphérie. Tel un évangéliste, elle apportait son message de propreté. Ce n'était pas le même bonheur que celui ressenti en regardant le plafond de l'église et en voyant ses anges. Pas la même joie que celle éprouvée dans son atelier, lorsqu'un nouveau motif émergeait par magie sous la pointe de son crayon. Mais une satisfaction malgré tout. Le sentiment d'être utile pour ces personnes effrayées et mal informées.

Les trois marins moururent du choléra. Le silence qui s'était déposé telle une épaisse couverture sur les champs de Huntingfield fut déchiré par le martèlement des clous dans le bois, alors qu'on construisait les cercueils. Peu de gens se rassemblèrent sur la place du village pour les obsèques. La peur du choléra infecta les liens d'amitié. Seule Mildred marcha avec les familles derrière le cheval qui peinait en tirant son chargement de morts le long du chemin. Elle s'assit parmi les femmes en pleurs et les enfants, tandis que William faisait un service de commémoration. Le plafond peint se voûtait au-dessus des vivants et des morts.

– Tu boitilles encore, Millie, déclara William.

Ils se trouvaient dans le petit salon après le service funéraire, trop épuisés pour boire les verres de vin de Madère que Rose leur avait apportés. Il paraissait aussi malheureux qu'elle.

– Un caillou dans ma chaussure, ce n'est rien, mentit-elle.

Elle sirota le verre de Madère.

– C'était un office très émouvant, William. Je suis certaine qu'il leur a apporté un grand réconfort. C'est si affreusement triste. Que vont faire ces femmes maintenant qu'elles ont perdu leur mari ? Comment pouvons-nous les aider ?

William se prit la tête dans les mains :

– J'ai peur pour elles moi aussi, élever des enfants sans mari. Nous devons leur épargner la *workhouse*.

– Nous avons encore des travaux d'aiguille pour les agenouilloirs de l'église. Si certaines d'entre elles sont douées... Peut-être que Thomas aurait aussi besoin d'aide au potager ? Ce n'est pas beaucoup...

– Nous devons être reconnaissants au moins qu'il n'y ait pas de nouveaux cas de choléra, Millie.

Elle fut heureuse qu'il ne fasse plus allusion à sa claudication. Durant l'année écoulée, elle la lui avait dissimulée. Les douleurs dans sa hanche et ses genoux s'étaient progressivement aggravées. Raides le matin quand elle se levait, douloureux dans la journée quand elle marchait, elle se demandait si ces problèmes physiques allaient rendre impossible la peinture du reste du plafond. Comment grimperait-elle l'échelle avec des genoux douloureux et raides ? Comment enfilerait-elle le pantalon dans lequel elle peignait tous les jours ?

Mildred ne pouvait admettre sa souffrance, sinon William ne la laisserait pas peindre. Elle ne pouvait pas non plus discuter avec le médecin. Comme il était exaspérant que le docteur considère sa santé comme allant de la responsabilité de William ! Elle n'avait d'autre option que d'essayer les traitements vendus par un herboriste itinérant. L'écorce de saule blanc donnait une infusion amère qui lui occasionnait des haut-le-cœur, mais celle-ci la buvait quand même dans l'espoir qu'elle atténue ses douleurs.

***

Chapitre 26

Printemps 1863

– Tu vas peindre le reste de l'église ? demanda Ann.

Mildred et William rendaient visite aux Owen. Les femmes s'assirent sur une balancelle pour contempler les hommes lancer des ballons aux filles. Des rires et des taquineries résonnaient suivant qu'elles les attrapaient ou les laissaient tomber.

– Oui, le plafond de la nef, répondit Mildred.

– Et William est d'accord ?

– Pas sans avoir un peu bataillé, comme tu t'en doutes ! Mais oui, il est conscient de cette nécessité.

– Et Edward ? Il est impliqué, lui aussi ?

Le ton d'Ann ne pouvait masquer son antipathie.

Mildred déclara :

– Edward, oui, il avait très envie que je le fasse.

– Parce qu'il n'a pas à faire le travail. Cet homme ! C'est assez facile d'encourager quelqu'un d'autre à se tenir dans le froid et l'obscurité pendant des mois d'affilée, Mildred.

Mildred était amusée :

– Tu ne l'aimes pas, n'est-ce pas Ann ? Edward est à présent bien trop occupé par des commandes à Londres pour passer son temps ici, dans le Suffolk. Comme nous le savons, c'est un homme ambitieux, résolu à laisser une trace. Partant pour réaliser n'importe quel travail… si c'est à Londres.

– Mieux que la cambrousse de l'Est-Anglie ? Espérons que l'évêque ne découvre pas qu'il est en train de perdre son homme, déclara Ann avec insistance.

Helen était endormie dans le landau. Ann le poussa jusqu'à un coin plus ombragé près de la cage des canaris.

– Mes jolis, les salua-t-elle.

Mildred la suivit :

– Je sais que tu ne lui fais pas confiance, Ann. Mais je n'ai jamais été en danger, je peux t'en assurer. J'avais besoin d'Edward Blackburne à l'époque. Ses conseils et son expérience, peut-être même son intérêt, pour faire ce que je voulais faire. Il m'a beaucoup aidée au début.

William fouillait dans les buissons, sans doute à la recherche d'un ballon perdu. Il le trouva et en apercevant sa femme, il lui adressa un geste de triomphe, un grand sourire aux lèvres, ses cheveux s'agitant dans la brise.

– Peut-être était-il amoureux de moi, je ne sais pas. Tu as peut-être raison, Ann. Tout ce que je sais c'est que je n'ai plus besoin d'Edward à présent. Je sais ce que je fais…

– C'est très important pour toi, ce plafond, n'est-ce pas ? Qu'est-ce qui te pousse à grimper à une telle hauteur dans le froid glacial, à convaincre ton mari dubitatif, à affronter la suspicion des gens du coin, et leur cynisme et leurs commérages, tout cela afin de peindre un plafond ? Tu n'as même pas pu compter sur moi, ton amie… J'ai essayé de t'arrêter !

Pourtant, tu as continué de te battre, déterminée à réussir. Pourquoi ?

Ann la regarda avec curiosité. C'était un regard qui ne requérait pas d'explication, mais que Mildred se montre sincère avec elle-même. Plus tard, elle se demanda pourquoi ce fut là, en cette journée particulière, qu'elle avait décidé de révéler son secret, le seul qu'elle ait dissimulé à tout le monde à Huntingfield, pendant de si nombreuses années. Ann avait partagé son passé avec elle. Pourquoi elle, Mildred, ne ferait-elle pas de même ?

– Nous marchons un peu ?

Le rire des filles, le chant des canaris. Il n'y aurait pas de meilleur moment. Mildred s'exprima avec calme :

– Tu t'es probablement demandé pourquoi William et moi n'avons pas eu d'enfants. Tu ne m'as jamais demandé d'explication et je t'en suis reconnaissante, Ann. Mais..., mais...

Mildred cessa de marcher.

Ann lui toucha le bras :

– Qu'y a-t-il, Mildred ?

– J'ai eu une enfant autrefois. William et moi avons eu un bébé, une fille, une adorable petite fille.

Ann en eut le souffle coupé. Mildred poursuivit :

– Elle n'est jamais loin de nos pensées.

Mais nous parlons rarement d'elle, William et moi, songea Mildred. *Trop insoutenable de mettre en mots les souvenirs de notre enfant chérie. Pourquoi est-ce que je parle aujourd'hui ? Je me retrouve en train de le faire, et c'est étrangement apaisant.*

Mildred se remit à marcher : des pas lents, réguliers, étudiés, qui reflétaient ses mots.

– Nous habitions dans le Lincolnshire. William avait été ordonné prêtre et nous étions jeunes mariés, nous profitions de notre premier foyer. William accomplissait le travail paroissial. Nous étions excités, aux anges, quand nous avons découvert que j'étais enceinte. Puis notre fille chérie est née. Le jour le plus heureux de ma vie. Nous l'avons baptisée Charlotte...

Mildred eut mal à la gorge et força à déglutir.

– Un jour, Charlotte ne se sentit pas bien, elle était fiévreuse. Au début, nous ne nous sommes pas inquiétés. C'était une enfant robuste, aucune raison qu'elle ne guérisse pas. Mais au bout d'un jour et une nuit, nous avons compris qu'elle n'avait pas pris froid. Le médecin est venu. Non... Tu sais comment cela se passe avec cette fièvre, la scarlatine. Elle va vite, fait rage à travers le corps comme un feu terrible. En quelques jours, Charlotte est morte. À deux ans, notre fille n'était plus. Ce fut la plus effroyable déchirure de notre cœur. Subitement, nous étions endeuillés, seuls, notre fille était partie.

Mildred avait à peine conscience d'avoir atteint l'extrémité du jardin. Pendant quelques instants, les femmes se tinrent debout et contemplèrent Richard installer des arceaux de croquet sur le gazon, tandis que William montrait aux filles comment tenir un maillet.

– Cela fait plus de vingt ans, et j'ai toujours une douleur dans la poitrine, Ann. Marqué au fer rouge, le choc de ce corps immobile. Après, tout a changé. Nous avions l'intention de vivre dans le Lincolnshire, d'y mener notre vie. Mais je ne pouvais supporter de rester, je me la rappelais trop. Nous avons songé à d'autres options. Nous avons eu de la chance, quand l'oncle de William, qui était au courant de notre tragédie, nous a acheté la fonction à Huntingfield. Comme nous ne pouvions prendre le poste tout de suite, le père de William fit remarquer que nous vivrions à peu de frais à l'étranger. Nous n'imaginions pas que ce serait aussi long, mais en fin de compte, nous sommes partis huit ans.

– Cela nous a fait du bien, Ann, de quitter le Lincolnshire et de passer tout ce temps ensemble. Je le comprends aujourd'hui. Cela nous a aidés, William et moi, à nous forger une nouvelle vie. Nous avons découvert des choses différentes l'un sur l'autre, une nouvelle façon d'être.

Sa voix n'était plus qu'un murmure.

– Nous avons toujours espéré avoir un autre enfant. Mais cela n'est jamais arrivé. Nous avons consulté des médecins du continent, des hommes intelligents qui disaient pouvoir nous aider. On m'a examinée sous toutes les coutures, on m'a donné des traitements, des tisanes, des médicaments. Je suis allée voir un hypnotiseur, un voyant, un charlatan. Rien n'a marché. C'est ma faute, Ann, forcément. J'ai privé William de la chance d'avoir d'autres enfants ! Et pourtant il me pardonne. Il me pardonne chaque jour…

Helen s'était éveillée de sa sieste. Elles entendaient le bébé gémir. Ann regarda Mildred d'un air interrogateur. Son amie hocha la tête et la femme alla chercher l'enfant qui pleurait. Mildred contempla Ann apaiser son bébé, la serrer, la réconforter. Helen caressa le visage de sa mère, enfonça ses doigts dans la bouche d'Ann. Le cœur de Mildred se serra, en proie à l'agonie de cet amour qui lui manquait si vivement.

– Je me demande parfois ce que Charlotte ferait si elle était toujours vivante. Une jeune femme aujourd'hui, avec une famille à elle peut-être ? Quand je suis là-haut dans l'église à peindre les anges, je me sens avec elle. D'une manière étrange, je suis avec ma Charlotte et les enfants que j'aurais pu avoir et que je ne connaîtrai jamais. C'est mon hommage, je suppose, de rendre l'église aussi belle que mon enfant l'a été autrefois. Et cela m'aide.

– Je comprends, murmura Ann contre la joue de son enfant, en l'embrassant.

– Cela m'absorbe, d'être là-haut, si loin de tout, de me concentrer sur ma tâche. Je me perds. En quelque sorte, cela me guérit. Je ne pense pas au futur ou au passé, je suis simplement là-bas, dans le moment. Entière d'une certaine manière.

Sur le chemin du retour à Huntingfield, son visage était aussi sombre qu'une église.

– Je lui ai tout raconté, avait-elle seulement dit à William en grimpant dans la carriole et elle lui fut reconnaissante de ne rien lui demander de plus.

Il se contenta de faire faire demi-tour à la voiture, vers la maison. Les sabots du cheval résonnaient nettement sur le chemin recouvert de gravillons. Des épilobes à épi violets, du lychnis blanc et de la brunelle commune poussaient le long des haies herbeuses. Du chèvrefeuille, entremêlé aux haies, embaumait l'air. Un imperceptible glissement se fit dans son être, comme si la carapace qui la recouvrait depuis si longtemps s'était craquelée. La pression se relâchait.

– Allons nous coucher tôt ce soir, Millie, dit William, tandis qu'ils remontaient l'allée du presbytère à grand bruit, je te caresserai les pieds et tu t'endormiras.

***

Chapitre 27

Été 1863

– Bonjour, John !

Par-dessus la haie, elle vit l'homme sarcler des mauvaises herbes entre des rangées bien ordonnées de légumes. Il lui fallut un moment pour saisir en quoi il avait l'air différent. Mais bien sûr ! Il se déplaçait sans béquilles.

– Bonjour à vous, Mrs Holland. Vous avez remarqué. J'me suis fabriqué une jambe de bois, alors maintenant je peux bouger sans mes bâtons. Le maroquinier l'a faite pour moi : une sangle qui passe autour de mon moignon et s'attache à ma taille. Je peux marcher assez bien comme vous pouvez voir.

Sa démarche avait une oscillation particulière, mais l'homme avançait sans aide sur le chemin. De sous sa jambe de pantalon dépassait un morceau de bois taillé en forme de botte.

– Voulez-vous vous asseoir, Mrs Holland ?

Il lui désigna un banc poussé contre le mur du cottage. C'était agréable d'être au soleil. Pendant quelques instants, elle s'assit, alors qu'il demeura debout, tous deux baignant dans un silence confortable. Puis elle commença :

– J'ai décidé de terminer le plafond, John. De peindre le dessus de la nef. C'est à peu près la même surface que celle de la dernière fois, sur le chœur.

– Je vois. Un gros boulot alors. Et est-ce que Mr Blackburne, il est impliqué, Madam', comme avant ?

– Mr Blackburne est un homme occupé. Il ne peut nous aider cette fois.

– Nous ?

– Vous serez mon contremaître à nouveau, je l'espère, John ? Je dépends de vous. Je ne peux accomplir cette tâche sans vous.

– Bien sûr, je vous aiderai, Mrs Holland, et je vous suis reconnaissant pour ce travail.

– Cette fois, j'aurai besoin d'une aide supplémentaire. Vous êtes un homme pragmatique, et vous êtes habitué à gérer des… difficultés. Je ne peux plus grimper aujourd'hui. Je ne vais pas entrer dans les détails, mais il me sera impossible de monter aux échelles. Je vous serais des plus reconnaissantes si vous conceviez un engin pour m'aider à escalader l'échafaudage. Soyez inventif, John !

Elle ne fut pas surprise, lorsque John accepta sa requête avec calme. Il ne se laissait jamais décontenancer par les difficultés. Il en avait dépassé suffisamment dans sa vie pour ne pas s'inquiéter quand on soulevait des problèmes pratiques. John acquiesça à tout sans sourciller, malgré son handicap. Elle ne s'était pas rendu compte à quel point cet homme avait manqué à son existence.

***

– Pourrais-je vous dire un mot s'il vous plaît, Mrs Holland ?

Rose se tenait à la porte de l'atelier. Mildred leva les yeux :

– Un instant, Rose.

Son ton était un petit peu coupant. Elle venait de se mettre au travail.

– Oui, qu'y a-t-il ?

– J'aimerais vous demander vot' permission, Madam'.

– Une permission ? Pour faire quoi ?

Elle remarqua que sa domestique ne tenait pas en place.

– As-tu des puces, Rose ? Cesse de gigoter !

– Non Madam', oui Madam'. C'est gênant, et j'espère que cela ne vous embêtera pas.

– Embêtée par quoi ?

– J'ai... J'ai besoin d'un jour de congé.

– Très bien, et pour quelle raison ? Ce n'est pas facile de se débrouiller sans toi au presbytère. Rose, s'il te plaît, regarde-moi quand tu me parles. Je te l'ai dit plusieurs fois.

– C'est Owen Walton, Madam'.

Rose lui lança un regard prudent sous ses cils sombres. Son expression était difficile à déchiffrer.

– Et y a-t-il un problème avec Walton ? Un des ouvriers qui travaillent avec John si je ne me trompe pas.

– Vous ne le faites pas, Madam'.

– Je ne fais pas quoi ?

– Vous tromper.

– Oui, oui, d'accord. Continue, Rose ! Pourquoi mentionnes-tu Walton ?

– Il m'a demandé, Madam'.

– T'as demandé quoi ?

– De l'épouser.

– De l'épouser ? Oh Rose ! Félicitations.

Mildred sourit à la jeune fille, posa son stylo.

– C'est une bonne nouvelle. Mr Holland sera content aussi. Alors vous voulez un jour de congé ?

– Pour pouvoir nous marier, Madam'. Un jour qui vous conviendra à vous et au pasteur.

– Oui, bien sûr. J'en discuterai avec le pasteur ce soir.

La trentaine bientôt révolue, Rose, en future mariée rougissante, tourna les talons et quitta la pièce. *Comme c'est charmant*, songea Mildred avant de retourner à son dessin.

Chapitre 28

Automne 1863

Rose les avait déposés la veille au soir. Les épaisses chaussettes, le maillot de corps, le pantalon et une blouse : ses vêtements de peinture, propres, mais empestant encore la peinture et quelque chose d'autre qu'elle ne parvenait pas à identifier. De l'humidité, de la peur, un mélange des deux ? Tandis qu'elle nattait ses boucles, un visage plus mince regardait Mildred, de trois ans plus âgée que la dernière fois qu'elle était vêtue de la sorte. Elle enfonça le chapeau sur sa tête, y glissa des mèches de cheveux libres et le maintint bien serré avec une cordelette et un nœud. *Je ne suis pas à mon avantage, mais seules les araignées me verront une fois que je serai là-haut.* Un accès d'anxiété s'insinua à l'intérieur de son ventre.

– Je descends, lança-t-elle d'une voix forte.

C'était le signal pour que les domestiques disparaissent. Mildred descendit l'escalier sur son derrière, une manière de se déplacer manquant légèrement de dignité, mais bien moins douloureuse que de plier sa hanche et son genou, surtout le matin quand ses articulations étaient raides. L'épais pantalon était une bénédiction, songea-t-elle en heurtant lentement chaque marche dans sa descente. La matière faisait office de léger rembourrage. Après un petit déjeuner rapide et une étreinte de William, elle se fraya un chemin à travers le cimetière baigné d'obscurité. Le brasero était déjà allumé et de la vapeur émanant d'une grosse casserole flottait pardessus les stèles. La cloche de l'église sonna sept fois, quand elle poussa la porte. À l'intérieur, la vision familière de John s'affairant dans l'église, occupé à préparer les affaires pour la journée de travail.

– Bonjour, John. Nous voici de nouveau ici. Cette fois pour peindre la nef.

– Bonjour, Mrs Holland. Oui en effet, et j'ai hâte de commencer. J'ai démarré la chaudière, il devrait faire plus chaud ici bientôt. Ce sera plus facile pour vous que quand il faisait un froid glacial.

– Et pour vous aussi, John. Je sais que vous aussi avez fini avec des engelures.

Elle s'apprêta à lever les yeux vers l'échafaudage. Construit avec des poteaux de bois, attachés par de la corde, il comptait trois niveaux. Owen Walton, l'époux de Rose, se trouvait au sommet, clouant des panneaux entre les poutres du toit. Le couple s'était marié dans l'église quelques semaines auparavant. La cérémonie avait été suivie d'un petit déjeuner de mariage à la taverne. William avait réglé la note. Au-dessus d'Owen, tout ce que Mildred voyait c'était une étendue blanche de planches : pas de couleurs ni d'anges.

Pas d'or des fous, se taquina-t-elle intérieurement. Elle se retourna vers John :

– Je vous l'ai dit, John, je ne réussirai pas à grimper les échelles cette fois.

Des bouffées de vapeur décrivaient des spirales autour de la bouche de John pendant qu'il expliquait :

– J'ai fabriqué une balancelle à partir de toile épaisse et je l'ai lacée avec des lanières de cuir. Vous allez vous asseoir dans la balancelle et vous faire hisser par un treuil tout en haut de l'échafaudage.

Elle fixa d'un regard soupçonneux la poulie attachée à un poteau en bois bien haut au-dessus d'elle.

– C'est assez solide, Mrs Holland, poursuivit John. Le maroquinier l'a cousue tout comme il l'a fait avec la sangle de mes béquilles. Nous l'avons testée avec des hommes qui font deux fois votre poids.

– Bien sûr, John, bien sûr que vous l'avez fait.

Mildred sourit gaiement en espérant qu'elle avait l'air plus confiant qu'elle ne l'était.

– Nous pouvons commencer.

Il ne lui restait plus qu'à s'abandonner à la force de deux hommes pendant qu'ils la hissaient. Chaque traction occasionnait une embardée qui lui donnait la nausée. Elle s'envolait de quelques pieds à chaque fois, avant de se balancer, les pieds dans le vide, jusqu'à ce que l'autre homme prenne le relais. Mildred agrippa les côtés de la toile, luttant contre la tentation de regarder en bas. Elle essaya de réfléchir à la rapidité avec laquelle la température de l'air chutait, tandis que le sol s'éloignait. Elle frissonna de froid et de peur mêlés. *Cette fois, ce sera mieux qu'il y a trois ans*, se dit-elle. *Au moins, je sais ce que je fais.*

Gagner la première plate-forme prit à peine une demi-minute. L'un des autres ouvriers attendait là pour l'attraper, pour la faire balancer jusqu'à la plate-forme, puis pour l'aider à essayer maladroitement de se remettre sur pied. Enfin elle devait monter sur une autre balancelle pour accéder au niveau supérieur. Et le processus se répéta de la sorte jusqu'à ce qu'elle atteigne le sommet.

Mildred se cramponna aux poteaux de l'échafaudage pour étudier sa « toile ». Plus de trente panneaux en bois attachés entre les chevrons incurvés. Pour la première fois depuis de nombreux mois, elle sentit un élan d'excitation.

– Millie, tu vas bien ? Comment s'est passée la montée ?

Elle baissa la tête et vit William qui lui souriait.

– Cela a très bien fonctionné, cria-t-elle en retour. Un peu étrange, bien sûr, de se balancer comme un oiseau dans le vent.

– Tu vas commencer aujourd'hui ?

– Le travail préparatoire est presque terminé, alors oui.

– Bonne chance, ma chérie ! Je te verrai pour le thé.

Elle étudia son « lit de peintre ». C'était une idée de John. Une fois allongée à plat sur le dos, le lit la maintiendrait à moins de cinquante centimètres du plafond. Ce qui signifiait qu'elle peindrait allongée dans un confort relatif. Le lit avait aussi des roulettes de sorte qu'on pouvait le bouger dans une nouvelle position et le fixer ensuite avec des cales. En grimpant dessus, elle se tordit la hanche. La douleur lui coupa le souffle et elle s'allongea sur le dos avec plaisir jusqu'à ce que la douleur lancinante s'apaise. Tant qu'elle résistait à l'impulsion de regarder en bas, se dit-elle, elle pourrait rester allongée sur ce lit. Walton monta par l'échelle, chargé de chaufferettes. Elle hocha la tête et il les glissa tout autour d'elle, puis la couvrit d'une couverture. En allumant les lampes que John avait fixées au lit et en accrochant sa boîte d'artiste au montant, il la regarda.

– Merci, Walton, j'ai tout ce qu'il me faut maintenant.

Avait-il rougi lorsqu'elle avait prononcé son nom ?

Elle enfila des mitaines fines, la seconde paire qu'Elizabeth lui avait confectionnée. *Des gants qui portent chance*, sourit Mildred. *Doux et souples, ils seraient vite rigidifiés par la peinture.* Elle fouilla dans sa poche à la recherche d'un crayon. Tout lui parut merveilleusement familier, cet étirement pour appliquer le plomb soyeux sur le plâtre. Une part d'elle était contente d'être à nouveau ici. Ses yeux suivaient la trace du vaste gouffre blanc au-dessus d'elle, qui courait jusqu'à l'autre côté de l'église. Peut-être que la personne qui avait lancé la rumeur disant qu'elle était folle avait raison ? Elle regarda le plafond qu'elle avait peint précédemment. Joyeusement démente alors, si c'était ce qui la poussait à peindre ! Car là où autrefois un toit à blochets aux poutres marron uni recouvrait l'église, régnaient aujourd'hui de fiers anges dorés, entourés d'une tapisserie de couleur.

Elle réfléchit à ses projets. Dans cette partie de l'église, il y aurait douze saints représentés sous deux formes différentes : en tant qu'hommes sur le panneau inférieur et en tant que figures célestes sur le supérieur. Chacun porterait le symbole religieux auquel il était le plus étroitement associé : Pierre les clés du Paradis, André la croix et ainsi de suite.

Mais aujourd'hui, elle allait commencer par l'une des deux figures féminines pour terminer la fresque : Marguerite d'Antioche. La sainte patronne de l'accouchement, Marguerite, honorait les femmes qui traversaient l'agonie du travail et de la délivrance. Mildred avait eu hâte de peindre sa sainte préférée. Car Marguerite comprendrait que Mildred, au terme de son travail, donnerait aussi naissance à du beau. Peut-être pas aussi beau qu'un enfant vivant, pas aussi beau que Charlotte lorsqu'elle vivait, ni même morte, gisant dans ce petit cercueil, froide et immobile. Néanmoins, une beauté qui valait l'agonie de la délivrance. En dessinant, Mildred se mit à prier, des prières pour son enfant décédée et pour la solitude que seules les mères d'enfants décédés pouvaient comprendre. Après l'agonie du travail et de la délivrance, la douleur des souvenirs.

***

Rose posa dans son panier sa carte postale de Margate et le petit pot que Mrs Holland lui avait donné. C'était la première fois qu'elle revenait dans sa chambre depuis son mariage. Elle était une épouse aujourd'hui, différente de la jeune fille qui avait remonté l'allée de St Mary. C'était une femme et elle connaissait les plaisirs du lit conjugal. Sa sœur l'avait avertie que c'était « une conséquence malheureuse de la vie maritale, quelque chose que les hommes voulaient et que les femmes acceptaient consciencieusement ». Mais elle, Rose, avait en fait beaucoup apprécié.

Rose s'étira sur le dessus-de-lit, n'ôta même pas ses chaussures et songea avec délectation aux mois qui venaient de s'écouler. Elle avait toujours rêvé de se marier un jour et aujourd'hui c'était chose faite : Mrs Owen Walton. Owen ferait un bon époux, elle en était persuadée. Né à Huntingfield, comme elle. Elle n'avait jamais remarqué ce garçon au visage criblé par la rougeole, ni le petit homme silencieux qu'il était devenu. Pas jusqu'à ce qu'il travaille avec John à l'église. Un jour, Owen avait tapé à la porte de derrière pour chercher du lait frais pour le thé de Mrs Holland. Rose et lui s'étaient mis à parler ; inhabituel car aucun des deux ne parlait beaucoup. Le temps qu'il faisait ou la moisson ou tout autre sujet, elle ne se rappelait plus. Ensuite, on aurait dit qu'Owen trouvait tous les jours un prétexte pour venir à la maison et Rose savait qu'elle attendait ses coups contre la porte. Ils apprirent à se connaître. Il lui dit qu'elle était adorable, telle qu'elle était. Personne ne le lui avait dit auparavant.

Alors même si Owen n'était pas l'homme le plus beau du village, Rose était heureuse. Il était respecté, avait dit Mr Holland quand il les avait mariés, courageux et digne de confiance. Il avait aidé à sauver l'église de l'incendie. En entendant ses paroles, Rose fut remplie de fierté. Quand ils descendirent l'allée centrale, tout le monde savait que son époux était un homme suscitant le respect.

Rose n'aimait pas se souvenir de l'incendie. C'étaient des gens bien, les Holland. Elle ne pouvait leur être plus reconnaissante. Ils avaient décidé de ne pas poursuivre Mary en justice. Ils avaient payé le médecin pour qu'il lui donne des calmants et avaient acheté un porcelet afin qu'elle l'élève pour la viande. Mary se débrouillait mieux maintenant. Rose pria pour que l'époux de sa sœur ne revienne pas au village et ne la remette pas enceinte. Seth ne ressemblait aucunement à son Owen, bredouilla-t-elle. Ce dernier était un ouvrier régulier de John maintenant, il aurait un emploi stable pendant plusieurs années. Assez pour faire vivre une famille, songea Rose avec mélancolie.

***

Chapitre 29

Printemps 1865

– Cela fait plus de deux ans maintenant, et l'église n'est toujours pas rouverte.

Judy arrangea le châle sur ses épaules d'un mouvement impatient.

– Pourquoi cela prend-il autant de temps ? C'est terrible que les villageois ne puissent pas pratiquer dans leur propre église et doivent aller dans une autre paroisse. Ce sont des gens étranges à Cookley, d'après ce que j'entends.

C'était un dimanche de fin septembre. Rose mettait des roses sauvages et une gerbe d'acores dans un petit vase près du lit de Judy.

– Mrs Holland est là-haut presque tous les jours, à travailler. Laissez-moi secouer vos oreillers, Judy. Et je vous ai apporté un morceau de poulet. Je l'ai mis de côté à mon déjeuner.

Avec précaution, elle déplia un linge blanc pour révéler quelques morceaux de blanc de poulet.

Judy les renifla d'un air suspicieux.

– Très gentil, c'est certain. Du poulet. Quand ai-je eu un morceau de viande pour la dernière fois ? Et le « déjeuner », tu as dit. Très ronflant.

Son ton était moqueur, mais elle regardait la viande avec avidité.

– Tu t'es mise à employer d'étranges mots depuis ton mariage, Mrs Walton. Mais souviens-toi, Owen n'est qu'un ouvrier et lorsque ce travail au presbytère sera terminé, qui sait ?

Elle fronça les sourcils en regardant Rose :

– Je mangerai ce poulet pour mon souper. Donne-le à Ned en partant. Alors, pourquoi ce travail à l'église prend si longtemps ? La dernière fois il ne lui a pas fallu plus de… ?

– Environ six mois. Mais elle dit que ces peintures sont plus difficiles à faire.

Judy lui adressa un regard sceptique.

– Bien sûr, quand je lui ai apporté les brouillons des dessins, je l'ai vu par moi-même.

– T'es une experte maintenant, n'est-ce pas ?

– Il n'y a plus de Mr Blackburne non plus. Nous l'avons pas vu au presbytère depuis une éternité. Pas depuis le jour où, il y a quelques années, il a quitté le presbytère si vite. Je vous en ai parlé, n'est-ce pas ?

– Ça c'est sûr, tu radotes toujours. Continue donc. Je vais manger ce morceau de poulet maintenant, déclara Judy.

Elle picora avec délicatesse les morceaux de chair, se tapotant avec un mouchoir après chaque bouchée.

– Délicieux, cela m'aidera à aller mieux. Où en étions-nous ? Ah oui. Une femme d'ouvrier m'a rapporté que Mrs Holland se faisait monter en haut de l'échafaudage, Rose, plutôt que de grimper à l'échelle. Pourquoi donc ?

Elle dévisagea Rose avec suspicion, sentant qu'il y avait peut-être une information dont elle avait besoin.

Rose savait pourquoi elle n'avait jamais parlé à Judy de l'arthrite de Mildred, de sa difficulté à s'habiller, de ses grimaces quand elle bougeait. Un sentiment de loyauté. On n'en discutait pas entre domestiques non plus, comme si tout le monde s'accordait qu'il s'agissait d'un secret. Quand Mildred prévenait qu'elle allait descendre, ils faisaient tous semblant d'avoir quelque chose à faire et se précipitaient vers un autre recoin de la maison. Ils faisaient comme s'ils n'entendaient pas Mildred descendre l'escalier, pareille à un enfant sur une luge.

Un fin morceau de poulet pendait à la lèvre de Judy.

– Pourquoi est-ce qu'on la hisse en haut de l'échafaudage avec un treuil ? répéta-t-elle.

– Il y a quelque chose sur votre lèvre, dit Rose et elle regarda la langue de Judy attraper le bout de viande d'un mouvement rapide.

– Moins fatigant que de grimper, dit-elle.

***

Certains jours, Mildred devait garder le lit à cause de la douleur. Elle demandait à prendre ses repas dans la chambre, des tasses d'un thé spécial pour les maux de tête et des piments frais à grignoter. Certaines personnes disaient que les piments étaient bons contre l'arthrite. Ainsi que le laudanum qu'elle avait fini par convaincre le médecin de lui donner. Le praticien avait accepté de ne pas le dire à William. Parfois, cela lui donnait des cauchemars. Une nuit, elle rêva qu'elle peignait le personnage d'un saint sur le plafond, mais elle s'étirait pour appliquer la couleur sur le visage, et c'était Edward qui la regardait. Ses yeux sombres l'accusaient, et il articulait des mots qu'elle ne comprenait pas.

Elle s'éveilla avec des frissons. Cela devait faire presque cinq ans qu'ils ne s'étaient pas revus. Avec le plus fin vernis de la politesse, elle avait banni Edward pour avoir osé s'associer à son travail, à sa peinture ! Pourtant, maintenant, avec le recul, elle reconnaissait à quel point elle avait compté sur lui. Son aide avait été inestimable, il s'était montré patient à sa manière, et gentil.

Une autre fois, elle rêva qu'on la montait en haut de l'échafaudage, qu'elle se balançait dans l'air pur, froid. Mais c'était James qui tendait la main pour l'attraper dans la balancelle et la tirait vers lui. Une chaude montée de désir la submergea et elle s'éveilla soudain, son corps frémissant au souvenir de ce contact. Elle se souvint combien il l'avait aidée aussi, mais d'une manière différente, ayant touché avec délicatesse une partie d'elle qui sommeillait. Il devait être adulte aujourd'hui. Cela faisait plus de dix ans qu'elle ne l'avait pas vu. Aux dernières nouvelles qu'ils avaient eues par son père, Sydney, James travaillait pour une compagnie de teck en Birmanie. Elle sourit en songeant que le garçon avait finalement défié son père.

***

William priait toujours pour elle et demandait à Dieu de la garder en sécurité et en bonne santé. Mais lors de la troisième année de peinture, ses prières se muèrent en suppliques. Il était habité par des craintes sur la mort de Mildred. Il redoutait qu'elle ne soit pas capable de terminer sa tâche. Chaque semaine, elle avait plus de mal à se déplacer. Elle n'aimait pas qu'il la voie si raide et courbaturée, même si elle ne le disait jamais explicitement, il le savait. Elle ne mentionnait jamais sa mauvaise santé. Ainsi, le matin, il prétextait un furieux appétit et quittait rapidement leur chambre, la laissant descendre du lit avec peine, sans être témoin de sa douleur pour atteindre le sol, enfiler ses chaussettes ou faire ses lacets. Si elle disait qu'elle restait au lit toute la journée, elle en parlait comme si elle avait succombé à un récent changement de temps. Elle ne reconnaissait jamais que c'était son arthrite. Pourtant, il était évident, à sa manière de beurrer le pain, de traîner des pieds dans le couloir ou de toujours s'asseoir sur une chaise à haut dossier, à quel point elle était souffrante.

Cet hiver-là, il proposa des vacances dans un endroit chaud et de ne revenir à Huntingfield qu'au printemps. Mais elle avait rejeté l'idée d'un geste las. Elle était trop occupée pour prendre des vacances ! Elle devait terminer la peinture du plafond. Mildred n'avait jamais été du genre à faire des histoires ou à se plaindre, il l'admirait pour cette raison, mais la douleur était gravée sur son visage. Sa femme vieillissait rapidement et travaillait lentement.

Il se mit à venir à l'église pendant la journée. Il se faufilait à l'intérieur, faisait un signe à John de ne pas signaler sa présence, et trouvait un endroit d'où observer le paysage changeant du plafond. C'était merveilleux de voir les saints prendre vie sous le pinceau ou de contempler une bordure toute simple devenir une frise animée avec des rosettes, des rayures et des pois. D'autres jours, il l'interpellait pour lui dire qu'il était venu la voir. Il s'asseyait sous la fenêtre est et lui chantait des hymnes ou s'exerçait à son sermon.

Il n'était jamais monté en haut de l'échafaudage. Une seule fois il lui avait demandé s'il pouvait la rejoindre. La bouche de Mildred avait répondu « oui », mais ses yeux avaient dit « s'il te plaît, non ». D'une certaine manière, il était soulagé. Il acceptait que l'échafaudage soit son endroit intime, près des anges, un espace qu'elle préférait garder sien.

Alors, depuis le sol, il contemplait le plafond de la nef se couvrir progressivement d'images et de couleurs. Puis le deuxième groupe d'anges, leurs habits constellés d'étoiles et de fleurs, des couronnes dorées et des ailes, des boucliers brandis dans les airs, s'étaient mis en position, surgissant des poutres du toit, figés dans leur gloire. Le dimanche, il avait dit à Mildred, alors qu'ils roulaient jusqu'à Cookley (elle était devenue très lente pour gravir la colline), qu'il annoncerait à la congrégation que l'église ouvrirait le mois suivant.

***

L'objet l'attendait dans le petit salon. Une grande boîte rectangulaire nouée par une ficelle, posée sous la fenêtre. Un homme l'avait apportée depuis le domaine de Heveningham, lui annonça Rose.

– Qu'est-ce que c'est ?

Mildred était ravie.

– Ce n'est pas mon anniversaire.

– Rien à voir avec moi.

William lisait son courrier. Il leva les yeux et sourit.

– Quelque chose que tu as commandé à Londres, sans aucun doute. J'ai demandé à Thomas d'apporter des outils pour l'ouvrir.

– C'est très lourd, dit-elle en s'efforçant de déplacer la boîte.

Elle se mit à tirer sur le papier d'emballage. Puis Thomas coupa le lien et souleva d'un coup sec les clous qui maintenaient le couvercle. Une boîte pleine de sciure. Ses doigts se frayèrent impatiemment un chemin dans les copeaux secs et elle sentit quelque chose de solide.

– Là, soulève, Thomas ! Fais attention.

Luttant contre le poids, Thomas hissa un vitrail d'environ un mètre vingt de hauteur et quatre-vingt-dix centimètres de largeur, entouré d'un cadre en bois. Il représentait une Vierge Marie auréolée, debout sur un croissant de lune, les mains croisées sur la poitrine. Elle était sertie d'un ovale rempli de nuages et de minuscule carré de violet scintillant.

– Oh, William, regarde ça ! Aide Thomas à le porter jusqu'à la fenêtre.

À présent, la lumière du soleil entrait à flots et passait à travers le bleu profond de la robe de la Vierge et ses boucles jaunes qui tombaient en cascade. Elle faisait ressortir de minuscules détails peints sur les pieds de la Vierge ainsi que sur son visage, et un fin trait de verre vert brillant.

– C'est sensationnel ! Mais qui l'a fait ? Ce ne peut pas être de... ?

L'écriture familière sur la carte confirma sa supposition.

– J'ai oublié, déclara William. Ann a écrit pour demander les mesures de la fenêtre il y a environ six mois de cela. Je me suis demandé si elle allait y arriver. Plutôt charmant. C'est pour l'aile sud, Millie.

– Et Richard ? Qu'a-t-il dit ?

– Richard avait très envie qu'elle le fasse.

La carte disait :

À la gloire de Dieu et pour célébrer l'achèvement de la rénovation de St Mary. Avec notre amitié, Richard et Ann Owen.

***

Chapitre 30

Printemps 1866

Quand elle avait emménagé à Huntingfield, elle avait passé de nombreuses heures à la fenêtre de sa chambre à regarder dehors par-dessus les cimes des sept ifs d'Irlande dressés près du presbytère, tels des monstres menaçants. La campagne l'avait effrayée. Après vingt ans, elle avait appris à aimer ce qui autrefois la mettait mal à l'aise. Maintenant, cela la nourrissait. Les tournants et les méandres de la terre, alors qu'elle s'élevait et s'abaissait, les arbres qui craquaient, le vert persistant qui apaisait ses yeux fatigués. Elle était reconnaissante, presque avide de sentir sa moindre importance au sein du projet plus ample de la nature.

Et le dessin, la peinture, la dorure, tout est terminé. Elle ne doit plus s'élever chaque jour dans le froid bâtiment en pierre, au bout d'une corde. Plus de deux cent cinquante livres de feuilles d'or brillent aux extrémités des ailes d'anges et rehaussent les auréoles des saints. Les fresques recouvrent le plafond de St Mary et les anges embellissent fièrement l'église. Ses pinceaux et peintures sont propres et rangés. Les vilains balustres de l'échafaudage ont été démontés et le matériel a déserté le bâtiment. L'espace a été nettoyé et les bancs en bois rapportés dans les bonnes rangées. Les bottes de travail ne foulent plus le carrelage de leurs pas lourds. Quand les portes de l'église ouvriront à nouveau pour accueillir les fidèles, ils verront que le travail est terminé.

William ayant insisté, elle a fait venir de Londres une nouvelle robe, un manteau et un chapeau. Elle doit être à la pointe de la mode, dit-il. On a aussi commandé de nouveaux habits de cérémonie pour William : une robe de satin blanc et doré, dans laquelle il fera l'office. Des cartons arrivent : une nouvelle Bible pour le lutrin, un encensoir au bout d'une longue chaîne en or dans lequel des épices odorantes sont brûlées pour créer une fumée parfumée, deux énormes cierges pour l'autel, et une tasse et un bol en or pour le vin de la communion et le pain. De nouveaux livres de chants et des agenouilloirs sont disposés à chaque banc, et tandis que Rose époussette l'endroit une dernière fois, Walton tond l'herbe de l'enclos paroissial. Le dimanche suivant, l'église rouvrira ses portes.

Puis William lui donne une lettre.

Il l'a gardée pour lui faire une surprise. Alors elle a un choc en lisant que Sydney et James seront « ravis d'assister à la réouverture de l'église et reconnaissants de leur invitation à passer la fin de semaine au presbytère ».

James et Sydney séjournant ici ? Son cœur martèle sa poitrine de façon gênante, mais cette perspective l'enthousiasme.

– Dans trois jours ! As-tu prévenu la cuisinière ?

– Tu es contente, ma chérie ?

William la dévisage avec attention.

– Oui, je lui ai dit que nous aurions deux invités à la maison et Rose prépare les chambres d'amis. Mais je considère les Pegler comme des amis intimes et nul besoin de mettre les petits plats dans les grands, tu es d'accord ?

Il lui caresse la joue.

– Je veux que la réouverture soit un jour spécial pour toi, Millie.

– Alors James est de retour en Angleterre ?

– En visite, si je comprends bien. Il prend un congé tous les deux ans.

Le samedi matin, elle fut perplexe de voir deux charrettes chargées de fleurs et de végétation remonter l'allée du presbytère. Rose se précipita à l'intérieur avec un message de William. Elles étaient envoyées par Lady Huntingfield avec ses compliments pour la réouverture de l'église. Il n'y avait pas une minute à perdre, on devait les arranger.

– Rose, aide-moi vite à m'habiller.

Elle se tenait devant le miroir, pendant que la femme attachait la rangée de minuscules boutons recouverts de soie d'une veste à pois verts. Elle était arrivée de Londres en même temps qu'une jupe plissée en soie assortie et un chapeau. On disait qu'à Londres la mode était aux jupes près du corps et aux chapeaux de style tyrolien. Cette tenue suivait manifestement la tendance.

– Tu vas me manquer Rose, quand tu partiras.

– Comme Mildred se sentait nerveuse aujourd'hui.

– Merci de rester pour aider à la réouverture de l'église. J'apprécie vraiment.

– Je suis juste enceinte, Madam', dit Rose. Ma mère a travaillé jusqu'au jour de son accouchement, et est retournée travailler le lendemain.

– Walton est là pour veiller sur toi maintenant et tu dois te reposer. Là, Rose, j'avais l'intention de te donner ceci depuis le jour où tu m'as annoncé la venue de ton bébé. Je sais que tu l'as toujours bien aimée.

Dans la paume de Rose, Mildred posa la petite broche en ambre que William lui avait achetée à Southwold. Il avait accepté qu'elle la donne à Rose. Leur visite de Southwold recelait d'étranges souvenirs pour eux deux.

– Oh Madam', c'est la chose la plus adorable que j'aie jamais eue.

Des morceaux d'ambre formaient une broche en forme de papillon. Elle la glissa dans son tablier.

– Merci. Je la garderai toujours précieusement.

Rose finit d'épingler les cheveux de Mildred et jucha le chapeau pointu sur le devant des boucles.

– À quelle heure doivent arriver les Pegler aujourd'hui, Madam' ?

– Cet après-midi. Au cas où ils n'auraient pas déjeuné, demande à la cuisinière de disposer de la viande froide et du pain dans la salle à manger, veux-tu s'il te plaît ?

Mildred s'étudia dans le miroir. À quel point avait-elle vieilli depuis la dernière fois qu'elle avait vu James ? Son visage était plus mince, un petit peu tiré peut-être et des taches sombres tourmentaient son regard, mais ses cheveux avaient conservé leur couleur et ses dents étaient toujours bonnes. William disait qu'elle était belle. Elle haussa les épaules et boitilla vers l'escalier, descendant avec précaution chaque marche en se servant uniquement de sa jambe droite. Sa hanche était moins douloureuse de ce côté.

Dehors, il faisait chaud et tout était silencieux. Elle suivit le chemin à travers le cimetière entre les stèles et poussa la lourde porte. De puissants effluves la frappèrent. Des roses, du chèvrefeuille, des phlox, du jasmin et des pois de senteur trônaient dans des vases, leur odeur imprégnant l'église. De minuscules bouquets de laurier, de romarin, et de thym, liés par des rubans à chaque banc. Deux hauts vases remplis de lys blancs voûtés étaient posés sur l'autel. Le visage calme et immuable, les anges dorés baissaient les yeux. Mildred regarda autour d'elle avec un mélange de soulagement, de gratitude et de profonde tristesse. Sept ans auparavant, cette église était laissée à l'abandon et négligée. Aujourd'hui, elle était connue et entretenue. Demain, elle serait offerte aux fidèles de Huntingfield et à Dieu. Elle fit une prière pour tous ceux qui la fréquenteraient et pour ceux qu'elle ne rencontrerait jamais.

***

Pourquoi fut-elle surprise par les mèches grises dans sa chevelure, sa taille épaisse et sa peau tachée par le soleil ? Elle n'avait pas vu James depuis plus de dix ans et il avait passé une bonne partie de ce temps sous le soleil des tropiques. Mais son regard franc demeurait intact et comme il se baissait pour lui embrasser la main en guise de salutation, elle se rappela ses longs doigts pâles. Elle était très heureuse de le voir et même soulagée de constater que quelle que soit l'emprise qu'il avait eue sur elle, elle s'était dissipée comme une brume.

– James ! Comme c'est merveilleux de te voir. Et Sydney, comme c'est aimable d'avoir fait toute cette route pour nous rendre visite. Je vous en prie, entrez tous les deux !

Je me demande s'ils me trouvent changée eux aussi, songea-t-elle tandis qu'elle conduisait ses invités jusqu'à la salle à manger, heureuse que la tournure de sa robe dissimule son boitillement.

Ce fut une joyeuse compagnie cet après-midi-là. Ils mangèrent, burent et se donnèrent des nouvelles de leur famille. Philip, le fils aîné, avait remporté un siège au Parlement et avait prononcé un discours inaugural réussi. James venait d'être nommé à un nouveau poste dans une compagnie qui exportait du pétrole depuis la Haute-Birmanie jusqu'en Europe. Il annonça également une nouvelle sur le plan personnel :

– J'envisage de me marier. Ma fiancée s'appelle Amelia, Amelia Goodley. Elle est née en Inde, où son père faisait partie du corps diplomatique, donc elle connaît les difficultés de la vie dans les colonies. Elle était scolarisée dans le Surrey, où elle vit encore avec une tante. En fait, je dois remercier mon père de nous avoir présentés.

Il fit un signe de tête respectueux à Sydney.

– Une autre relation d'Oxford, William. Tu te souviens de Cecil Goodley ?

– C'est une très bonne nouvelle, James ! Non, j'ai une horrible mémoire, je ne suis pas certain de m'en souvenir.

– Amelia et moi espérons nous marier avant mon retour en Birmanie le mois prochain. Puis, elle me rejoindra là-bas dès qu'une traversée pourra être arrangée.

Mildred était heureuse de féliciter James :

– C'est une très bonne nouvelle. J'ai hâte de rencontrer ton Amelia et j'espère que cela arrivera un jour prochain. James, as-tu terminé ? J'aimerais te montrer mon atelier. Sydney, vous préférez rester ici ? Par ici, James !

Ils laissèrent William et Sydney discuter de l'époque d'Oxford et traversèrent la cour jusqu'à l'atelier.

– Alors les choses se passent bien pour toi, James ? Et tu as prouvé à ton père que tu pouvais suivre ta propre voie. Il semble satisfait de ton poste.

– Il m'a enfin pardonné de ne pas être entré dans les ordres. Et nous nous entendons beaucoup mieux depuis que je suis allé vivre à l'étranger. Je lui écris souvent. Nous avons trouvé un moyen de nous accepter l'un l'autre. Et il est heureux de m'avoir trouvé une épouse.

Dans l'atelier, la lumière faisait ressortir les particules de poussière qui dansaient dans la brise s'infiltrant par un carreau brisé. Des rouleaux de papier bruissaient sur la longue table. Il la regarda et elle hocha la tête. Il tendit la main vers un dessin. C'était celui du pélican blanc, son long cou recourbé qui picorait sa poitrine, extrayant son propre sang, se sacrifiant pour nourrir sa couvée. Elle se souvint du sérieux avec lequel il avait appréhendé son travail, la durée consciencieuse qu'il avait prise pour en examiner chaque détail.

– Alors vous l'avez trouvé, le courage de le faire.

– Oui.

– Et demain, je verrai.

– Demain tu verras si j'ai réussi. Demain, quand l'église rouvrira ses portes.

Chapitre 31

1866, le lendemain

– Je ne peux pas y aller aujourd'hui, chuchota Mildred à William au point du jour.

Elle a si peu dormi et elle souffre trop pour se lever du lit, s'habiller et assister à l'office. Elle est satisfaite que les gens du village viennent à l'église pratiquer et qu'ils la voient de leurs yeux. Mais elle ne sera pas présente. Elle souffre d'une inflammation des genoux et des hanches. Elle réprime des larmes.

Une autre raison l'oblige à garder le lit. Elle n'est pas capable d'être là-bas quand ils viendront pour la juger. Elle se souvient de la première fois, à quel point elle était bouleversée, mise à vif par leurs visages levés et inquisiteurs, voulant désespérément lire dans leurs pensées. Elle n'a pas la force de traverser cela à nouveau. C'était trop dur, trop personnel. Ses sentiments, ses espoirs, ses rêves, étalés sur le plafond à la vue de tous. William l'embrasse doucement et s'en va. Elle tend la main vers le laudanum et s'endort d'un sommeil sans rêves.

Elle est réveillée par la voix de William qui retentit dans l'entrée. Il appelle tout le monde pour partir à l'église : Sydney, James, Rose, Thomas, la cuisinière. Le bruit sourd quand la porte d'entrée se referme et les bruits de la maison qui se taisent. De faibles éclats de voix, des appels d'enfants et des sabots de chevaux sur le chemin partent à la dérive tandis qu'elle se repose contre les oreillers. Une musique d'orgue l'accompagne dans le sommeil.

Quelque temps plus tard, elle est réveillée par des voix dans le cimetière. L'office est terminé. Elle se sent obligée de voir qui est venu. Elle se presse hors du lit. Elle ne parvient pas à distinguer l'église depuis la fenêtre de sa chambre. Elle boitille jusqu'à l'escalier et se met à ramper sur ses mains et ses genoux jusqu'au grenier. Elle se hisse pour se mettre debout et se tient ainsi un instant, reprenant sa respiration. La douleur brûle au niveau de la hanche, mais le souvenir aussi la transperce. La dernière fois qu'elle se tenait ici, en nouvelle maîtresse du presbytère, elle découvrait la chambre d'enfant et Rose la retrouvait allongée par terre en pleurs. Elle n'était pas remontée depuis ce moment-là. La chambre d'enfant était restée inutilisée, abandonnée, plus de vingt ans.

Pas étonnant que la porte soit bloquée. Elle lui donna une poussée et elle s'ouvrit en grinçant. *Aussi rouillée que moi*, pensa-t-elle. La pièce est telle qu'elle se la rappelle, nue, mis à part un banc et des rideaux usés. Elle boitille vers la fenêtre et jette un œil dans l'enclos paroissial à travers la vitre maculée de poussière. Elle distingue le chemin peuplé de villageois qui fourmillent, contents d'être dehors en cette belle journée, des hommes, des femmes et des enfants dans leurs habits du dimanche. Elle en reconnaît certains, d'autres pas. Peut-elle deviner en les regardant, à leur manière de bouger et de se tenir, ce qu'ils pensent du plafond, des rénovations ? Aiment-ils ce qu'ils ont vu ?

Puis cela la frappe comme une révélation et un soulagement. Ce qu'ils pensent lui importe peu. L'acte de peindre lui a permis de s'exprimer : ses sentiments de deuil, son amour de Dieu et de la beauté. Laissons les autres la juger et s'ils estiment qu'elle n'est pas à la hauteur, alors ainsi soit-il. Elle n'est pas la meilleure des artistes, mais elle est courageuse et engagée. Et ceci, pour elle, est suffisant.

William se tient à la porte de l'église, il serre des mains, échange quelques mots avec les gens qui partent. Il y a Ann, splendide dans un grand chapeau et manteau marron, et Richard. Que pense-t-elle de son cadeau qui maintenant orne l'aile sud ? Avec eux, il y a Sarah, Grace et Helen, des jeunes femmes accomplies qui font des signes de tête à des connaissances et guident leurs parents avec douceur à travers la foule.

Puis elle est sous le choc. Car elle ne s'attendait pas à voir Edward Blackburne. Il serre la main de William avec énergie, échange quelques mots, peut-être lui demande-t-il où elle se trouve, et ensuite salue les Pegler qui se tiennent à l'écart. Elle ne peut le nier plus longtemps, tout ce qu'elle doit à Edward. Ce n'était pas juste d'être aussi en colère contre lui. Si je ne peux pas le voir aujourd'hui, je lui écrirai pour le remercier. Il s'incline devant Ann et Richard avant de disparaître par le portail.

Et voilà John Hammant avec sa femme et ses filles. Même à cette distance, elle parvient à distinguer les cheveux soigneusement tressés des filles et les chaussures propres. *John peut être fier*, pense-t-elle, *de tout ce qu'il a accompli pour rénover St Mary.* Il serre la main de William, puis la famille descend le chemin jusqu'à la chaise roulante abandonnée près du portail.

Mr Edwards, le tailleur, et son épouse minuscule adressent un signe de tête à William. Mildred se souvient à quel point elle était gênée quand ils lui avaient pris ses mesures pour le pantalon. L'homme qui tient le bureau de poste, son nom lui échappe, serre la main de William, puis Thomas passe à proximité, accompagné de son père. Dans la foule, elle voit la cuisinière et Hal le berger. *Tous ces gens ont joué un rôle dans ma vie ces dix dernières années. Nous sommes malavisés de penser que nous accomplissons les choses seuls.*

Elle est sur le point de retourner se coucher quand elle aperçoit quelqu'un d'autre quitter l'église, quelqu'un dans une chaise roulante. Elle se presse contre la fenêtre pour voir qui est emmailloté dans cet épais châle, un chapeau mou enfoncé bas sur son visage. Une chaise semblable à celle que John a fabriquée. Elle ne savait pas que quelqu'un d'autre en utilisait une au village. Puis la personne tourne la tête. Mildred en a le souffle coupé. Judy Scott ! Judy, qui n'a pas quitté son lit une seule fois en trente ans, est dans l'enclos paroissial de St Mary, poussée sur le chemin par Owen Walton. Rose est non loin derrière, elle aide Ned qui traîne des pieds comme un canard, derrière sa femme. La tête de Judy pivote d'un côté à l'autre comme un pendule. Le long nez et les joues blanches apparaissent et disparaissent alternativement. Comme ce doit être étrange après tant d'années passées enfermée de sentir l'air frais sur sa peau, de humer la terre humide, et de voir le ciel au-dessus de sa tête !

Puis Judy fait un geste et Owen cesse de pousser la chaise. Judy tourne lentement la tête, mais cette fois assez loin pour que son regard se porte au-dessus de son épaule droite, vers le presbytère. Elle lève les yeux et contemple la fenêtre du grenier. Mildred est prise par surprise. La femme peut-elle la voir ? L'espace d'un instant, tout est immobile. Puis Judy lève une main comme en signe de reconnaissance, elle fait un signe de tête, puis la chaise descend le chemin à grand bruit avant d'emprunter le sentier qui conduit au village.

Postface

Le 1er janvier 2011, j'ai visité l'église de St Mary à Huntingfield avec mon époux. Le soleil brillait, mais à l'intérieur, le froid était vif. Tout était obscur jusqu'à ce que nous glissions une pièce d'une livre dans le compteur sur le mur. Il y eut une explosion. Là où au-dessus de nos têtes le plafond était sombre, il révéla soudain des couleurs vives et une myriade d'images. De splendides anges sculptés recouverts de dorures surgirent aux extrémités des poutres. Une brochure expliquait que, dans les années 1850, Mildred Holland, la femme du pasteur, avait créé toute seule cette époustouflante iconographie religieuse. C'était déconcertant. Pourquoi une femme grimperait-elle à dix-huit mètres du sol sans chauffage ni lumière pour passer six ans à peindre un plafond inspiré du XVe siècle ? Mes recherches révélèrent peu d'informations, à part que l'église avait été blanchie à la chaux dans les années 1580. Une facture montrait que William, le mari de Mildred, avait payé le coût de la peinture et des feuilles d'or. Mildred était devenue « handicapée » à la fin de sa vie et le couple n'avait pas eu d'enfants. Il était évident que l'histoire de Mildred attendait d'être racontée. J'espère lui avoir rendu justice.

Note de l'autrice

Pour l'écriture de ce roman, j'ai fait de nombreuses recherches contextuelles dans des ouvrages et documents et je suis redevable en particulier au : *The Parson and the Victorian Parish* de Peter Hammond (1977) ; registres paroissiaux de Huntingfield ; *Victorian Diaries* de Mitchell Beazley (2001) ; *Between Women: Friendship, Desire and Marriage in Victorian England* de Sharron Marcus (2007) ; *The Angel out of the House: Philanthropy and Gender* (2002) de Dorice Williams Elliott ; *Feminism and Family Planning in Victorian England* (1964) de J. A. Banks ; *The Builder Magazine*, vol. 54, 1888 ; *The History of Decorative Art* d'Edward Blackburne (1847) ; *Victorian Diaries: The Daily Lives of Victorian Men and Women* (2001) de Heather J. Creaton ; *Biography of a Victorian Village*, le compte rendu de Richard Cobbold datant de 1978 sur Wortham, dans le Suffolk en 1860, édité par Ronald Fletcher ; *The Wall Paintings Workshop Cleaning and Conservation Report on St Mary the Virgin*, Huntingfield (2006) ; *The Other World. Spiritualism and Psychic Research in England 1850-1914* de Janet Oppenheim ; *Witches' Ladder:*

the Hidden History de Chris Wingfield, chargé d'étude sur « L'autre en dedans », projet du Pitt Rivers Museum ; *The Oxford Book of Wild Flowers* de B. E. Nicholson, S. Ary et M. Gregory. Je remercie l'équipe de la British Library et de la bibliothèque RIBA pour leur aide aimable et précieuse. *La Femme au pinceau* est une œuvre de fiction.

Remerciements

Si Margaret King ne m'avait pas proposé le premier de l'an 2011 de visiter l'église de St Mary, je n'aurais jamais été inspirée par Mildred, alors je la remercie, elle et Peter Berry, pour leurs encouragements. Felicity Griffin, Hannah Mills, Rachel Griffiths, Hugh Constant, Nicola O'Connoll, Alan Burnet, Caroline Oakley, Simon Chandler, Jennifer Collieson, Shalini Rao et Simon Garfield m'ont tous aidée de différentes manières. Je remercie aussi Annie Ablett et John Renner pour leurs conseils techniques, John et Janet Murphy pour la visite à la Holland House et Christine Cooper pour les plaisirs du Laundry Cottage. Laura Morris, mon agent, a toujours cru que Mildred méritait cet hommage et l'énergie de Matthew Smith a permis qu'il se concrétise. De grands mercis et tout mon amour à mes fils Callum et Dylan Holmes Williams et à mon époux Kipper Williams.

Pamela Holmes est née à Charleston, en Caroline du Sud. À l'âge de huit ans, elle déménage en Angleterre avec sa famille. Elle fait des études d'infirmière à la London University sous forme de cours du soir après avoir passé trois ans à vivre dans une communauté du Somerset où elle a nourri sa passion pour le jardinage, la traite des vaches et le plessage. Elle devient ensuite journaliste santé et reporter pour la télévision. Aujourd'hui, elle travaille et fait du bénévolat en faveur des personnes âgées, y compris celles atteintes de démence, et elle chante dans un groupe de rock.

La Femme au pinceau est son premier roman. Elle a remporté le prix Jane Austen de la nouvelle en 2014 et sa dernière œuvre en date a été hautement recommandée dans la compétition HISSAC en 2015.

Pamela est mère de deux garçons et vit à Londres avec son époux.

STÉPHANIE GARDÈS
LE SOLEIL SE LÈVERA ENCORE
NOUVEAUX AUTEURS 2

HOLLY HEPBURN
Les nuits enneigées
de
Castle Court
EDITIONS PRISMA

LUCY DANIELS
Un hiver inoubliable à Vert-Cottage
EDITIONS PRISMA

La vie
tourbillonnante
de la Belle
Époque !
La Rose Blanche
Caroline von Krockow
EDITIONS PRISMA
Disponible en librairies
et en version e-book
www.editions-prisma.com

UNE AVENTURE
ROMANESQUE ET
HISTORIQUE
ROSALIE LOWIE
QUAND BRUISSENT
LES AILES
DES LIBELLULES
Un secret de famille.
Une femme
au destin singulier.
Une envie de vérité.
Disponible en librairie
et en e-book

UNE SAGA FAMILIALE
TOUT DROIT SORTIE DES VIGNES
DE CALIFORNIE
C. J. ROBERTSON
UNE PREUVE D'AMOUR
ROMAN
EDITIONS PRISMA
DISPONIBLES EN LIBRAIRIES ET EN E-BOOK
www.editions-prisma.com

Le nouveau roman de JENNY COLGAN
Et si cette petite librairie dans les Highlands écossais était le secret du bonheur et le chemin d'une nouvelle vie ?
Jenny COLGAN
La charmante librairie des jours heureux
EDITIONS PRISMA
ENFIN DISPONIBLE EN LIBRAIRIES ET EN E-BOOK !
www.editions-prisma.com

Responsable éditoriale : Ambre Rouvière
Correction : Nord Compo Multimédia
Composition : Nord Compo Multimédia
Conception graphique de la couverture : Nord Compo Multimédia
Illustration de couverture : © Shutterstock/ Ardea-studio

PEFC
10-31-1601
Certifié PEFC
pefc-france.org

Depuis 2009, Prisma Media met en place une politique d'achat éco-responsable. Ainsi, près de 100 % du papier de nos magazines est certifié PEFC (gestion durable des forêts). La fabrication des livres des Éditions Prisma s'inscrit également dans cette démarche.

Dépôt légal : novembre 2020 – n° d'impression 2008.0150
Achevé d'imprimer en France par : Aubin Imprimeur